dtv

Frida ist vierzig und seit langem geschieden. Sie hat sich in ihrem Singledasein ganz gut eingerichtet und genießt ihre Unabhängigkeit. Als Lehrerin für Deutsch und Kunst kommt sie sowohl mit Schülern wie mit Kollegen gut klar. Unangenehmes, Tiefgründigeres oder Zweifel schiebt sie mit einem nonchalanten »Schwamm drüber« von sich. Dass sie keineswegs so selbstsicher und stark ist, wie es den Anschein hat, zeigt sich, als ihr Bruder nach einem schweren Autounfall stirbt. Sie hat ihm versprochen, seiner verwöhnten und etwas lebensfremden Frau Luise beizustehen. So zieht Frida schweren Herzens zu ihr auf das Landgut Wernebeck. Doch Luises Schwester Bettina sorgt für Spannungen, eine beunruhigende Diagnose macht Frida zu schaffen und nicht nur Schwager Fritz stellt sie vor schwerwiegende Entscheidungen …

Ursula Schröder, geb. 1957, ist Autorin erfolgreicher Romane und PR-Beraterin in ihrer eigenen »Text & Ideenwerkstatt«. Sie lebt mit ihrer Familie im Sauerland. Mehr unter www.ursulaschroeder.de

Ursula Schröder

Schwamm drüber

Roman

dtv

Ausführliche Informationen über unsere Autoren und Bücher
www.dtv.de

Von Ursula Schröder
sind bei dtv außerdem erschienen:
Umzug ins Glück (dtv 21265)
Alles auf Anfang, Marie (dtv 21375)
Frau Rosenberg legt los (dtv 21517)

MIX
Papier aus verantwortungsvollen Quellen
FSC® C019821

Originalausgabe 2015

Umschlagkonzept: Balk & Brumshagen
Umschlaggestaltung: Wildes Blut, Atelier für Gestaltung, Stephanie Weischer
unter Verwendung eines Fotos von plainpicture/Narratives
Satz: pagina GmbH, Tübingen
Gesetzt aus der Sabon Antiqua, 10/12
Druck und Bindung: Druckerei C.H.Beck, Nördlingen
Gedruckt auf säurefreiem, chlorfrei gebleichtem Papier
Printed in Germany · ISBN 978-3-423-21610-4

1

Mein Bruder Ole war nie krank und fast immer gut gelaunt. So konnte er ohne größere Probleme einen stressigen Job in der Chefetage einer großen Bank ausüben und mit einer anspruchsvollen Frau verheiratet sein. Luise, eine geborene von Staaden, hatte zwar ein nicht unerhebliches Vermögen mit in die Ehe gebracht, dessen Genuss sich die beiden – in Verbindung mit Oles nicht unerheblichem Gehalt und in Ermangelung von Kindern – redlich teilten. Aber sie gehörte nun mal zu den Frauen, die gern große Hüte tragen und denen man deshalb das entsprechende Ambiente bieten muss: Gartenpartys mit Champagner, Golfturniere, Kreuzfahrten, solche Sachen. Ole tat das, ohne mit der Wimper zu zucken. Mag sein, dass er dort auch nebenbei noch die richtigen Leute für seine großen Geschäfte traf. Auf jeden Fall schien er sich nicht unwohl zu fühlen. Im Gegenteil, er vermittelte einem immer den Eindruck, es ginge ihm prächtig. Könnte gar nicht besser sein.

Deshalb war es kaum zu fassen, dass er eines Tages – nach einer Reifenpanne mit einem Mietwagen – auf der Autobahn von einem anderen Auto erfasst und schwer verletzt wurde. So schwer, dass er nach zwei Tagen auf der Intensivstation starb. Mit siebenundvierzig. Das ist doch viel zu früh.

Am Tag vor seinem Tod hatte ich noch an seinem Bett gesessen, umgeben von blinkenden und piepsenden

Geräten, und ungläubig auf sein merkwürdig grünlichblasses Gesicht gestarrt, das so ganz anders aussah als gewohnt. Er hatte schwerste innere Verletzungen; ein Arm war mehrfach gebrochen und lag bewegungslos unter der Decke, mit dem andern nestelte er nervös an seinem Krankenhaushemd herum, bis ich Angst hatte, er würde die auf dem Handrücken liegende Infusion verlieren.

Schließlich legte ich meine Hand über seine. Sie fühlte sich kalt an. »Ole, sei ganz ruhig«, sagte ich.

»Wie kann ich das?«, fragte er. Mit einer Stimme, die genauso erschreckend fremd war wie sein Anblick. »Was soll aus Luise werden, wenn ich nicht mehr da bin?«

Ich muss gestehen, dass ich in dem Moment eher eifersüchtig war als schockiert. Die Ärzte hatten uns nicht viel Hoffnung gemacht. Ein Mitarbeiter der Bank war auf Oles Geheiß schon früher da gewesen und hatte alles Mögliche an Verfügungen und Anordnungen notiert, damit das Kreditinstitut auf jeden Fall weiterarbeiten konnte. Und jetzt machte sich mein Bruder nur noch Gedanken um seine Frau. Von mir war nicht die Rede. Von mir erwartete jeder, dass ich allein zurechtkam. Na ja, immerhin war mir das seit meiner Scheidung vor vierzehn Jahren ja auch ganz gut gelungen.

»Wirst du dich um Luise kümmern, Frida?«, fragte Ole besorgt.

Ich sah ihn erschrocken an. »Nun werd du erst mal wieder …«

»Angenommen, ich werde nicht wieder«, unterbrach er mich mit einer Sachlichkeit, die mir die Kehle zuschnürte. »Wirst du dich um Luise kümmern? Sie schafft das nicht allein.«

»Natürlich werde ich das«, gelobte ich ihm.

»Versprich es mir.«

»Ich verspreche es dir.« Was anderes blieb mir ja gar nicht übrig. Natürlich konnte ich zu diesem Zeitpunkt nicht ahnen, was das für weitreichende Konsequenzen haben würde.

Es war ganz klar, dass die Tage nach Oles Tod äußerst schwierig zu bewältigen waren. Manchmal denke ich, dass ich sie nur deshalb so gut überstehen konnte, weil ich mich in erster Linie auf Luise konzentrierte, die völlig überfordert war. Da hatte ich gar keine Zeit, um selbst am Rad zu drehen. Mein Schulleiter hatte mir, mit wenig Anteilnahme, die Zeit bis zur Beerdigung freigegeben, damit ich mich um die tausend Details kümmern konnte, während Luise planlos dies und jenes anfing und dann doch nicht zu Ende brachte. Am besten aufgehoben war sie noch, wenn Leute zum Kondolenzbesuch vorbeikamen und sie darüber sprechen konnte, wie sehr Ole ihr fehlte.

Aber irgendwann war diese Zeit vorbei, ich musste wieder arbeiten, und Luise schlief immer noch auf dem Sofa in meinem Arbeitszimmer, weil sie es zuhause allein nicht aushalten konnte.

Als wir am Montagmorgen zusammen gefrühstückt hatten und ich meine Schultasche über die Schulter hängte, sah sie mich mit einem Blick an, der schon fast panisch wirkte. »Frida, was mache ich denn jetzt?«

»Du könntest den Tisch abräumen und in der Küche Ordnung machen«, schlug ich vor. Ehrlich gesagt war ich mehr mit der Frage beschäftigt, ob meine Vertretungen wohl die von mir vorgeschlagenen Aufgaben durchgeführt oder eher aus Bequemlichkeit mit den Deutschklassen Beschäftigungstherapie gemacht hatten, was sich unweigerlich darin niederschlagen würde, dass ich bis zur nächsten Klassenarbeit nicht so weit kommen würde wie geplant.

Aber Luise waren natürlich meine Schüler egal. »Klar, das mache ich«, sagte sie und hob ein paarmal die Arme, um sie dann wieder hilflos fallen zu lassen. »Aber ich meinte nicht nur die nächsten zehn Minuten. Eigentlich wollte ich ja nach Hause fahren, aber …«

Ich war nicht besonders gut darin, mir Luises Kopf zu zerbrechen. »Du kannst ruhig noch hierbleiben«, sagte ich und machte ein paar entschlossene Schritte in Richtung Wohnungstür. Ich hasse es, wenn ich quasi mit dem Schulgong das Lehrerzimmer erreiche und sofort losrennen muss. »Setz dich ins Wohnzimmer und lies etwas. Ich komme gegen zwei zurück.« Vielleicht würde sie die darin versteckte Botschaft verstehen und für uns beide was zu essen machen. Kochen konnte sie gut. Wenn sie emotional stabil war.

Das war leider noch nicht der Fall. Mehr als ein Fertiggericht hatte sie nicht zustande gebracht, als ich mittags nach Hause kam. Dafür hatte sie eine Idee ausgebrütet, die wiederum mich ziemlich beunruhigte.

»Ich kann dir hier nicht auf Dauer zur Last fallen«, sagte sie. »Aber ich schaffe es einfach nicht, mich an den Gedanken zu gewöhnen, ganz allein auf Wernebeck zu wohnen.«

Wernebeck, muss man wissen, ist das Landgut, das sich Ole und Luise gegönnt haben, als es ihnen in ihrem Bungalow zu langweilig wurde. Ein repräsentatives Anwesen mit Innenhof und einigen Nebengebäuden, wo man problemlos die Romane von Fontane verfilmen könnte. Wenn ich mich recht erinnere, war der Kauf sogar noch eine Art Gefallen für den ehemaligen Besitzer, der wohl nicht besonders gut mit Geld umgehen konnte. Nachdem er nach und nach den umliegenden Wald verkauft hatte und feststellen musste, dass nun keine Einkünfte mehr da waren, die ihm die Unterhaltung des Gutes ermöglichten, rettete der Verkauf ihn in letzter Minute vor der Insolvenz.

Natürlich hätten auch Ole und Luise sich ein wenig

verhoben, wenn sie ganz Wernebeck allein hätten bewohnen wollen. Aber es gelang Ole, für die diversen Nebengebäude Mieter zu finden und die riesige Scheune an jemanden zu verpachten, der dort Wohnwagen instand setzte und ins Winterquartier nahm. Insofern war Luise nicht völlig allein auf dem Areal, aber in dem feudalen Haupthaus hatte sie natürlich nur mit Ole gelebt.

»Könntest du denn nicht Bettina fragen, ob sie für eine Weile kommt?«, schlug ich vor. Luises Schwester war wie ich geschieden und lebte in Düsseldorf, aber im Gegensatz zu mir war sie nicht gezwungen, ihren Lebensunterhalt selbst zu verdienen.

»Ich hab bei der Beerdigung mit ihr gesprochen«, sagte Luise. »Aber leider hat sie wohl im Moment sehr viel zu tun.«

»Hm«, machte ich.

»Und Fritz kann ich nicht fragen«, fuhr Luise fort. »Der hat im Moment mit seiner Scheidung genug um die Ohren, das geht gar nicht. Außerdem brauchen die ihn ja in seinem Autohaus.«

Sie hatte sicher recht damit. Ich konnte mir jedenfalls ihren Bruder Fritz nicht als denjenigen vorstellen, der für Luise Tee kochte und darauf achtete, dass Klopapier im Haus war.

»Deswegen«, Luise holte tief Luft, »habe ich mir überlegt, dass du zu mir ziehen könntest.«

Mir fiel fast die Gabel aus der Hand. »Ich? Zu dir? Aber …«

Luise sah mich unbeeindruckt an. »Ich hab doch Platz ohne Ende. Und du könntest die Miete sparen.«

Was für ein blödes Argument. Ich war schließlich nicht die mittellose Verwandte, die man sich noch vor hundert Jahren ins Haus holte, damit sie versorgt war, und ihr zum Dank dafür die Bettwäsche flickte. »Luise, ich lebe sehr gern allein. Ich brauche meine eigene Welt.«

»Das könntest du bei mir doch auch«, argumentierte sie. »Ich hab mir schon genau überlegt, wie das gehen könnte. Du kriegst oben das Erkerzimmer und die beiden Räume daneben, da gibt es sogar noch diesen Verschlag, aus dem man einen begehbaren Kleiderschrank machen könnte. Wir müssten nur das Bad umbauen lassen. Dann teilen wir das Stück vom Flur ab, und du hast einen Bereich ganz für dich.«

Hui, das ging mir ein wenig zu schnell. »Ich weiß nicht«, sagte ich mit einem flauen Gefühl im Magen. »Schon allein meine Sachen …« Das Erkerzimmer war großzügig, das wusste ich. Die anderen Zimmer kannte ich nicht so genau. Aber in jedem Fall würde ich mich deutlich kleiner setzen als jetzt.

»Bitte denk drüber nach, Frida«, bat sie mit einem flehentlichen Blick. »Vielleicht wäre es ja wenigstens möglich für ein Jahr oder so? Und wenn es gar nicht klappt, suchst du dir eine andere Wohnung.«

Das sagte sie mit großer Selbstverständlichkeit. Ich war mir da nicht so sicher, aber ich hatte schließlich Ole versprochen, mich um Luise zu kümmern. Da half es wenig, dass alle meine Freunde aus dem Kollegium gegen das Unterfangen Sturm liefen.

»Du wärst bescheuert, wenn du das tust!«, verkündete Marita nachdrücklich. Vor Aufregung hatte sie schon ihre üblichen hektischen Flecken auf der Wange und am Hals, für die sie seit Jahren den Spitznamen ›Margarita‹ trägt. Wie die Pizza. Schüler sind da nicht sehr feinfühlig.

»Überleg dir das gut!«, warnte Isabel. »Du bist doch ein Typ, der seinen Freiraum braucht.«

Sogar Jochen stimmte mit in den Unkenchor ein. »Das ist nichts für dich, Frida. Denk an deine Unabhängigkeit.« Er musste es wissen, denn wir hatten vor einigen Jahren, als er noch neu im Kollegium war, mal mit der Möglichkeit einer engeren Verbindung geliebäugelt – um dann recht schnell zu erkennen, dass es für uns beide nicht das Richtige war.

Aber die geballte Kollegiumsmeinung war nur ein schwacher Gegenpol gegen Luises Ansinnen und mein schlechtes Gewissen meinem Bruder gegenüber, wenn ich sie jetzt im Stich ließe. Immerhin hatte sie mich schon nach kurzer Zeit so weit, dass wir uns das Ganze mal vor Ort ansahen.

Die Rückkehr nach Wernebeck war für Luise ja wirklich schwer. Alles war durchsetzt mit Erinnerungen an Ole. Seine Bücher auf dem Schreibtisch, seine Kleider im Schrank, seine Sammelstücke auf dem Kaminsims ... Sogar der Aufsitztrecker im Carport ließ Luise seufzen. »Davon hat er so gut wie nichts gehabt«, sagte sie bekümmert. »Den hat er erst letzten Herbst gekauft. Mit der Schneefräse, und dann hat es diesen Winter kaum geschneit.« Melancholisch streichelte sie den Kunstledersitz, der nun nie wieder in Kontakt mit Oles Allerwertestem kommen würde.

Mich interessierten eher die Räume, die sie mir andienen wollte. Das Erkerzimmer konnte mich wahrhaftig locken, mit einem atemberaubenden Blick über den Rosengarten und die Streuobstwiesen bis zu den Fischteichen, die an das Grundstück angrenzten, aber nicht mehr zu Luises Latifundien gehörten.

Das Bad war schon eine andere Sache. Es besaß eine Wanne, die alt war, ohne eine Spur von antikem Flair zu versprühen, und keine Duscharmatur hatte. Aber was noch schlimmer war: Es gab keine Toilette. Dafür hätte ich einige Meter weiter auf das Gästeklo gemusst, das sich in der Nähe der Treppe befand.

Auch Luise sah ein, dass das kaum akzeptabel war. »Das müssen wir umbauen lassen«, befand sie. »Ich rufe den Installateur an und lasse mir ein Angebot machen.« Ich hoffte, sie würde mich in die Planung mit einbeziehen, damit ich wenigstens die Fliesen aussuchen könnte. Aber ich sagte ihr lieber nichts, denn noch hatte ich ihr nichts versprochen. Ein Ton, und ich käme nie wieder raus aus der Nummer.

Wir wanderten weiter in die beiden anderen Räume, die sie mir zugedacht hatte: eine Art Hausarbeitsraum, etwas schmal, aber mit gutem Willen als Einzelschlafzimmer vorstellbar. Es erinnerte mich ein wenig an das Zimmer meiner Kindheit; als einziges Mädchen der Familie hatte ich zwar das Privileg genossen, ein eigenes Zimmer zu haben, während meine Brüder Ole und Sören sich einen Raum teilen mussten. Aber die Bewegungsfreiheit beschränkte sich auf gefühlte zwei Quadratmeter – wenn eine Freundin bei mir übernachten wollte, passte die Luftmatratze gerade mal so zwischen mein Bett und das Bücherregal.

Mehr Hoffnungen erweckte der zweite Raum, der Luise zurzeit als Gästezimmer diente: gut geschnitten, schön hell und vor allem mit einem kleinen Balkon mit schmiedeeisernem Gitter, der die Zufahrt zum Innenhof überblickte. Hier könnte man am Abend sitzen (die Richtung zeigte nach Südwest) und eventuell direkt links und rechts eine Birne vom Spalier pflücken. Wie Herr von Ribbeck auf Ribbeck im Havelland. Dieses Zimmer würde ein sehr schönes Arbeitszimmer abgeben. Und um den Verschlag, den man nach Luises Planung in eine Art Einbau-Kleiderschrank verwandeln könnte, würden mich viele Frauen beneiden, auch wenn er nicht unbedingt die Ausmaße von Hollywoodstar-Ankleidezimmern hatte.

Blieb ein Problem. »Ich hätte keine Küche«, stellte ich stirnrunzelnd fest.

Luise sah mich mit großen Kulleraugen an. »Brauchst du denn eine eigene Küche?«, fragte sie. »Sieh mal, mir würde es richtig Freude machen, für dich mit zu kochen. Dann hättest du doch auch viel mehr Zeit für dich.« Sie bemerkte mein skeptisches Zögern und beeilte sich hinzuzufügen: »Und wenn du willst, kannst du natürlich auch die Küche benutzen. Wir teilen den Kühlschrank in zwei Bereiche und die Speisekammer auch.«

Beides schien nicht so ein Problem zu sein. Der Kühlschrank, ein ultramodernes Gerät mit unterschiedlichen Klimazonen und Eiswürfelspender, war sogar für amerikanische Verhältnisse riesig. Und auch die Speisekammer, ein Relikt aus den hochherrschaftlichen Anfangszeiten des Gutes, war offensichtlich dafür ausgelegt, die Vorräte für längere Epochen zu beherbergen. Es gab darin noch Anachronismen wie einen vergitterten Eierschrank und mächtige Haken an der Decke, von denen vielleicht früher der Schinken herunterbaumelte oder auch ein totes Wildschwein.

»Was mache ich denn dann mit meiner Küche?«, wandte ich ein. Die hatte ich mir erst vor einigen Jahren zugelegt und war nicht besonders begeistert bei dem Gedanken, sie wieder abzugeben.

»Die kannst du doch erst mal einlagern«, schlug Luise vor. »Und dann kannst du immer noch überlegen, ob du sie brauchst oder verkaufst.«

Um diese Frage weiterzuverfolgen, stapften wir beide über den Hof und begutachteten die Möglichkeiten des ehemaligen Kuhstalls. Genau daneben befand sich die Scheune mit der Wohnwagen-Werkstatt, und Luise beschloss, den fachmännischen Rat des Betreibers einzuholen.

»Ach, Herr Biermann, gut, dass wir Sie treffen«, flötete sie dem vierschrötigen Kerl entgegen, der vor dem Scheunentor mit einem halbhohen Anhänger beschäftigt war. »Sie können uns doch sicher helfen, oder?«

Es war weniger eine Frage als ein Appell, und das sah Herr Biermann auch schnell ein. Mit großer Geste legte er einen Schraubenschlüssel beiseite und richtete sich zu seiner vollen Größe von sicherlich einem Meter fünfundneunzig auf. Mit seinem kahl geschorenen Kopf und seiner etwas bauchlastigen Figur hätte er einen prima Komparsen für einen Gefängnis-Film abgegeben. Tatsächlich schien aber Luise die respekteinflößendere Person zu sein, denn er eilte uns sehr beflissen zu Hilfe, um zunächst das Tor zum Kuhstall zu öffnen und dann das düstere Gemäuer mit uns zu betreten.

»Das ist meine Schwägerin, Frau Baker«, stellte sie mich vor, und wie in neun von zehn Fällen ging die englische Aussprache in Herrn Biermanns Ohren unter, und er sagte: »Tach, Frau Becker«, während er mit seiner riesigen Pranke meine Hand schüttelte. Ich hatte mir in den vielen Jahren nach meiner Scheidung abgewöhnt, die Leute zu berichtigen. Aber ich bedauerte häufig, dass ich nicht die Gelegenheit genutzt hatte, meinen Mädchennamen wieder anzunehmen. Andersen klingt eigentlich viel schöner, und jetzt hieß Luise so und ich nicht. Such is life.

Luise kam zur Sache. »Wir überlegen, wo wir am besten einige Möbel von meiner Schwägerin unterstellen können.«

»Möbel?«, wiederholte Herr Biermann und sah sich ratlos um. Der Stall war zwar vor Jahrzehnten stillgelegt worden, verfügte aber immer noch über die typische Ausstattung: Mittelgang mit den Futterrinnen auf beiden Seiten, dahinter das Holzfachwerk, durch das Generationen von Kühen ihre großen Köpfe gesteckt hatten, um zu fressen. Es lag zwar kein Stroh mehr auf dem Boden, dafür war er übersät mit Vogelkacke. Ich zählte mindestens fünfzig Schwalbennester in den Winkeln über den Fenstern. Meine arme Küche – ich würde sie sehr gut einpacken müssen, damit sie sowohl gegen die Ausscheidungen der Schwalben als auch vor dem nicht sehr erfreulichen Geruch geschützt war, der immer noch in diesem Stall vorherrschte. Vor allem auf der linken Seite war alles Mögliche an Baumaterial und sonstigem undefinierbarem Zeug ziemlich unsystematisch gelagert worden – ich mochte mir nicht vorstellen, was man finden würde, wenn man das zu beseitigen versuchte. Von einem Kunstschatz aus dem Zweiten Weltkrieg bis zu einer Leiche war alles denkbar.

Auch Herr Biermann schien angesichts dieser Situation seine Zweifel zu haben. Er durchquerte entschlossen den Stall und öffnete auf der anderen Seite eine Tür. »Ach ja, die alte Milchküche«, sagte Luise und folgte ihm in einen Raum, der deutlich niedriger war. Der Fußboden war mit schwarz-weißen Fliesen ausgelegt, größtenteils gesprungen. Bis auf ein großes gemauertes Waschbecken und einen Holztisch war dieser Raum leer, und er stank auch nicht so intensiv, obwohl ein gewisses modriges Grundaroma deutlich wahrnehmbar war.

»Ja, das ist schon besser«, befand Luise. »Sieh mal, Frida, hier würden deine Sachen doch bestimmt reinpassen, oder?«

Ich kratzte mich etwas ratlos am Kopf. Noch hatte ich all ihren Anträgen widerstanden und keine Zusage gemacht, aber es schien, als hätte sie für jeden Einwand eine Lösung.

»Wollen Sie die Möbel für länger hier lagern?«, fragte Herr Biermann sehr sachlich und stocherte mit einem Zollstock aus seiner Tasche am Fensterrahmen herum.

»Das weiß ich noch nicht«, antwortete ich.

»Frida überlegt, zu mir zu ziehen«, erklärte Luise ihm. »Aber sie kann dann ihre Küche nicht aufstellen.«

»Aha«, sagte Herr Biermann und kickte ein loses Stück Mörtel über den Fliesenboden. Ich folgte seinem Blick zur Decke, wo das Stück offensichtlich abgefallen war. Dort gab es bereits mehrere Stellen, an denen der Putz fehlte.

»Meinen Sie, man müsste hier vorher noch was machen?«, fragte ich ihn argwöhnisch.

»Kann ich nich sagen«, gab er lakonisch zurück und wandte sich zur Tür.

»Na, dann wollen wir Sie mal nicht weiter aufhalten«, erklärte Luise munter. Wir gingen zusammen aus der Milchküche und hatten gerade den Kuhstall durchquert, als ein Motorengeräusch zu hören war. Ein schweres Motorrad kam jenseits von Herrn Biermanns Werkstatt im offenen Teil der Remise zum Stehen. Der Fahrer stellte den Motor ab, stieg ab und nahm den Helm ab.

»Na, das trifft sich ja gut«, sagte Luise. »Da kann ich dich direkt mit meinem neuen Mieter bekanntmachen.« Sie winkte energisch und rief: »Hallo, Tom!«

Der Motorradfahrer wandte sich uns zu und kam näher. »Luise! Endlich wieder zurück?« Er schob seinen Helm unter den Arm, so wie ein anständiger Offizier das mit seiner Uniformmütze machte.

»Ich wollte dir meine Schwägerin Frida Baker vorstellen«, sagte Luise. »Frida, das ist Thomas Opterberg.«

Die schwungvolle Art, von seinem Motorrad zu steigen, hatte bei mir erst den Eindruck erweckt, er wäre noch recht jung. Aber bei näherer Betrachtung konnte man Grauspuren in seinen dunklen, kurz geschorenen Haaren entdecken und deutliche Fältchen in seinem Gesicht.

Ich schüttelte seine Hand. »Freut mich, Herr Opterberg.«

»Ach, nenn mich Tom«, sagte er. »Das tun hier alle.«

»Sehr gern«, sagte ich und meinte es auch so. Man trifft selten ein so erfreuliches Exemplar der männlichen Gattung in fortgeschrittenem Alter. Die meisten Männer, die parallel zu mir die vierzig überschritten haben, verfügen entweder über einen unschönen Bauch (wie Herr Biermann) oder die Art von schütterem Haupthaar, die nicht so attraktiv wirkt wie bei Bruce Willis. Ganz zu schweigen von schicksalhaften Verunstaltungen wie Riesennasen, abstehenden Ohren oder Glubschaugen. Aber dieser Mann sah wirklich gut aus: groß und gut proportioniert, mit dunklen braunen Augen in einem absolut ansprechenden Gesicht.

Jetzt könnten Sie argumentieren, dass ich oberflächlich bin und nur nach dem Äußerlichen gehe. Aber das tun Männer schließlich auch. Ich denke, dass ich zwischen zwanzig und dreißig recht attraktiv war (völlig hässlich finde ich mich auch heute noch nicht, aber meine kastanienrote Haarfarbe ist aus der Tube und nicht mehr aus der Natur, es gibt da etwa fünf bis sechs lästige Kilos um meinen Äquator herum, die ich nicht loswerde, und mit jedem Lebensjahr dauert die tägliche Prozedur vor dem Badezimmerspiegel länger). Und was ich damals an blöder Anmache erlebt habe, lässt jedenfalls nicht den Schluss zu, dass Männer in erster Linie auf der Suche nach Frauen mit inneren Werten sind.

Aber Sie wollen ja sicherlich keine Klagelieder von mir hören, sondern eher etwas mehr über den gut aussehenden Tom Opterberg. Als Nächstes lächelte er uns nämlich mit strahlend weißen Zähnen an und fragte: »Und was treibt dich und unsere gute Luise in den Kuhstall?« Dabei streckte er seinen rechten Arm aus und entfernte einen Hauch von Spinnweben von Luises schwarzem Jackenärmel.

Herr Biermann war wieder zu seinem Anhänger getrottet, deshalb erläuterte Luise Tom noch einmal exklusiv unser Vorhaben. Wobei ich mir immer noch nicht so sicher war, ob es nun auch mein Vorhaben war, auch wenn die geschätzten ein Meter fünfundachtzig Mann in schwarzer Lederkluft jedenfalls ein Argument waren, das dafür sprach.

Er nickte lächelnd zu Luises Ausführungen und sagte dann: »Sagt mir Bescheid, wenn ihr Hilfe braucht.«

»Auf jeden Fall!«, versicherte Luise ihm, und er drehte sich um und stieg die Außentreppe zu seiner Wohnung über der Remise hinauf.

Ich gebe zu, ich war ziemlich neugierig. »Seit wann wohnt denn der bei euch?«

»Erst ein paar Wochen«, sagte Luise, während wir ins Haupthaus zurückgingen. »Er ist noch dabei, sich die Wohnung fertig zu machen.«

»Ein paar Wochen? Dafür scheinst du ihn aber gut zu kennen.« Mir war nicht entgangen, mit welcher Selbstverständlichkeit er sie wegen dieses Spinnwebens angefasst hatte.

»Ach, das ist ein alter Schulfreund von Ole. Der arbeitet in der Physiotherapiepraxis neben dem Hallenbad, da haben sie sich zufällig wiedergetroffen. Irgendwie ergab sich das dann mit der Wohnung. Auf Dauer will er, glaube ich, die Remise ausbauen und sich selbstständig machen. Ich kann ihn da leider nicht mehr rausschmeißen, sonst wäre das natürlich für dich optimal gewesen.«

Das klang ganz plausibel, aber es gab dabei einen Haken. Denn Ole und ich waren von der Grundschule bis zum Gymnasium in dieselben Schulen gegangen, und während all dieser Jahre hatte es da keinen Thomas Opterberg gegeben. Das müsste ich wissen. Wenn er damals schon so gut ausgesehen hätte, dann wäre er mir auf jeden Fall aufgefallen. Wäre er der fette Außenseiter gewesen, der erst später zu einem Sahneschnittchen mutiert, könnte ich mich auch an ihn erinnern. Nach dem Abitur war Ole bei der Bundeswehr ausgemustert worden und hatte sofort studiert – und Thomas hatte ja wohl kein Studium gebraucht, um Masseur zu werden.

Das war seltsam, aber nun auch wieder nicht wichtig genug, um Luise damit zu beunruhigen. Denn in dieser Zeit beunruhigte sie alles, was mit Ole zu tun hatte – die Dinge, die sie an ihn erinnerten, genauso sehr wie die

Momente, in denen sie befürchtete, sie könnte ihn vergessen.

»Heute bin ich aufgestanden und unter die Dusche gegangen«, konnte sie zum Beispiel weinerlich erzählen, »und erst als ich nach dem Eincremen wieder meine schwarzen Klamotten sah, ist mir klar geworden, dass Ole tot ist.«

»Das ist doch nicht schlimm, Luise«, versuchte ich, sie zu trösten. »Glaub mir, du wirst ihn nicht vergessen. Aber es ist normal, dass man nicht in jeder Sekunde seines Lebens daran denkt.«

»Meinst du?«, fragte sie mit unsicherem Gesichtsausdruck. Es brauchte nicht viel, um ihr Tränen in die Augen steigen zu lassen. Ich beobachtete es voller Mitleid und wünschte, ich könnte ihr besser helfen.

»Ganz bestimmt!«, versicherte ich ihr mit so viel Überzeugungskraft wie möglich.

»Denkst du, dass er mich jetzt von da oben sehen kann?«, fragte Luise mit einem Blick gen Himmel. »Er fand schwarze Sachen nie so toll an mir. Aber ich finde, es ist noch zu früh, um wieder normales Alltagszeug anzuziehen.«

Alltagszeug, das waren die fließenden pastellfarbenen Gewänder, die Luise immer ein bisschen aussehen ließen wie eine griechische Göttin. Vom ersten Tag an hatte ich sie um ihr fein geschnittenes Gesicht und die tollen dunkelbraunen Haare beneidet, die sie immer in Hochsteckfrisuren trug, die so mühelos aussahen und die ich mit meinen widerspenstigen roten Locken nie hinkriegte, und um ihre makellose Haut, die natürlich im Gegensatz zu meiner keine einzige Sommersprosse aufwies.

Ich betrachtete Luise. Tatsächlich machte das Schwarz sie ziemlich blass, auch wenn die hervorragend geschnittene Hose ihre Figur sehr vorteilhaft in Szene setzte. »Ich glaube, dass Ole das ziemlich egal ist«, sagte ich. »Wenn er dich sehen kann, dann weiß er, dass du ihn vermisst, ganz egal, was du anhast.«

»Ach Frida«, seufzte sie und fiel mir um den Hals. »Wenn ich dich nicht hätte!«

»Aber du hast mich ja«, sagte ich und machte mich vorsichtig wieder los.

Sie nickte und ließ sich auf das Sofa sinken. »Weißt du, Ole und ich hätten noch so viel zu besprechen gehabt. Da verbringt man so viel Zeit miteinander, und dann auf einmal stellt man fest, dass das immer noch nicht gereicht hat. Im Krankenhaus hatte ich den Eindruck, dass er mir noch ganz viel sagen wollte.«

»Er hat versucht, alles zu regeln«, erinnerte ich sie. »Dieser Mitarbeiter von der Bank hat seitenweise Notizen gemacht.«

»Ich meine doch nicht nur das Geschäftliche«, entgegnete sie bedrückt. »Aber wenn ich daran denke, wie oft wir schweigend beim Essen oder im Auto gesessen haben ... Was für eine Zeitverschwendung!«

Ich hörte das mit schlechtem Gewissen. Jonathan und ich hatten es schon nach wenigen Jahren aufgegeben, miteinander zu reden, und uns stattdessen wieder getrennt. Irgendwie war es ungerecht. Ole und Luise hätten gut noch viel Zeit miteinander verbringen können, aber ausgerechnet sie wurden so brutal auseinandergerissen. Nun muss ich zugeben, dass ich trotzdem nicht so gern an Oles Stelle gestorben wäre. Jonathans Ableben wäre mir relativ egal. Wir hatten nur wenig Kontakt zueinander, insofern würde es keinen großen Unterschied machen. Ich hatte mehr gelitten, als wir noch zusammen waren. Wir waren kein gutes Paar; wir konnten uns einfach nicht aufeinander einstellen. Als er endlich seine Sachen packte und die Dozentenstelle in Toronto annahm, die er angeblich schon einmal meinetwegen ausgeschlagen hatte, war ich unendlich erleichtert gewesen. Ich forschte in mir, ob ich wohl anders empfunden hätte, wenn er damals einen solchen Unfall wie Ole gehabt hätte. Aber ich konnte es nicht mit Bestimmtheit sagen.

Luise hingegen litt spürbar. Und ich hatte meinem Bruder versprochen, mich um sie zu kümmern. Inzwischen wusste ich, dass diese Aufgabe komplexer war als ursprünglich gedacht.

»Und? Was meinst du?«, fragte sie mich nun mit einem gewissen Themensprung. »Soll ich den Installateur bestellen wegen des Badezimmers?«

»Ach, weißt du«, sagte ich gedehnt. »Ich würde gern noch mal in Ruhe darüber nachdenken.«

Sofort sah sie ein wenig schuldbewusst aus. »Ich dränge dich zu sehr, was?«, fragte sie. »Natürlich sollst du das noch mal überschlafen. Weißt du was? Ich glaube, ich bleibe heute hier. Ich habe das Gefühl, ich kann das jetzt wieder.«

»Bist du sicher?«, wollte ich wissen. Wobei mir die Aussicht auf einen Abend allein zuhause, verschönt durch die Tatsache, dass Freitag war, sehr erfreulich erschien. Meines Erachtens war die Abschaffung des Unterrichts am Samstag eine der wenigen Sternstunden, die es jemals im Kultusministerium gegeben hat.

»Ja, ganz sicher«, behauptete sie. »Ich mach mir einen Tee und setze mich vor den Kamin, ganz so, als wenn Ole nur zu seinen Sitzungen nach Berlin geflogen wäre. Es ist ja nicht so, als wäre ich nie hier allein gewesen. Und es sind ja auch noch andere Leute hier, ich muss mich also nicht fürchten.«

Sie war so motiviert, endlich wieder eine Übernachtung zuhause zu wagen, dass sie auch keine Lust hatte, mich nach Hause zu bringen. Stattdessen überreichte sie mir die Schlüssel für ihren SLK. »Du kannst ja morgen früh zurückkommen und Brötchen mitbringen.«

»In Ordnung«, sagte ich und machte mich rasch auf

den Weg, um auch ja keine Minute meines Restabends zu versäumen. Die Fenster über der Remise waren alle hell erleuchtet, und ich konnte Musik hören – Bruce Springsteen, soweit ich das erkennen konnte. Typisch Biker.

Ich muss gestehen, es war eine Erleichterung, meine Wohnung mal wieder für mich zu haben. Ich mag Luise wirklich sehr, aber mit jemandem meine gesamte wache Zeit zu verbringen finde ich extrem anstrengend. Und meine Wohnung war nicht groß genug, um sich völlig aus dem Weg gehen zu können. Jetzt konnte ich endlich mal wieder meine alten Kuschelrock-CDs laufen lassen und einfach so einen Amaretto trinken, ganz ohne Anlass, einfach nur, weil er gut schmeckt.

Nicht, dass Luise was gegen Alkohol im Allgemeinen oder Amaretto im Speziellen hätte, aber sie hatte so eine Art, das zu zelebrieren, die mir lästig war. Mir persönlich reicht es, wenn ich mir eins der kleinen Gläschen aus dem Schrank hole und immer mal einen Schluck nehme, wenn ich daran vorbeikomme. Mit Luise war das nicht drin. Da musste man sich setzen und überlegen, worauf man trinkt oder zumindest warum, und ich glaube, am liebsten hätte sie jedes Mal Eis geholt oder die Gläser mit irgendwas verziert, um aus dem Amarettotrinken das besondere Erlebnis zu machen, das ihr so wichtig ist.

Ein Gutes hatte Luises Anwesenheit allerdings gehabt – ich hatte so konsequent gearbeitet wie selten. Denn wenn ich am Schreibtisch saß, dann ließ sie mich in Ruhe und las geduldig auf dem Sofa ihre Romane. Vermutlich hatte Ole ihr beigebracht, ihn bei der Arbeit nicht zu stören. Und weil ich, wenn sie da war und alles mitbekam, nicht so unstrukturiert durch die Bude rennen und dies und das tun konnte, nur um noch für fünf Minuten dem Schreibtisch und der damit verbundenen Tätigkeit aus dem Weg zu gehen, hatte ich nicht nur die meisten Stunden für den Wochenanfang bereits vorbereitet, sondern auch die Aufsätze meiner Zehn schon korrigiert.

Insofern war der Abend ein doppelter Genuss, weil ich ihn ohne schlechtes Gewissen vergammeln konnte. Das tat ich, indem ich mir eine Portion Nudeln mit Tomatensauce kochte, die ich beim Herumsurfen am Computer aß. Dann gönnte ich mir noch einen Nachschlag Amaretto und krönte den Abend durch zwei Stunden intensives Malen an einem Acrylbild. Ersteres verlieh mir eine angenehme Bettschwere und Letzteres versetzte mich wie immer in gute Laune, so dass ich mich geradezu beschwingt schlafen legte und es ganz bewusst vermied, darüber nachzudenken, dass mein Bruder erst vor kurzem gestorben war.

Gegen drei Uhr wurde ich aber wieder daran erinnert. Nicht direkt, weil ich den Dauerton meiner Türklingel natürlich nicht unbedingt mit Ole in Verbindung brachte. Aber spätestens nachdem ich Luise über die Gegensprechanlage schluchzen hörte, war wieder alles sehr präsent.

»Ich hab's nicht ausgehalten!«, rief sie mir schon an der Wohnungstür entgegen und fiel mir um den Hals. »Tut mir leid, Frida, aber ich wusste nicht, was ich sonst machen sollte.«

Ich strich ihr beruhigend über den Rücken, machte erst mal die Wohnungstür zu, bevor die Nachbarn aufmerksam wurden, und schob Luise vorsichtig ins Wohnzimmer.

»Wie bist du denn hergekommen?«, fragte ich. Schließlich hatte ich doch ihren SLK mitgenommen.

»Mit Oles Audi!«, heulte sie. »Und jetzt habe ich auch noch eine Macke drangefahren! Frida, ich mache alles falsch.«

»Ach, Unsinn«, sagte ich und drückte sie sanft auf die Couch. »Du machst nicht alles falsch. Du bist einfach eine Frau in einer Stresssituation. Möchtest du einen Amaretto?« Es war der einzige Alkohol, den ich im Haus hatte.

Luise nickte schniefend und suchte in ihrer Handtasche nach einem Taschentuch, während ich meinen letzten Amaretto fair zwischen uns teilte.

Ich drückte ihr das Glas in die Hand, nachdem sie sich die Tränen abgetupft und die Nase geputzt hatte. »So, jetzt erzähl mal der Reihe nach.«

Sie seufzte schwer. »Ich dachte wirklich, ich würde es schaffen«, berichtete sie. »Aber dann bin ich ins Bett gegangen, und dann ...« Wieder begannen die Tränen zu fließen. »Dann war da sein Schlafanzug, und ich dachte ... um ihn noch ein bisschen zu spüren ... nur so einen Moment ... da hab ich das Oberteil ... und das roch noch nach seinem Aftershave ...« Sie sackte immer mehr in sich zusammen. Dann richtete sie sich mit einem Ruck wieder auf, kippte ihren Amaretto, als wäre es ein Weizenkorn, und sah mich mit ihren verquollenen Augen an. »Ich weiß nicht, was ich machen soll, Frida.« Wieder warf sie sich heulend an meine Schulter und machte mir meine ganze Hilflosigkeit bewusst. Wie tröstet man jemanden, der die Liebe seines Lebens verloren hat?

»Beruhige dich erst mal, Luise«, sagte ich und streichelte sie zaghaft. Sie fühlte sich so dünn an. Zum ersten Mal konnte ich mir wirklich vorstellen, wieso jemand als ›zerbrechlich‹ bezeichnet wurde. Vielleicht würde sie einfach wie eine Blume verwelken, wenn sie jetzt im Stich gelassen wurde.

»Ich wünschte, ich könnte ihn irgendwie spüren«, klagte sie. »Wenn ich wenigstens mal von ihm träumen würde. Oder wenn ich irgendwas hätte, was mir zeigt, dass er ... dass er noch irgendwie da ist. Weißt du, was ich meine?«

Ich wusste, was sie meinte. Sie hatte noch vor ein paar Monaten einen dieser schmalzigen Romane mit Begeisterung aufgesogen (und mir mit Nachdruck empfohlen), in denen der Verstorbene regelmäßig Botschaften für seine Witwe aus dem Jenseits sendet. Aber so was passiert ja nun mal im wirklichen Leben nicht.

Also versuchte ich es mit Ablenken. »Was war mit dem Audi? Hattest du einen Unfall?«

Immerhin brachte sie das dazu, mich loszulassen. »Nein, ein Unfall war das nicht«, sagte sie müde. »Ich bin unten beim Einparken an den Schutzpoller vor diesem Elektrokasten gekommen. Keine Ahnung, ob das ein großer Schaden ist. Aber am Dienstag holen sie das Auto ab, das ist doch ein Dienstwagen. Ole war immer so pingelig damit, und jetzt hab ich es kaputtgemacht.«

»Wir sehen uns das morgen an«, schlug ich vor. »Jetzt legst du dich erst mal hin und schläfst. Morgen früh sieht alles schon wieder anders aus.«

»Ich weiß, morgen ist auch noch ein Tag«, murmelte sie und zog sich die Schuhe von den Füßen. »Aber ich bin nicht Scarlett O'Hara.« Wie sehr sie durch den Wind war, konnte ich daran erkennen, dass sie blaue Pumps zu ihrem schwarzen Hosenanzug anhatte, aber das würde ich ihr jetzt nicht sagen. Wichtiger war mir, dass wir beide unseren Schönheitsschlaf bekamen.

Erst als ich selbst wieder in meinem Bett lag, holte mich die Situation wirklich ein. Luise war in der Tat nicht Scarlett O'Hara, die mit eisernem Willen jedem Problem trotzte. Ole hatte sich schon zu Recht Sorgen gemacht. Und mir wurde klar: Egal, wie ich mich winden und die Entscheidung verzögern mochte, es würde wohl kein Weg daran vorbeigehen, Luises Wunsch zu erfüllen und nach Wernebeck zu ziehen.

Diese Einsicht machte es mir nicht unbedingt leichter, wieder einzuschlafen. Also nutzte ich die Zeit, um mich gedanklich auf die anstehenden Veränderungen einzustellen. Aber, so sagte ich mir, nach der Trennung von Jonathan war mein Leben auch kein Ponyhof. Damals waren Ole und Luise für mich da gewesen. Nicht zuletzt dank ihrer Unterstützung hatte ich die erste harte Zeit überstanden. Ich würde auch diese Veränderung schaffen. Und vor allem würde ich Luise nicht im Stich lassen, das stand schon mal fest.

Luise war blass und nervös am nächsten Morgen und konnte kaum ihr Brötchen runterkriegen. »Mir ist schon etwas peinlich, was ich im Augenblick hier abziehe«, sagte sie kleinlaut. Das war das Faszinierende an ihr: Sie konnte einerseits so ichbezogen und dramatisch sein, und andererseits kriegte sie es auch wieder mit und war dann ein Häufchen schuldbewusstes Elend.

»Mach dir keine Vorwürfe«, sagte ich. »Wir kriegen das schon hin. Immerhin ist Wochenende, da haben wir doch alle Zeit der Welt, um den verlorenen Schlaf nachzuholen.«

»Sicher«, sagte sie nachdenklich, »aber ich frag mich natürlich, wie das jetzt weitergehen soll, wenn ich es auf Dauer nicht in meiner eigenen Wohnung aushalte.«

Ich holte tief Luft. »Die Zeit werden wir irgendwie überbrücken«, teilte ich ihr mit. »Wir müssen einfach schauen, dass wir den Umbau möglichst schnell über die Bühne kriegen.«

»Du hast dich entschieden?« Luise ließ überrascht ihre Kaffeetasse sinken. »Ich hätte gedacht, dass du noch länger brauchst.«

»Ich auch«, gestand ich. »Aber was soll's? Irgendwann muss man seine Entscheidung doch treffen. Dann kann ich heute direkt mal alles ausmessen und planen. Ich muss ja sowieso dein Auto wieder zurückfahren.«

Luise wurde noch etwas blasser. »Oh nein!«, stieß sie

hervor. »Du musst den Audi fahren. Den fasse ich nicht mehr an.«

»Bist du sicher? Darf ich das überhaupt, wenn das ein Dienstwagen ist?«

»Das ist mir völlig egal«, sagte sie mit solchem Nachdruck, dass ich nicht weiter fragte. Außerdem fiel sie mir in diesem Moment völlig überraschend um den Hals. »Du ziehst zu mir! Ich freu mich so!«

Ich brachte den – zugegebenermaßen riesigen – Audi heil wieder nach Wernebeck zurück und sah mir dann den Schaden an, den Luises Malheur mit dem Elektrokasten verursacht hatte. Meines Erachtens war es nicht so schlimm, aber bei solchen Karossen konnte man ja nie wissen.

Wie es der Zufall wollte, lief mir dabei Tom über den Weg. »Gibt's ein Problem mit dem Wagen?«

»Ich guck mir gerade den Kratzer an, den Luise gestern drangefahren hat.«

»Ach, Luise«, murmelte er kopfschüttelnd und beugte sich über den silbernen Kotflügel. »Das hier meinst du? Das hat Luise gemacht? Ich wusste gar nicht, dass sie diesen Wagen fährt. Ich habe immer nur Ole damit gesehen.«

»Ich nehme an, das war das Problem«, sagte ich und schilderte ihm in kurzen Zügen den Sachverhalt.

Noch mal begutachtete er kritisch die Schramme. »Ich vermute, deshalb wird sie keinen Ärger mit der Bank kriegen«, meinte er zuversichtlich. Wir hockten ziemlich dicht nebeneinander vor dem Kotflügel, und ich fand es bedauerlich, dass wir uns jetzt auch wieder erheben mussten. »Je nachdem, vielleicht muss sie noch nicht mal in die Werkstatt damit.«

»Dann erklär du ihr das bitte«, sagte ich. »Im Moment zerfleischt sie sich nämlich total mit Selbstvorwürfen.

Und mir ist alles recht, was Luise emotional wieder auf die Beine bringt.«

»Natürlich, das sehe ich doch genauso. Ich sag's ihr, wenn ich ihr über den Weg laufe!«, versprach er und zog von dannen. Auch von hinten war er nicht übel anzusehen, die Jeans saß, wie sie sollte, genau wie das graue T-Shirt, in dem ich mich um diese Zeit noch tot gefroren hätte. Aber Männer waren da ja anders.

Er war kaum entschwunden, da kam Luise mit ihrem SLK auf den Hof gerollt. Auch sie warf einen Blick auf die Schramme und fing sofort wieder an zu heulen. Manchmal hatte ich das Gefühl, dass sich ihre Überempfindlichkeit mit jedem dieser kleinen Dramen verstärkte, so wie man bei einer Erkältung auch anfälliger für andere Erkrankungen wird. Deshalb war meine Strategie, Luise zunächst mal zu stabilisieren, indem ich solche Anlässe wie letzte Nacht vermeiden half. Mit der Zeit würde sie vielleicht wieder tougher werden. Hoffentlich.

Tatsächlich änderte sich etwas bei Luise von dem Moment an, als sie sicher war, dass ich bei ihr einziehen würde. Sie begann wieder kreativer zu kochen, stürzte sich aktiv in die Umbauplanung meines Badezimmers, solche Sachen. Sie war sogar in der Lage, wieder allein in ihrem Haus zu übernachten, weil sie sich jetzt vorstellen konnte, dass es nur für den Übergang war. (Und weil ich ihr zugeredet hatte, endlich Oles Schlafanzug in die Wäsche zu stecken.)

Für Montagnachmittag hatte sich der Installateur angekündigt. Deshalb musste ich direkt nach der Schule nach Wernebeck fahren. Luise kam mir mit einem Strahlen im Gesicht entgegen, das ich schon lange nicht mehr gesehen hatte.

»Hey, was ist los?«, fragte ich. Obwohl ich mir das hätte sparen können, denn sie würde es mir sowieso erzählen.

»Du wirst es nicht glauben!«, sprudelte es aus ihr heraus. »Ich hab von Ole geträumt! Und er hat mich total beruhigt. Es ist tatsächlich so. Er wird sich auch weiter um mich kümmern. Wie so eine Art Schutzengel vielleicht.«

»Oh«, sagte ich etwas zurückhaltend. Solche Vorstellungen passen nicht so wirklich in mein Weltbild. Die augenblicklich so beliebte Tendenz zum Paranormalen ist mir höchst suspekt.

Luise spürte meine innere Abwehr. »Du glaubst mir nicht? Ich kann es dir beweisen!«

Ich ließ mich etwas widerwillig von ihr auf den Hof ziehen bis zu dem Carport. Sie deutete auf den Audi und jubelte: »Na? Fällt dir was auf?«

Ich musterte das Schlachtschiff und sah es dann selbst: Die Schramme war verschwunden. Einfach weg. Ich war mir ganz sicher, an welchem Kotflügel sie gewesen war; jetzt gab es da vielleicht noch die Ahnung eines Schadens, aber auch nur, wenn man davon wusste.

»Na so was«, murmelte ich verblüfft.

»Siehst du?«, tirilierte Luise. »Das ist ein Zeichen.«

»Ein Zeichen?«, wiederholte ich verständnislos.

»Von Ole!«, erklärte sie. »Ich bin so froh, Frida! Er lässt mich nicht im Stich. Ist das nicht beruhigend?«

»Schön für dich«, sagte ich widerstrebend. Wenn Luise von Ole träumte, war das eine Sache. Erklärbar und verständlich. Wenn plötzlich die Schramme am Audi verschwunden war, gab es auch dafür eine Erklärung. Die ich jedoch noch finden musste.

Luise hielt sich damit nicht länger auf. Sie hatte ihr Zeichen von Ole bekommen – und ich musste zugeben, wenn sie das so positiv beeinflusste, würde ich ihr das auf keinen Fall kaputtmachen. Aber für mich selbst sah das anders aus. Ich nutzte die Gelegenheit, als sie in die Küche zurückstrebte, weil sie dort etwas am Köcheln hatte, und schlich mich in den Schuppen neben dem Carport, wo die übliche Mischung aus Winterreifen, Werkzeug und Autopflegemitteln gelagert wurde.

Es war weder schwer, den Lackstift zu finden, noch die staubfreie Stelle, wo er vorher gestanden hatte, während er jetzt ein paar Zentimeter weiter rechts positioniert war. Es war relativ klar, dass nicht Ole sich für diese Aktion aus dem Jenseits materialisiert hatte. Für wahrscheinlicher hielt ich auf jeden Fall die Möglichkeit, dass jemand Lebendiges sich der Schramme angenommen hatte, bevor die Leute von der Bank das Auto abholen kamen. Und das war mit ziemlicher Sicherheit Tom.

Aber sollte ich das Luise sagen und sie so wieder auf den Boden der Tatsachen holen, wo es zwar nette Nachbarn, aber keinen treusorgenden Ehemann aus dem Jenseits gab? Vermutlich würde sie das in ihrer seelischen Verfassung wieder deutlich zurückwerfen. Und damit stand für mich fest, dass ich genau das nicht tun würde. Es konnte doch nicht schaden, wenn sie für eine Weile mit der Vorstellung lebte, ihr Mann sorge jetzt durch übersinnliche Einwirkungen für sie, oder?

Ich stellte den Lackstift behutsam wieder genau auf die ursprüngliche staubfreie Position und ging in die Küche, um mir von Luise mit strahlendem Lächeln ein hervorragendes Gulasch servieren zu lassen. In kulinarischer Hinsicht würde ich mich zweifellos verbessern.

2

In dieser Woche standen zwei Klassenarbeiten und die Zwischenbewertung eines Kunstprojekts im Grundkurs der Elf an. Mit anderen Worten: Ich hatte auch ohne die Betreuung von Luise genug zu tun. Aber meine Schwägerin erwartete, auch nachdem Ole sie inzwischen durch Träume und liebe kleine Gesten begleitete, dass ich mindestens einmal am Tag mit ihr Kontakt aufnahm. Und zwar möglichst persönlich.

Das war nur zu schaffen, indem ich meine zwei Joggingrunden pro Woche ausfallen ließ, meine Rückengymnastik absagte und meinen Fernsehkonsum auf eine Viertelstunde Nachrichten pro Abend reduzierte. Alle weiteren Informationen konnte ich mir zur Not während der Pausen aus den Zeitungen holen, die im Lehrerzimmer herumlagen.

Auf diese Weise war ich halbwegs im Plan, als Isabel mir während unserer gemeinsamen Hofaufsicht mitteilte: »Hör mal, Frida, meine Schwiegermutter möchte nun doch ihren Webstuhl verkaufen.«

»Ganz sicher?« Isabels Schwiegermutter war ein wankelmütiges Geschöpf. Schon mehrmals hatte sie die Absicht angedeutet, sich von ihrem großartigen finnischen Flachwebstuhl zu trennen, und es sich dann doch wieder anders überlegt.

»Doch, ganz bestimmt. Mein Schwiegervater hat sie überredet, ihre Werkstatt aufzugeben und darin stattdessen einen Fitnessraum einzurichten. Sie kann das ja überhaupt nicht mehr mit ihrem Rücken. Das Ding ist seit zwei Jahren außer Betrieb und staubt nur ein.«

Ausgerechnet jetzt. Seit den gerade erwähnten zwei Jahren schwebte das Webstuhlprojekt ungeklärt im Raum. Ich hatte schon mit der besagten Schwiegermutter in Kassel telefoniert und von ihr eine Menge Fotos des Webstuhls bekommen, aber immer, wenn ich sie auf konkrete Preisverhandlungen festnageln wollte, war sie wieder zurückgeschreckt. Ich hingegen hatte bereits sehr konkret meine Wohnung überprüft und ausgemessen und festgestellt, dass alles genau passen würde, wenn ich den Webstuhl in mein Arbeitszimmer stellte und den Schreibtisch im Schlafzimmer aufbaute.

Aber gerade heute früh hatte ich diese Wohnung gekündigt, bei Luise waren schon die Handwerker dabei, die Badezimmerfliesen von der Wand zu schlagen, und ich hatte keine Ahnung, wo ich dieses Wunderwerk der Textilproduktion nun aufstellen sollte. Trotzdem ... so einfach konnte ich mich nicht von einem Traum trennen, den ich schon seit geraumer Zeit hatte.

Aber wo konnte ich den vertrackten Webstuhl lassen? Im Kuhstall jedenfalls nicht, es sei denn, man würde dort relativ aufwändig renovieren und eine Heizung einbauen. Auch wenn es einem beim Weben recht warm werden konnte, würde es ganz ohne nicht gehen.

»Du müsstest das Ding relativ kurzfristig abholen«, sagte Isabel. »Mein Schwiegervater ist nicht der Geduldigsten einer, und der will jetzt bald loslegen mit dem Umbau.«

»Ich weiß noch nicht mal, was der kosten soll!«, sagte ich und warf einen skeptischen Blick in Richtung der Spielgeräte auf dem Schulhof, wo sich öfter kleine konspirative Gruppen zur Planung irgendwelchen Unfugs versammelten. Im Moment schien aber alles ruhig.

»Das wird nicht das Problem sein«, meinte Isabel. »Das Ding muss weg, also gib ihr hundert Euro für den ganzen Ramsch, und gut ist. Vermutlich packt sie dir die ganze Wolle noch dazu.«

Hundert Euro? Da wäre vermutlich schon der Transporter teurer, den ich zum Abholen brauchte. Ach ja, es passte alles, und doch wieder nicht. Denn jetzt hatte ich endlich den Webstuhl, von dem ich schon so lange träumte, und wusste nicht, wohin damit.

Luise spürte offensichtlich, dass mir diese Frage im Kopf herumging. »Was ist los?«, fragte sie, als ich bei ihr zum Abendessen erschien.

»Ach, nichts«, murmelte ich. Solange ich noch keinen konkreten Plan hatte, wollte ich ihr nicht mit meiner Idee kommen.

Sie schüttelte tadelnd den Kopf. »Nein, so nicht!«, sagte sie streng. »Nicht mit mir! Das habe mir ich schon von Ole nicht gefallen lassen, und von dir lasse ich mir das auch nicht bieten. Du hast was, also streite es nicht ab.«

Ich hatte schon geraume Zeit geargwöhnt, dass ich für sie eine Art Ole-Ersatz abgeben sollte. Aber so deutlich hatte sie das noch nie formuliert. »Ich überlege, einen Webstuhl zu kaufen«, gestand ich etwas widerwillig.

Ihre Augen wurden groß und rund. »Einen Webstuhl? Na und? Wo ist das Problem? Ist der zu teuer?«

»Nein, im Gegenteil, ein echtes Schnäppchen. Aber erstens steht er in Kassel, und zweitens … zweitens weiß ich nicht, wo ich den hier aufstellen soll.«

»Aufstellen?« Ich ahnte schon, Luise hatte keine Ahnung von Webstühlen. »Musst du den etwa selbst beziehen?«

Jetzt war ich auch verwirrt. »Wieso beziehen?«

»Na, mit diesem Webstoff. Du kannst doch so was.«

Ich holte tief Luft. »Luise, es geht nicht um einen Stuhl, sondern um einen Webstuhl. So ein Ding, mit dem man weben kann.«

»Ach du Schreck«, sagte Luise sehr spontan. »Was willst du denn damit?«

»Ich wollte immer einen haben«, gestand ich. »Ich hab doch damals in der Schweiz als Au-Pair-Mädchen gearbeitet, und da hab ich auch weben gelernt.«

»Und jetzt willst du in Kassel so eine Maschine kaufen?«

»Das ist keine Maschine«, korrigierte ich sie. Einmal Lehrer, immer Lehrer. »Das ist ein großes Holzgestell, das ziemlich viel Platz braucht, von den zusätzlichen Geräten und dem Garn mal ganz zu schweigen. Ich weiß nicht, wo das hinkönnte.«

»Hm«, machte Luise nachdenklich. »Meinst du, das passt bei uns in den Keller? Der ist riesig.«

»Von der Grundfläche ja. Von der Höhe leider nicht.« Ich war zwar noch nicht oft in dem besagten Gewölbe gewesen, aber ich erinnerte mich, dass man dort tunlichst keine Luftsprünge machen sollte, wenn einem seine Schädelplatte lieb war. Und so ein Webstuhl war leider deutlich höher als mein Scheitel.

»Dann müssten wir uns mal den Dachboden ansehen«, sagte sie. »Es wäre doch gelacht, wenn wir hier nicht irgendwo einen Platz für dieses Ding finden können, wenn dir so viel daran liegt.«

»Das ist lieb von dir«, sagte ich.

»Dass du so kurzfristig alles aufgibst, um zu mir zu ziehen, ist ja auch lieb von dir«, gab sie zurück. »Lass uns morgen mal auf den Dachboden steigen. Jetzt ist es zu spät. Es gibt momentan kein Licht da oben. Und die Treppe ist so steil, da gehe ich kein Risiko ein.«

Kein Licht. Steile Treppe. Tolle Voraussetzungen also, um da oben eine kleine Werkstatt einzurichten. »Vielleicht sollte ich das ganze Projekt einfach abblasen«, sagte ich missmutig.

»Auf keinen Fall!«, widersprach Luise energisch. »Wenn dir das Freude macht, dann sollst du deinen Webstuhl haben. Immerhin weiß ich schon, wer uns den hierher schafft.«

»Tatsächlich? Wer denn?«

»Mein Bruder Fritz«, sagte sie zuversichtlich. »Der hat bestimmt einen passenden Wagen in seinem Autohaus in Remsede, und so weit weg ist Kassel auch nicht. Der kann ruhig mal was für mich tun.«

Mit dieser Überlegung stand die Sache für sie fest, und die Sache war mir aus der Hand genommen. Mit erstaunlicher Beharrlichkeit verfolgte nun Luise das Unternehmen »Webstuhl«. Sie ließ sich auch nicht durch die Tatsache abhalten, dass der Dachboden alles andere als geeignet war, um dort einen Webstuhl aufzustellen. »Wir finden schon eine Lösung«, versicherte sie mir. »Erst mal schaffen wir das Ding hierher, bevor es dir durch die Lappen geht, und dann sehen wir weiter.«

Gegen ihre enthusiastische Einsatzbereitschaft war schlecht anzukommen. Was ich eigentlich auch nicht wollte, denn über diesen Webstuhl hatte ich ja schon lange fantasiert. Mit Fritz war es schon was anderes, aber auch er musste sich schließlich Luises subtilen Überredungskünsten geschlagen geben.

So saß ich bereits am Wochenende danach zu meinem eigenen Erstaunen in meinem Auto und fuhr zum Autohaus, um dort Fritz zu treffen und mit ihm nach Kassel weiterzureisen. Luise wäre gern auch mitgekommen, aber auf der Rückfahrt hätten wir für sie keinen Platz gehabt.

»Das ist aber in Ordnung«, sagte sie gelassen. »Das hat Ole mir gezeigt.«

»Ole hat dir das gezeigt?«, wiederholte ich. »Wie denn das?« Eigentlich ging es nur darum, welche Begebenheit sie dieses Mal als Zeichen von Ole interpretieren würde. Offensichtlich träumte sie jetzt öfter von ihm, aber nicht immer kamen so konkrete Fingerzeige dabei heraus.

»Er hat einen Termin für heute gemacht, für den ich zuhause sein muss«, erklärte Luise mir mit einem seligen Lächeln.

»Einen Termin? Aus dem Jenseits?« Das war ja schon etwas makaber. »Für was denn?«

»Nein, den Termin hat er schon vor längerer Zeit gemacht«, sagte sie. »Mit einem Münzsammler, der seine Vatikan-Sammlung kaufen möchte. Aber ich wusste das nicht, bis der Typ gestern angerufen und gefragt hat, ob er trotzdem kommen kann.«

»Du kennst diesen Menschen also gar nicht?« Bei der Vorstellung, dass ein wildfremder Kerl die wertvolle Münzsammlung sehen würde, während er mit Luise ganz allein im Haus war, wurde mir etwas flau. Man hörte ja die wildesten Geschichten über Leute, die ahnungslose Hinterbliebene abzuzocken versuchten, und eine wohlhabende Witwe auf einem Landgut war bestimmt ein willkommenes Opfer.

»Nein, natürlich nicht«, sagte sie. »Ich habe doch mit diesen Sachen nichts zu tun. Ich weiß auch noch nicht, ob ich die Vatikan-Kollektion wirklich verkaufen möchte. Aber das wird mir Ole bestimmt auch zeigen.«

»Luise, vielleicht solltest du diesen Termin verschieben«, drängte ich ein wenig besorgt. »Mir gefällt das nicht, dass du mit diesem Unbekannten allein bist und der dann Zugriff auf Wertsachen im Haus hat.«

Sie lächelte milde. »Ach Frida, das ist so reizend von dir, dass du dir um mich Sorgen machst. Aber das brauchst du nicht. Wenn Ole das so vorbereitet hat, dann wird er auch dafür sorgen, dass nichts passiert.«

Und wenn er das nicht vorbereitet hat, sondern irgendein Betrüger versucht, dich reinzulegen?, dachte ich. Aber ich hielt den Mund. Diese Ole-Geschichte hatte eine solche Eigendynamik gewonnen, dass ich wenig Chancen sah, Luise vom Gegenteil zu überzeugen.

Ich nahm ihr das Versprechen ab, sofort anzurufen, wenn der Termin vorbei war, damit ich wenigstens von da an beruhigt sein könnte. Aber ich konnte auch noch was anderes für sie tun, denn gerade als ich in mein Auto stieg, kam Tom mit seinem Motorrad auf den Hof gerollt.

»Hallo Frida, so früh schon unterwegs?«

»Das könnte ich dich ja auch fragen.«

Er holte grinsend eine Brötchentüte aus seinem Rücksitzfach und schwenkte sie. »Ich hatte einen lebenswichtigen Grund.«

»Na, dann lass dich nicht aufhalten«, sagte ich.

So eilig schien er es aber nicht zu haben. »Hast du schon gefrühstückt?«

»Allerdings. Luise hat mich versorgt. Einschließlich einer Wegzehrung, weil ich jetzt zu einer großen Expedition aufbreche.«

»Tatsächlich? Wo geht's denn hin? Zum Nordpol?« Er sah wirklich klasse aus, wenn er so grinste.

»Nicht ganz. Ich treff mich mit Luises Bruder in seinem Autohaus.«

»Ach ja! Ein Date oder willst du dir ein Auto kaufen?« Toms Grinsen war einer eher skeptischen Miene gewichen.

»Weder noch. Wir fahren einen Webstuhl abholen.«

»Einen Webstuhl? Für dich?« Immerhin konnte er offensichtlich mit dem Begriff mehr anfangen als Luise.

»Ich hoffe es jedenfalls«, brummte ich. »Mir ist noch nicht so ganz klar, wo ich den aufstellen soll. Aber es ist ein Schnäppchen, deswegen musste ich ihn kaufen.«

»Interessant. Das hört man sonst eher im Zusammenhang mit Schuhen.«

»Daran siehst du, dass ich etwas Besonderes bin«, erwiderte ich spöttisch.

»Gut, dass du das sagst«, konterte er. »Sonst hätte ich das gar nicht gemerkt.«

»Gern geschehen.«

»Na dann man los«, meinte er ermutigend. »Wir wollen doch Freiherr Fritz nicht warten lassen.«

»Du kennst den?« In gewisser Weise war das schon gemein mit dem Freiherrn, aber zum einen heißt er tatsächlich Fritz von Staaden, und zum anderen hat nicht nur Luise so etwas Aristokratisch-Prätentiöses, sondern ihre ganze Familie.

»Flüchtig. Und du?«

»Auch flüchtig«, sagte ich und spielte zögerlich mit meinem Schlüssel. »Sag mal ... Wirst du heute hier sein oder hast du was anderes vor?«

»Ich werde wie fast immer damit beschäftigt sein, meine Wohnung zu renovieren«, sagte Tom. »Wieso? Brauchst du jemanden zum Schleppen?«

Das vielleicht auch, aber nicht so dringend wie für andere Dinge. »Luise erwartet heute Besuch von jemandem, der sich Oles Münzsammlung ansehen will«, erklärte ich. »Und mir ist nicht so wohl dabei, dass sie dann ganz allein mit dem ist.«

»Verstehe«, nickte er. »Ich werde darauf achten.«

»Das beruhigt mich sehr«, versicherte ich ihm.

»Du machst dir Sorgen um Luise, ja?« Er legte mit einem verständnisvollen Lächeln den Kopf schräg. »Denkst du, sie kommt allein nicht klar?«

»Ich weiß es«, versetzte ich schärfer als beabsichtigt. »Was meinst du wohl, weshalb ich hier einziehe?«

Er zuckte mit den Achseln. »Könnte ja sein, dass es dir einfach hier gefällt.«

»Klar ist es schön hier«, sagte ich. »Aber eigentlich reizt es mich nicht genug, um freiwillig auf fünfundzwanzig Prozent meines Wohnraums und auf eine eigene Küche zu verzichten. Ganz zu schweigen davon, dass ich jetzt bestimmt eine Viertelstunde länger zur Schule fahre. Und natürlich diesen Webstuhl nicht aufstellen kann.«

Vermutlich war das zu viel Information für jemanden, den ich kaum kannte. Sein Blick glitt etwas ziellos auf einen Punkt hinter mir. »Tjaaa ...«, machte er.

Ich wusste, wann ich jemandem genug erzählt hatte. »So, dann will ich mal«, sagte ich. »Schönen Tag noch.«

»Dir auch«, sagte Tom und wanderte mit seiner Brötchentüte davon.

Das Autohaus der von Staadens lag verkehrstechnisch günstig erreichbar am Ortseingang von Remsede und hatte alle Register gezogen, um seine Kunden zu beeindrucken. Die Gebrauchtwagen vor dem Gebäude waren nach Typ geordnet und mit militärischer Präzision nebeneinander aufgereiht. Die Botschaft lautete »seriös und hochwertig«. Alles blinkte und blitzte, alberne bunte Fähnchen hatten hier nichts verloren.

Mit Jeans und Pullover entsprach ich kleidungstechnisch nicht ganz der Zielgruppe des Hauses. Der Kontrast wurde noch deutlicher, als Fritz auftauchte.

»Frida!«, rief er mir entgegen und schüttelte überschwänglich meine Hand. »Schön, dich zu sehen.« Wie immer war er ganz der Grandseigneur in vollendeter Montur: graue Hose, dunkles Sakko. Hemd mit Manschettenknöpfen. Einstecktuch und passende Krawatte. Aber mir schien, er war schmaler und älter geworden. Kein Wunder, wenn seine Scheidung wirklich die Schlammschlacht gewesen war, als die Luise sie dargestellt hatte.

»Geht mir genauso«, erwiderte ich. Immerhin war er

derjenige, der mich meinem Webstuhl im wahrsten Sinne des Wortes ein Stück näher brachte. Auch wenn ich mich fragte, ob er in diesem Aufzug mit mir dorthin fahren wollte.

»Warst du schon mal hier? Wie gefällt dir der Salon? Wir haben vor einem Jahr komplett modernisiert.«

Ich sah mich um. »Toller Laden!«, sagte ich anerkennend. »Obwohl ich gestehen muss, dass dies nicht meine Marke ist. Aber ich hab meinen Golf ein Stück weiter weg geparkt, keine Sorge.«

Fritz lachte. »Du bist goldig, Frida! Hier muss sich keiner wegen seiner Automarke entschuldigen. Mir ist doch klar, dass nicht die ganze Welt Mercedes fahren kann. Auch wenn ich den Anteil natürlich zu steigern versuche.«

›Goldig‹ hatte mich noch niemand genannt. Aber ich würde es ihm mal durchgehen lassen. Wie gesagt war er auf dem Wege, mir einen Gefallen zu tun. »Ich bin dir wirklich sehr dankbar, Fritz«, sagte ich, um das Prozedere zu beschleunigen. »Ich hoffe, ich raube dir nicht zu viel deiner Zeit.«

»Ab und zu brauch ich auch mal eine Abwechslung«, sagte er. Und dann ging er sich tatsächlich umziehen. Für seinen Geschmack war die passende Kluft für so ein Unternehmen eine Chino-Hose, Loafers und ein Polopullover (vermutlich Kaschmir). »Es kann losgehen«, verkündete er und geleitete mich zu einem silberfarbenen Transporter mit Firmenaufdruck.

Während er das Navi einstellte, musterte ich ihn genauer. Nach meiner Rechnung musste er jetzt einundfünfzig sein, und man sah ihm jedes Jahr an. An seiner dezent gebräunten Hand fiel mir der Streifen auf, über dem sich vermutlich jahrelang der Ehering befunden hatte.

»Wie geht es dir, Fritz?«, fragte ich ihn, nachdem wir auf der Straße waren.

»Nicht schlecht«, sagte er. »Natürlich haben wir unseren Teil von der Krise abgekriegt, aber im Großen und Ganzen können wir nicht klagen. Im Vergleich zu anderen Häusern der Region sind wir hervorragend durchgekommen, und in den letzten Monaten lief es sogar außerordentlich gut. Es wird wieder investiert.«

»Ich meinte nicht das Autohaus«, sagte ich. »Ich meinte dich.«

»Oh«, sagte er und schwieg eine Weile. Vor uns tauchte ein blaues Autobahn-Hinweisschild auf, und die Stimme aus dem Navi wies uns an, die zweite Auffahrt zu nehmen. »Danach fragt mich selten jemand.«

»Du musst mir darauf nicht antworten, wenn es dir schwerfällt«, sagte ich hastig. »Ich wollte dir nicht zu nahe treten.«

»Nein, das ist schon in Ordnung«, sagte er und räusperte sich mehrmals. »Die meisten unserer Bekannten hier sind eher auf Margrets Seite, weißt du. Und meine Geschäftspartner wissen entweder gar nichts von der Scheidung oder sie sprechen es nicht an.«

»Luise sagte, es wäre nicht ... nicht besonders einfach gewesen«, sagte ich vorsichtig.

Er lachte freudlos. »Das ist die Untertreibung des Jahrhunderts. Gut, es war eine Dummheit, aber sie hat mich ganz schön dafür bezahlen lassen.«

Dummheit? »Ich muss gestehen, ich weiß nichts über die Einzelheiten.«

»Na, da bist du aber die Letzte«, meinte er und fädelte sich routiniert auf die Autobahn ein. »Ich habe Margret betrogen. Ein einziges Mal. Aber es ist natürlich sofort rausgekommen.«

»Ein einziges Mal«, wiederholte ich. So kann's gehen.

»Genauer gesagt, ein einziges Wochenende«, korrigierte er sich. »Ich war auf einem Golfturnier am Starnberger See, und da war diese Frau, die ich schon kannte, nun ja … Erstklassige Golfspielerin … Wir waren in einem Flight und sind uns eher zufällig nähergekommen, weißt du … Für sie war es wahrlich nichts Ernstes. Aber wie es der Teufel will, steigt der Leiter des Städtischen Fuhrparks Remsede genau im selben Hotel ab. Mit seiner Frau. Und sieht mich morgens beim Frühstück mit dieser Dame. Margret wusste es, bevor ich wieder zuhause war.«

»Das nennt man Pech«, sagte ich. Was sollte ich sonst dazu sagen? Vermutlich wünschte er sich selbst im Nachhinein, er hätte seine Hose geschlossen gehalten.

»Das nennt man Blödheit«, meinte er mit einer für Männer seltenen Einsicht. »Aber was man sich eingebrockt hat, muss man auch auslöffeln. Und du? Erzähl mal von dir. Du unterrichtest immer noch am Gymnasium?«

Geschickt hatte er damit von sich abgelenkt. Vermutlich wusste er aus der jahrzehntelangen Erfahrung eines Autoverkäufers, dass Leute nichts lieber tun, als von sich selbst zu sprechen. »Immer noch am Gymnasium«, wiederholte ich. »Besser kann es einem Lehrer nicht gehen, weißt du. Dort bleibe ich, bis zur Pensionierung.«

»Also noch ziemlich lange«, entgegnete er galant. »Was unterrichtest du eigentlich?«

»Deutsch und Kunst.«

»Kunst? Das ist doch sicher schwierig.«

»Deutsch ist schwieriger«, sagte ich. »Viele Korrekturen, viele Vorschriften vom Kultusminister. In Kunst kann ich viel kreativer sein.«

»Stimmt, du warst ja immer so kreativ«, meinte er. Ich war mir nicht sicher, ob er dieses Adjektiv uneingeschränkt positiv belegte oder ob er nicht eher gewisse Vorbehalte gegen kreative Frauen hegte. Ich war diesen Vorbehalten schon öfter begegnet; ›kreativ‹ verband sich dabei mit ›selbstzentriert‹, ›feministisch‹ und einer Bandbreite von Eigenschaften zwischen ›unkonventionell‹ bis ›peinlich auffällig‹. Ganz zu schweigen von den Pseudo-Kreativen, deren Lebenszweck darin besteht, wehrlose Gegenstände durch kunstfaserne Häkelblümchen zu verhunzen.

»Willst du deshalb diese Strickmaschine kaufen, zu der wir gerade unterwegs sind?«, fragte Fritz weiter.

»Webstuhl«, korrigierte ich geduldig. Mir war inzwischen klar, dass die wenigsten Menschen eine Vorstellung davon haben, was das ist, auch wenn das Weben eine der ältesten Methoden zur Herstellung von Textilien überhaupt ist. Aber das interessierte vermutlich eine überwältigende Mehrheit nicht die Bohne.

»Margret hat immer viel gestrickt«, verkündete er, ohne auf meinen Einwurf einzugehen. »Unser ganzer Keller war voll mit Tüten und Schachteln voller Wolle. Ich hatte manchmal den Eindruck, mit jedem fertigen Teil wird es mehr statt weniger.«

»Das wundert mich nicht«, sagte ich. »Es ist bedeutend einfacher, Material zu kaufen, als es zu verarbeiten. Und schneller. Ich kenne das – man sieht ein tolles Garn, und schwupps, hat man ein weiteres Projekt für die Zukunft.«

»Aber das macht doch keinen Sinn«, entgegnete er. »Wer legt sich denn Zeug auf Lager, von dem er noch nicht weiß, wann er es verwenden wird? Sehr unwirtschaftlich, so was.«

»Genau das ist das Problem«, seufzte ich. Aber vermutlich war Fritz nicht der Richtige, um ihm von den vielen unvollendeten Plänen zu erzählen, die sich mit dieser Form des Spontankaufs verbanden.

Mithilfe des Navis fanden wir die Adresse von Isabels Schwiegereltern ohne Probleme. Das war aber auch gut so. Der Schwiegervater hatte den Webstuhl bereits in sämtliche Einzelteile zerlegt und auf dem Bürgersteig deponiert. Dort saß er auf einem Klappstuhl und passte auf, dass die neugierigen Nachbarskinder nicht drangingen. Dass er nicht mit einer Fliegenklatsche nach ihnen schlug, war alles.

»Fast pünktlich!«, rief er uns zu, als Fritz den Lieferwagen neben die ominöse Sammlung von Brettern und Stangen rangierte. Es klang weniger wie ein Lob als ein versteckter Vorwurf. »Dann wollen wir mal!«

Er hatte die Türen zur Ladefläche schneller aufgerissen, als Fritz sich seine Ärmel hochschieben konnte, und begann bereits damit, die ersten Einzelteile zu verstauen.

Fritz beobachtete es etwas beunruhigt. »Hör mal, bist du sicher, dass das ein Webstuhl ist?«

Immerhin hatte ich die Lade mit dem großen Kamm erkannt und den Kettbaum, weil beide Teile zu groß waren für die Mülltüten, mit denen der Schwiegervater sie umwickelt hatte. Aber mir war klar, dass es eine große Herausforderung sein würde, das Ding wieder aufzubauen, ohne es einmal im Originalzustand gesehen zu haben. »Ich hoffe, Sie haben eine Anleitung dafür?«, fragte ich den Mann, der es offensichtlich kaum erwarten konnte, bis auch das letzte Teil von der Straße geschafft war.

»Da müssen Sie meine Frau fragen«, brummte er schulterzuckend. »Sie können mal reingehen und ihr das Geld geben.«

Isabels Schwiegermutter erwartete mich schon im Flur. »Sie wollen also auf meinem Stuhl arbeiten?« Sie fixierte mich ungefähr so kritisch wie eine Tierheim-Mitarbeiterin, bevor sie kleine Katzen an unbekannte Leute abgibt.

»Ich freue mich schon darauf«, versicherte ich ihr. Fast hätte ich ihr angeboten, sie könnte ja mal vorbeikommen und ihn besuchen, aber ich ließ es lieber. Immerhin wusste ich noch gar nicht, ob ich das Ding so bald würde aufstellen können. »Haben Sie noch die Original-Bauanleitung?«

Sie wies auf mehrere Kartons hinter sich. »Die muss irgendwo da drin sein. Die nehmen Sie auch mit.«

»Was ist denn da noch drin?« Ich beäugte die Kisten skeptisch. Hoffentlich nicht Tausende von bunten Polyacryl-Wollknäulen. Ich hätte mich gern mal in der Wohnung umgesehen, ob ich Spuren ihrer kunsthandwerklichen Tätigkeit entdecken könnte, aber offenbar waren beide Ehepartner entschlossen, den Kontakt nicht zu familiär werden zu lassen.

»Meine Sammlung von Webmagazinen«, sagte sie. »Die brauche ich ja nicht mehr, wenn ich keinen Webstuhl mehr habe. Können Sie Schwedisch?«

»Nein«, sagte ich bedauernd.

»Die meisten sind nämlich auf Schwedisch«, erklärte sie und strich noch einmal liebevoll über den obersten Karton. »Aber macht nichts, Sie verstehen es auch so. Sie können doch weben, oder?«

Ich war mir nicht sicher, was passiert wäre, wenn ich Nein gesagt hätte. Wäre sie auf die Straße gestürzt und hätte die ganze Aktion rückgängig gemacht? »Natürlich«, sagte ich beruhigend. »Ich habe das vor vielen Jahren gelernt.«

»Na dann ...«, seufzte sie melancholisch. »Viel Freude damit.«

Ich gab ihr das Geld. Auf Isabels Vorschlag mit den hundert Euro hatte sie sich nicht ganz eingelassen, aber ich fand den geforderten Preis immer noch günstig. Sie steckte das Geld kommentarlos ein und deutete dann auf die Kartons. »Ich kann Ihnen leider nicht helfen, mein Rücken ...«

»Schon klar«, sagte ich und griff nach der obersten Kiste. Sie wog eine Tonne. Mühsam wuchtete ich sie nach draußen, wo Fritz mir besorgt entgegeneilte. »Warte doch, Frida! Das ist viel zu schwer für dich!« Als echter Gentleman nahm er mir die Kiste ab und brach selbst fast unter der Last zusammen. Und das Ganze musste er noch viermal wiederholen, weil Isabels Schwiegervater es vorzog, im Inneren des Lieferwagens ein wenig hin und her zu räumen.

Ich glaube, wir waren beide erleichtert, als wir endlich alle Autotüren zuschlagen und die wenig gastliche Stätte verlassen konnten. Fritz reichte mir eine Liste.

»Was ist das?«, fragte ich überrascht.

»Der Kerl sagt, das ist der Lieferschein«, sagte er. »War wohl früher Lagerverwalter oder so was. Für mich liest es sich eher wie das Inventar einer Folterkammer.«

Ich überflog die Liste. Er hatte nicht ganz unrecht. Da war die Rede von Tritten und einer Schnellschusslade, von Kettbaum und Spannhebel. »Klingt tatsächlich etwas nach Spanischer Inquisition«, grinste ich. »Aber ich kann dich beruhigen. Es ist alles ganz harmlos.«

»Das hoffe ich mal«, brummte er und warf einen schnellen Blick über seine Schulter auf unsere Ladung. »Mir kommt es vor, als ob ich auf einem Schrottplatz einen Haufen Einzelteile geholt hätte und daraus wieder ein Auto zusammenbauen sollte.«

Ich ermutigte ihn nicht, diesen Gedanken weiter auszuführen, denn mich beschlichen angesichts der vielen Einzelteile auch gewisse Bedenken. Aber ich schob sie energisch beiseite. Es brachte schließlich nichts, sich schon Sorgen zu machen, bevor man mit etwas überhaupt angefangen hatte.

Den Rest der Strecke verbrachten wir mit problemfreier Plauderei. Eigentlich hatte ich mir vorgestellt, dass ich mein Auto wieder in Remsede abholen und getrennt von Fritz nach Hause fahren würde. Aber er überzeugte mich, dass es a) kürzer und b) netter sei, wenn wir erst direkt zusammen bis Wernebeck fuhren und ich dann hinterher mit ihm zurückkehrte. Eigentlich hatte ich einen Stapel Aquarellbilder zum Bewerten auf dem Schreibtisch, aber die Vermeidungstaktik funktionierte zu gut. Ich stimmte dem Vorschlag zu, denn schließlich tat er mir einen Gefallen, und gemeinsam durch die Gegend zu schaukeln war definitiv angenehmer, als allein zuhause zu arbeiten. Und ich konnte ihn ja sowieso nicht allein ausladen lassen.

Luise war in Hochstimmung, als wir auf den Hof gerollt kamen. Nicht nur, dass ihr der Münzsammler ein attraktives Angebot für Oles Vatikan-Kollektion gemacht hatte, sie hatte auch mal wieder Oles jenseitsgesteuerte Fürsorge erfahren, denn just als der Besucher ankam, war Tom erschienen und war ihr nicht mehr von der Seite gewichen.

»Da kannst du mal wieder sehen!«, schloss sie mit einem triumphierenden Seitenblick auf mich.

Natürlich konnte ich sehen, was da passierte. Ich deutete es aufgrund meiner zusätzlichen Informationen nur nicht so sehr als Begleitung meines verstorbenen Bruders, sondern eher als sehr lebendiges Interesse eines sehr lebendigen Mannes an meiner immerhin sehr attraktiven Schwägerin. Und ich hatte dem auch noch Vorschub geleistet.

Aber ich sagte erst mal nichts dazu, weil er so nett gewesen war, sich um diese Geschichte zu kümmern. Und noch netter war, dass er sehr bereitwillig beim Ausladen des Transporters mithalf, so dass wir sämtliche Teile und Kartons relativ schnell in der Milchküche hinter dem Kuhstall verstaut hatten.

»Ich wusste gar nicht, dass ein Webstuhl aus so vielen Einzelteilen besteht«, sagte Luise und begutachtete den Stapel seltsamer Bretter und Hölzer neben dem Turm, den Tom aus den schweren Kisten mit den Magazinen aufgestapelt hatte. »Weißt du denn auch, wie man das alles zusammenbaut?«

Ich verkniff mir ein Augenrollen. Vermutlich würde mich das jetzt jeder fragen, der in irgendeiner Form von meiner Erwerbung Wind bekam.

»Erst mal ist es doch hier gut untergebracht«, sagte Fritz. »Und wenn das Ding aufgestellt wird, kann man zur Not ja auch jemanden um Rat fragen. Es gibt doch sicher professionelle Handweber, die sich darauf verstehen.«

»Oder man sucht im Internet«, schlug Tom vor. Er rückte probeweise noch mal an dem Kistenturm, um sicherzugehen, dass er nicht wackelte. »So, das war's.«

»Danke für deine Hilfe«, sagte ich.

»Trinkst du noch einen Kaffee mit uns?«, fragte Luise.

Tom schüttelte den Kopf. »Danke, aber ich hab noch einiges zu tun.« Er nickte uns zu und schlenderte davon.

Luise ließ ihre Blicke zwischen ihrem Bruder und mir pendeln. »Und was machen wir jetzt? Ich schlage vor, wir fahren mal eben zum Friedhof, und dann koche ich was.«

»Ich hab mein Auto noch in Remsede stehen«, sagte ich.

»Ach, das könnt ihr auch später holen«, entgegnete Luise. »Oder morgen. Ich freu mich so, dass Fritz endlich mal hier ist, da könnte er doch auch hier übernachten.«

Wenn ich damit gerechnet hatte, dass Fritz energisch widersprechen würde, dann hatte ich mich getäuscht. Vermutlich zog ihn nichts zurück in seine einsame Wohnung. »Von mir aus gern. Wenn das für Frida möglich ist …«

Ich zuckte mit den Schultern. »So flexibel werde ich ja wohl sein.« Immerhin hatte ich Verständnis dafür, dass die beiden ein wenig Zeit miteinander verbringen wollten, sie hatten sich in letzter Zeit nicht häufig gesehen. »Ich müsste nur irgendwie nach Hause kommen.«

»Nach Hause?« Luise riss die Augen auf. »Du bleibst

natürlich auch hier! Ich habe eine Potthucke vorbereitet, die schaffen wir doch nie und nimmer zu zweit!«

Eine anständige Potthucke würden wir auch zu dritt nicht schaffen, aber Luise ließ keine Einwände gelten. »Du hast doch auch Wochenende, Frida. Du brauchst Entspannung und Ausgleich. Diese Bilder kannst du am Montag noch bewerten.«

Natürlich hatte Luise keine Ahnung davon, wie Lehrer arbeiten, aber sie verstand sich nicht schlecht aufs Überreden. Also quetschten wir uns zunächst mal zu dritt in den Transporter und fuhren zum Friedhof, um uns Oles Grab anzuschauen. Luise war nämlich sehr gespannt, ob sich die Grabstelle endlich senken würde. Irgendjemand hatte ihr erzählt, das würde einige Wochen nach der Beisetzung passieren, und seitdem konnte sie es kaum abwarten. Ich hatte den Verdacht, dass sie fast täglich nachschauen ging, zumindest seit dem Tag, als sie mitbekommen hatte, dass die Friedhofsgärtner die Kränze abräumen und das Grab ebnen wollten. Da war sie mit einer großen Schere zum Friedhof gefahren und hatte rasch von allen Kränzen die Schleifen abgeschnitten.

Ich war zufällig vorbeigekommen, als sie die gesammelten Enden auf ihrem Esstisch ausgebreitet hatte. »Was hast du denn gemacht?«, fragte ich sie ungläubig. »Ist das erlaubt?«

»Wieso nicht?«, fragte sie zurück. »Das sind Oles Kränze, und der wollte das so.«

»Woher weißt du das?«, rutschte es mir heraus. So wie ich Ole in Erinnerung hatte, war er nicht der Typ, der auf dem Friedhof Souvenirs sammelte.

»Immerhin hat er dafür gesorgt, dass ich rechtzeitig mitbekommen habe, was die vorhaben.«

»Wie konnte er das denn?«

»Indem er dem Herrn Danilovic in den Kopf gekommen ist.«

Ich musste wohl etwas entgeistert geguckt haben, denn sie musste lachen. »Den kannst du nicht kennen«, sagte sie beruhigend. »Das ist ein früherer Geschäftspartner. Von dem hatten wir keine Adresse, deshalb hat er keine Anzeige bekommen. Aber ganz überraschend ist dem Herrn Danilovic eingefallen, dass er sich mal bei Ole melden könnte. Stell dir vor, die hatten Jahre nichts miteinander zu tun, und plötzlich das! Das ist doch kein Zufall, oder?«

»Hm«, brummte ich etwas unverbindlich. Ich wollte erst mal den Rest der Geschichte abwarten.

»Auf jeden Fall haben die bei der Bank ihm natürlich von Oles Tod erzählt«, fuhr Luise fort. »Er war total schockiert und hat mich heute früh angerufen. Weil er nicht zur Beerdigung kommen konnte. Deshalb würde er jetzt gern einen Beitrag für die Grabpflege spenden. Und da hab ich den Friedhofsgärtner angerufen. Und der wiederum hat mir gesagt, dass sie heute oder morgen das Grab abräumen. Und da dachte ich: Da gab es so tolle Kränze, eine Erinnerung daran möchte ich doch haben. Der Friedhofsgärtner hatte nichts dagegen.«

Ich hatte sie nicht gefragt, was sie weiter damit machen wollte. Aber ich erinnerte mich daran, als wir jetzt nachdenklich vor Oles Grab standen. Die frische Erde war großzügig mit Begonien bepflanzt, damit es nicht so kahl aussah. Es hatte sich noch nicht einen Millimeter gesenkt.

»Das wird es auch vorläufig nicht«, sagte Fritz. »Der Sarg war so was von solide, das dauert, bis der verrottet.«

Luise sah ihn alarmiert an. »Aber muss man nicht bis dahin warten, bevor man einen Grabstein setzen kann?«

Fritz stapfte mit fachmännischer Miene um die Grabstelle herum. »Ich denke, das ist kein Problem«, verkündete er schließlich. »Wir setzen den Stein hier oben hin, da war gar nichts ausgehoben. Also kann da auch nichts absacken.«

Luise atmete erleichtert aus. »Das ist gut. Ich glaube, ich könnte damit nicht ewig warten. Ich möchte einen Grabstein für Ole.«

»Und den sollst du auch haben«, sagte Fritz in einem Ton, als wäre er nicht ihr Bruder, sondern mindestens ihr Vater, wenn nicht ein gütiger Monarch. »Hast du dir schon Gedanken gemacht, wie er aussehen soll?«

»Würdig soll er sein. Aber nicht übertrieben. Genauer kann ich es noch nicht sagen.« Das klang nicht sehr konkret.

»Wir könnten ja mal ein bisschen rumschauen, was es so gibt«, schlug ich vor, weil mir langsam langweilig wurde.

»Gute Idee«, sagte Luise begeistert. »Dann lasst uns doch getrennt gehen. Ich laufe hier oben rum, Fritz geht den Mittelweg, und Frida macht die Schleife in Richtung Kapelle. Und wenn einer was Gutes gefunden hat, macht er ein Foto. Ich hoffe, ihr habt eure Handys dabei?«

Ich muss sagen, ich war etwas überrascht. Mit meinem Vorschlag hatte ich eher gemeint, bei einem Steinmetz anzufragen. Vielleicht Prospekte einzuholen oder im Internet zu suchen.

Aber nun trabten wir einzeln los und nahmen die vorhandenen Gedenksteine unter die Lupe. Ich muss gestehen, dass ich mir nicht besonders viel Mühe gab, denn wenn ich es zu entscheiden gehabt hätte, dann gäbe es überhaupt keinen Stein. Wozu? Macht es den Verlust kleiner? Hilft es den Hinterbliebenen beim Trauern? Mir jedenfalls half es nicht. Ich vermisste Ole, ob er anonym unter einem Rasenstück lag oder ob die Stadt ihm auf dem Marktplatz ein Denkmal setzte. Aber Luise sah das anders, und sie war nun mal diejenige, die das Recht hatte, solche Entscheidungen zu treffen.

Lustlos durchquerte ich den mir zugewiesenen Gang. Ich machte genau ein Foto: von einem riesigen Findling, auf dem in silbernen Lettern der Name »Hebbel« stand. Das war schön schlicht – und bestimmt nicht das, was Luise vorschwebte. Danach traf ich, wie es das Schicksal so wollte, die Mutter eines Schülers aus meiner sechsten Klasse, die mich gießkannenschwenkend in ein Gespräch verwickelte.

»Na so ein Zufall, Frau Becker! Sie auch hier? Ich habe gerade die Oma gegossen. War ja sehr trocken die letzten Tage.«

»Das war es«, sagte ich.

»Müsste dringend mal regnen«, fuhr sie fort. »Sonst regnet es nämlich bestimmt in den Sommerferien, und das wollen wir doch alle nicht, oder?«

»Nein, das wollen wir alle nicht«, stimmte ich ihr zu. Bis zu den Sommerferien waren es noch viele lange Wochen. Ich hatte noch nicht angefangen, darüber nachzudenken, weil ich bis dahin noch viel zu viel zu tun hatte. So wie die Götter vor den Erfolg den Schweiß gesetzt hatten, so lagen vor den Sommerferien die Zeugnisse mit allem, was dazugehörte: letzte Klassenarbeiten, Notenbesprechungen, Konferenzen und Klassenfeiern. In Urlaub fahren würde ich diesen Sommer nicht, sondern umziehen. Bei all diesen Gedanken sank meine Laune auf den Nullpunkt. Da war ein bisschen Regen ziemlich egal.

»Wir wollen nämlich in diesen Ferien in den Bayerischen Wald«, teilte mir die Gießkannenmutter jetzt mit. »Und Pascal fährt für eine Woche ins Ferienlager. Er rechnet übrigens mit einem guten Zeugnis. Ich hoffe doch, er kann die Zwei in Deutsch halten?«

Na großartig, Elternsprechtag auf dem Friedhof. Genau das, wovon ich immer geträumt hatte. »Das kommt auf die letzte Arbeit an. Und natürlich die mündliche

Beteiligung. Mehr kann ich Ihnen ohne meine Unterlagen nicht sagen. Aber Sie können gern in der Schule vorbeikommen. Meine Sprechstunde ist immer am Mittwoch in der zweiten Stunde.«

Das war natürlich lästiger, und ich ahnte, dass sie darauf keine Lust hatte. Zum Glück kam gerade Fritz in Sichtweite, und Luise folgte ihm in einiger Entfernung. Ich wies in die grobe Richtung. »Hören Sie, ich muss …«

»Oh, ist das Ihr Mann?«, fragte die Mutter interessiert. »Dann will ich Sie natürlich nicht aufhalten.« Sie eilte zielstrebig auf Fritz und Luise zu und an ihnen vorbei, schneller als ich ihr folgen konnte. »Tag, Herr Becker!«

Fritz sah ihr konsterniert nach. »Herr Becker?«

»Sie hat dich mit jemandem verwechselt«, sagte ich. Irgendwie mochte ich den Gedanken nicht aussprechen, dass sie ihn für meinen Mann gehalten hatte.

»Sie dachte, du bist Fridas Mann!«, stellte Luise amüsiert fest. »Ist das nicht witzig? Obwohl …« Sie musterte uns wohlgefällig. »Eigentlich gar keine so schlechte Idee!«

Fritz räusperte sich etwas verlegen. »Können wir?«

Und so quetschten wir uns wieder in den Transporter und fuhren zurück nach Wernebeck. Dort verlangte Luise unsere Grabstein-Ausbeute zu sehen. Mein einziges Beispiel fand wie erwartet nicht ihre Zustimmung. »So einen Hinkelstein will ich nicht! Der sieht ja aus, als ob ich den direkt aus dem Wald geholt hätte!«

»Die silberne Schrift ist aber sehr elegant«, sprang Fritz mir bei. »Stell dir vor, da steht nur ›Andersen‹. Das hat was Puristisches.«

»Da soll nicht nur Andersen stehen«, verlangte sie. »Ich finde, da sollte Oles ganzer Name drauf sein. Und seine Lebensdaten. Mindestens.«

Und noch ein betender Engel oder was? Ich biss mir auf die Zunge.

»Das wäre wohl etwas überladen für so einen Stein«, sagte Fritz salomonisch. »Dann lass doch mal sehen, was du so hast.«

Wir diskutierten uns in aller Ausführlichkeit durch Luises schwer zu erkennende Anregungen. Danach zog Fritz sein iPhone hervor und erläuterte uns, was er fotografiert hatte, ordentlich aufgeteilt in Steinform, Steinqualität und künstlerische Gestaltung. Letztlich war es alles nicht das, was Luise vorschwebte. Kurz bevor ich in Verzweiflung ausbrach, beschloss sie aber doch, ihre Suche auf die regionalen Anbieter auszuweiten und am Montag anhand der Gelben Seiten entsprechende Termine zu machen.

»Jetzt gibt es erst mal was zu essen«, verkündete sie. »Ihr könnt ja rasch den Tisch decken und euch einen Aperitif nehmen, ich verschwinde mal in der Küche. Es wird nicht lange dauern, ich habe alles vorbereitet.«

Unsere Arbeitsteilung sah so aus: Ich kümmerte mich um den Tisch und Fritz um den Aperitif. Dafür machte er einen kurzen Abstecher in Oles Weinkeller und kam mit einem grünen Bocksbeutel und einer klaren Flasche zurück, in der sich eine goldfarbene Flüssigkeit befand.

»Ich wollte doch immer mal wissen, ob Ole tatsächlich einen Sauternes hat«, sagte er zu mir, so als ob ich genau wüsste, was er damit meinte.

»Und? Hat er?«

»Er hat.«

Ich untersuchte die Flasche. »Aber da steht was ganz anderes drauf.«

»Oh, den hab ich mal schön liegen lassen«, sagte Fritz. »Der ist was für ganz besondere Anlässe. Aber seinen Monbazillac werden wir heute mal probieren. Darf ich dir ein Glas anbieten?«

»Gern.« Ich hatte das Gefühl, nach dieser Grabsteinexkursion hätte ich einen Schluck verdient.

Nachdem er formvollendet eingeschenkt hatte, reichte er mir eins der Gläschen. »Probier mal.«

Ich kostete und war überrascht. Niemand kann sagen, dass ich ein Weinkenner bin, aber die gängigen Sorten sind mir bekannt. Wenn ich die Wahl habe, ziehe ich einen Weißburgunder einem Riesling vor, so weit kenne ich mich aus. Aber das hier war etwas anderes, eine Explosion von Süße und Frucht und einem großartigen Mix von Aromen auf der Zunge. Ich sah Fritz mit großen Augen an. »Ui!«

»Monbazillac«, wiederholte er zufrieden. »Weich wie Ziegenleder. Ich wusste doch, dass dir der schmecken würde.« Er begann, von einer Reise nach Frankreich zu erzählen, die er und Margret gemacht hatten und bei der sie genau diesen Wein in einem Chateau kredenzt bekommen hatten.

Auch wenn er eine recht epische Art zu berichten hatte, konnte man Fritz gut zuhören. Auf jeden Fall hatte ich Kollegen, die sich für großartige Erzähler hielten und die mich deutlich mehr ermüdeten. Ich mochte es, wie aus seinem Bericht die Freude an dem, was er dabei in lukullischer wie touristischer Hinsicht erlebt hatte, spürbarer war als das Bemühen, mich als Zuhörer zu beeindrucken.

Als Luise schließlich mit dem Essen so weit war, hatte ich gar nicht bemerkt, wie die Zeit vergangen war. Auch das gemeinsame Essen war im Gegensatz zu unserem Friedhofsnachmittag eine angenehme Veranstaltung.

Eigentlich ist Potthucke ja ein eher schlichtes Essen, das aber mit viel Zeitaufwand verbunden ist, weil man eine Menge Kartoffeln ungefähr auf jede einzelne Art verarbeiten muss, die der Menschheit bekannt ist. Luise hatte ganz klassisch Schwarzbrot und Schinken dazu vorgesehen, aber auch das Rübenkraut, das ich so gern esse. Während ich mir das süße, klebrige Zeug auf mehr Potthucke-Scheiben schmierte, als eigentlich kalorientechnisch vertretbar war, machte Fritz den Bocksbeutel auf und verteilte den Inhalt.

»Mir bitte nichts, ich muss noch fahren«, sagte ich. Mit zwei Gläsern Monbazillac hatte ich meine Grenze erreicht.

»Wieso fahren? Du hast doch gar kein Auto hier«, wandte Luise ein.

»Vielleicht kann ich mir deins …?« Immerhin hatte sie mir den SLK neulich schon geliehen.

»Kommt überhaupt nicht in Frage«, sagte sie. »Du bleibst hier, so einfach ist das.«

»Aber ich hab gar nichts …«

Luise ließ mich wieder nicht ausreden. »Frida, ich habe hier alles, was du brauchst«, belehrte sie mich. »Zahnbürste, Nachthemd und eine ganze Batterie von Pflegeprodukten. Aber ich werde nicht zulassen, dass du nach diesem ganzen Wein noch fährst.«

»So viel hab ich noch gar nicht getrunken«, protestierte ich.

»Wirst du aber noch«, konterte sie, und Fritz goss mir mit einem zufriedenen Lächeln den Weißwein ein. Es fühlte sich an wie eine Verschwörung, aber es dauerte nicht lange, bis ich das Ganze sehr sinnvoll fand. Ich weiß nicht, ob so das Stockholm-Syndrom funktioniert, bei dem sich entführte Opfer irgendwann mit ihren Kidnappern solidarisieren, oder ob es eher am Alkohol lag, aber nach kurzer Zeit war es einfach nur noch lustig.

Ich hatte gar nicht gewusst, wie sehr ich »lustig« vermisst hatte. Die letzten Wochen waren so sehr von Trauer und Abschied und Entscheidungen und Stress geprägt gewesen, da war das Lachen und Entspannen einfach zu kurz gekommen. Jetzt saß ich hier mit Fritz und Luise, nicht unbedingt Germany's Next Top-Komiker, und lachte mich über den letzten Blödsinn schlapp. Über die dümmsten Kunden aus dem Autohaus. Über die Macken von Luises Zahnarzt. Ich konnte mich sogar über meine eigenen Geschichten von seltsamen Kollegen und Schülern kaputtlachen. Es war einer dieser seltenen Momente, in denen man sich absolut wohlfühlt – vielleicht gerade, weil man nicht damit gerechnet hat.

Fritz stieg noch mal in den Keller und holte eine Flasche Chardonnay, den er mit Kennermiene probierte. »Solide Struktur«, lobte er. »Die Säure angenehm, nicht zu spitz. Nussiger Geschmack, verhältnismäßig schwach, harmoniert aber perfekt mit dem Mineralton.«

Luise ließ ihre Gabel sinken und musterte ihren Bruder. »Sag mal, lernst du solche Sprüche aus einem Buch oder woher kommt das?«

»Ich habe mehrere Weinseminare mitgemacht«, verteidigte er sich. »Und da haben sie uns beigebracht, die passenden Worte zu finden für das, was uns der Wein sagt.«

»Ah ja«, meinte Luise nicht ganz überzeugt. »Ich vermute mal, der Wein wird im Verlauf des Abends immer geschwätziger.«

»Er entfaltet sich«, erklärte Fritz ungerührt. »Und das kann man mit ein bisschen Übung auch nachvollziehen.«

»Na, ich weiß nicht«, meinte Luise. »Für mich hört sich das an wie diese seltsamen Verse, die Bettina verfasst.«

»Bettina schreibt Gedichte?«, fragte ich. Bisher hatte ich mit Luises Schwester wenig zu tun gehabt; in den seltenen Fällen, in denen sie mal in Wernebeck aufschlug, hatte sich unsere Konversation auf ein Minimum beschränkt, vermutlich, weil ich als Lehrerin ohne gesellschaftliche Connections für eine Frau wie sie nicht wirklich standesgemäß war. Immerhin trug sie infolge ihrer inzwischen gescheiterten Ehe den Namen von Bismark, das ist ja schon mal was. Auch wenn ihr für die Verbindung mit dem historischen Reichskanzler ein Buchstabe fehlte, für den sie, wie ich etwas gehässig vermutete, einen Teil des Erbsilbers gegeben hätte, fühlte sie sich mir gesellschaftlich überlegen und ließ es mich auf so subtile Weise spüren, dass weder Ole noch Luise jemals davon etwas mitbekommen hatten.

»Aber hallo«, sagte Luise. »Ihr neustes Hobby. Angeblich interessiert sich ein größerer deutscher Verlag dafür.«

»Angeblich?«, wiederholte Fritz. »Ich dachte, das wäre alles klar. Sie war doch neulich schon auf der Buchmesse und hat Gespräche geführt.«

»Ach, und wo ist dann ihr Buch?«

»Das dauert alles seine Zeit.« Fritz kostete wohlgefällig einen weiteren Schluck. »Genau wie so ein Wein reifen muss. Sie arbeitet daran, hat sie mir kürzlich noch erzählt.«

»Wir werden ja sehen«, sagte Luise. »Mit ihren Vorschlägen für die Traueranzeige bin ich jedenfalls nicht weitergekommen.«

»Welche Traueranzeige?«, fragte ich irritiert. »Die haben wir doch zusammen entworfen.« Und ich wusste noch zu gut, wie viele Tränen und Seufzer es gekostet hatte, sie zu formulieren.

»Deswegen war sie ja auch beleidigt«, berichtete sie. »Und jetzt möchte sie wenigstens zu der Danksagung etwas beitragen.«

»Das ist aber doch nett von ihr«, fand Fritz, der offensichtlich Luises Bedenken hinsichtlich der literarischen Fähigkeiten ihrer gemeinsamen Schwester nicht teilte.

»Ich bitte dich«, sagte Luise und stand auf, um in einer Schublade zu kramen. Schließlich zog sie ein Blatt Papier hervor. »Hier ist es. Hört zu.« Sie faltete das Blatt auseinander und deklamierte:

»Für immer entschwunden – nur noch dein
Schatten bleibt,
schwebt über uns mit schmerzlichem Schweigen,
beschleicht unser Herz mit Schwere und Trauer,
wie wünschten wir uns doch ein Wiedersehn.«

Wir saßen einen Moment wortlos und ließen das auf uns wirken. Mir lag auf der Zunge, dass ich meinen Namen als Hinterbliebene nicht unter einen solchen Text setzen würde, aber ich sagte es nicht.

»Ich weiß nicht, was ich dazu sagen soll«, meinte Fritz.

»Ich weiß, dass es mir nicht gefällt«, befand Luise. »Es hört sich an, als hätte sie sich vorgenommen, die Duden-Eintragungen mit ›sch‹ möglichst vollständig einzubauen.« Ich hätte noch eine andere Erklärung beisteuern können, nämlich dass Bettina durch das Gezische ihrer Empörung darüber Ausdruck verleihen wollte, dass sie bei der Erstellung der Traueranzeige nicht beteiligt worden war.

»Das sind Alliterationen«, sagte Fritz. »Daran kann ich mich noch aus der Schule erinnern. Die gehören in ein Gedicht rein.«

»Aber diese Laute stören eher«, beharrte Luise. »Dieses sch-sch-sch – das klingt doch wie die Schwäbische Eisenbahn.«

›Schmarren‹ hätte als Überschrift gut gepasst, dachte ich. Aber ich würde mich hüten, in Anwesenheit der beiden über ihre Schwester herzuziehen.

Fritz angelte nach dem Blatt und las das Werk noch einmal durch. »Was hat das denn mit dem BVB zu tun?«, fragte er anschließend.

»Bettinas Name«, erklärte Luise. »Abgekürzt.«

»Ich dachte, den wollte sie ablegen und sich wieder von Staaden nennen?«

»Privat schon. Aber Bettina von Bismark bleibt ihr

Künstlername. Sie meinte, das BVB würde ihr mehr Türen öffnen.«

»Im Moment vielleicht, weil der BVB so erfolgreich gespielt hat«, meinte Fritz. »Als Schalke-Fan sehe ich das natürlich eher kritisch. Da kann sie so ein Kürzel eher unter Sprüche setzen wie ›Gekämpft, gehofft und doch verloren‹. Demnächst wird das auch wieder so sein, glaubt es mir.«

»Ich vermute, Fußballfans gehören nicht so in ihre Zielgruppe«, gab ich zu bedenken.

»Nee«, sagte Luise lachend. »Aber ich hab keine Ahnung, wer da stattdessen reingehört.«

Wir verputzten den Chardonnay mit der gleichen Konsequenz wie zuvor den Frankenwein. Luise servierte Erdbeeren mit Schlagsahne zum Nachtisch, garniert mit einem Schuss Eierlikör. Es war ein Wunder, dass mir bei dem ganzen Durcheinandertrinken nicht kotzübel wurde.

Tatsächlich war ich nach diesem Festmahl zwar müde, aber sehr guter Dinge, so dass ich nicht widersprach, als Luise den weiteren Ablauf festlegte. »Oben ist noch alles staubig, und das Bad ist nicht fertig«, befand sie. »Deshalb ist es am sinnvollsten, wenn Fritz in Oles Arbeitszimmer übernachtet. Die Schlafcouch hat einen richtigen Lattenrost, das ist besser für seine Bandscheibe, und eine Toilette gibt es da auch. Frida schläft hier auf dem Sofa und kann mein Bad benutzen. Ich geh mal die Sachen holen.«

Fritz warf mir einen fragenden Blick zu, während seine Schwester emsig die Treppe hinaufeilte. »Ist das in Ordnung für dich, Frida? Ich meine, ich kann auch …«

»Schon du mal deine Bandscheibe«, beruhigte ich ihn. »Ich komme klar mit dem Sofa hier, und wenn ich nicht schlafen kann, habe ich immerhin ungehinderten Zugang zu den alkoholischen Getränken.«

»Dann sollte ich vielleicht jetzt noch einen Absacker nehmen«, sagte er schmunzelnd und untersuchte die Bestände auf dem extra dafür ausgestatteten Teewagen. Vermutlich hatte dieses Möbelstück noch nie eine Teekanne gesehen. »Oh, ein sehr anständiger Port. Möchtest du auch einen?«

»Na klar«, sagte ich etwas leichtsinnig.

Fritz reichte mir das Glas mit der dunkelbraunen Flüssigkeit und setzte sich dann neben mich auf das noch umzufunktionierende Sofa. »Zum Wohl.« Wir tranken uns zu.

Heute Vormittag im Auto hatten wir auch so nah nebeneinandergesessen, aber in einem Auto wirkt das irgendwie anders als in einem Wohnzimmer mit vielen Sitzgelegenheiten. Als ich ihn ansah, wirkten seine Augen dunkel und intensiv. »Das war ein sehr schöner Tag, Frida«, sagte er.

Ich war etwas verunsichert. »Es war lieb von dir, mit mir nach Kassel zu fahren.«

»Das hab ich gern getan«, sagte Fritz. »Eine wunderbare Gelegenheit, dich näher kennenzulernen.« Er stellte sein Glas ab und wandte sich mir noch näher zu.

Ich nahm rasch noch einen Schluck, um nicht unverwandt in diese Augen starren zu müssen. Irgendwas darin machte mich nervös.

»Ich wusste gar nicht, was für eine tolle Frau du bist«, fuhr er fort. »Sympathisch. Humorvoll. Attraktiv.« Er strich behutsam mit einem Finger über meine Wange.

Ich ließ überrascht mein Glas sinken. Es war so ungewohnt – aber absolut willkommen.

Und es ging weiter. Ich brauchte gar nichts zu tun. Wie auf Autopilot kamen sich unsere Gesichter näher, bis sich unsere Lippen trafen.

Es war nicht das Schlechteste, was mir passieren konnte. Ich spürte seine Hand an meinem Hals, schmeckte noch vage den Portwein in unserem Kuss. Nicht übel. So etwas hatte es für mich schon lange nicht mehr gegeben.

»Oh«, sagte Luise. Wir zuckten zurück und sahen sie in der Tür stehen, den Arm voller Bettzeug. »Lasst euch nicht stören. Muss eh noch was holen.« Sie ließ das Bettzeug auf den nächstbesten Sessel fallen und verschwand eilig wieder.

Uh, das war jetzt etwas ... unerwartet. Ich drehte mich wieder zu Fritz um und sah ihn an. Er sah aber nicht zurück, sondern betrachtete etwas bekümmert seinen Hosenstall. Er hatte sich leicht verfärbt. Weil ich versehentlich den Rest Port aus meinem Glas darüber verschüttet hatte.

»O nein!«, rief ich und konnte mich gerade noch beherrschen, an dem Fleck herumzuwischen, als mir klar wurde, wo genau der sich befand. »Tut mir leid!«

»Am besten wasche ich das gleich aus«, meinte er und eilte in Richtung Badezimmer.

Ich stellte mein leeres Glas auf den Tisch. Als ich aufstand, drehte sich die Welt leicht um mich. Vielleicht hätte ich nicht so viel durcheinandertrinken sollen? Hastig griff ich nach dem Bettzeug und breitete es auf der Couch aus. Es wäre wohl das Beste, erst mal über allem eine Nacht zu schlafen. Es könnte ja sein, dass es Fritz ziemlich abtörnte, wenn eine Frau ihm ihr Getränk über die Kronjuwelen kippte, noch ehe es wirklich leidenschaftlich wurde. Dann hätte sich das Thema erledigt, bevor ich mich ernsthaft damit befassen müsste.

»Na so was«, sagte Luise und legte ein Nachthemd und eine eingepackte Zahnbürste auf den Tisch. »Ihr beiden! Wo ist er denn hin?«

»Er macht sich die Hose sauber«, sagte ich etwas zerstreut, während ich das Kopfkissen so zusammenboxte, wie ich es haben wollte.

»Er macht was?!?«, fragte sie mit leicht hysterischem

Tonfall. »Was habt ihr ... Ich meine, ich war doch gar nicht so lange ...«

»Ich habe ihm Portwein über seine helle Hose gekleckert, weil ich so überrascht war«, klärte ich sie auf, bevor sie sich völlig in unrealistische Vorstellungen darüber verlor, was wir in dieser kurzen Zeit miteinander angestellt haben könnten.

»Überrascht war ich auch«, sagte Luise. »Aber ich muss sagen, es freut mich. Ihr beide seid ein schönes Paar.«

So wie ich es sah, waren wir überhaupt noch kein Paar. Ein verunglückter Kuss berechtigte niemanden zu dieser Annahme. Aber bevor ich das Luise erklären konnte, eilte sie wieder davon, um Fritz einen Schlafanzug zu bringen und sich um seine Hose zu kümmern.

Vermutlich hatte sie ihm die Hose direkt weggenommen, denn einige Zeit später kam er im Schlafanzug an die Wohnzimmertür, um mir Gute Nacht zu sagen. Ich hatte mir noch etwas Port nachgeschenkt, weil ich warten musste, bis Luise ihr Bad freigab, und sonst nichts zu tun hatte.

»Komm nicht näher!«, warnte ich ihn. »Ich habe wieder dieses gefährliche Zeug im Glas.«

»Das wäre mir inzwischen egal«, sagte er. »Ich komme mir eh vor wie ein Idiot. Vor allem in diesem Karnevalskostüm. Ich frage mich, ob Ole den je getragen hat.«

Den Schlafanzug, eine glänzende Monstrosität mit blau-goldenen Streifen, hatte Luise vermutlich direkt aus der Packung genommen. Auf einer Kreuzfahrt könnte sich der gepflegte Herr bei jedem nächtlichen Probealarm damit im Rettungsboot sehen lassen.

»Eher nicht, so wie ich ihn kannte«, grinste ich. »Aber lass dich nicht davon unterkriegen.«

Jetzt grinste er auch. »Tu ich nicht«, sagte er. »Ich wollte nur sichergehen, dass du nicht ... ich meine, dass wir noch ...«

Seine Unsicherheit machte ihn irgendwie sympathischer, als wenn er wie ein Superheld dahergekommen wäre. »Keine Sorge«, versicherte ich ihm. »Lass uns morgen darüber reden, wenn ich wieder nüchtern bin, okay?« Ich stand auf und ergriff Zahnbürste und Nachthemd. Es war einfach nicht der geeignete Zeitpunkt, um etwas zu diskutieren, das aus nicht mehr als dieser kurzen Begebenheit bestand.

Fritz war in der Tür stehengeblieben, also musste ich dicht an ihm vorbei. Der alberne gestreifte Schlafanzug geriet aus dem Blickfeld, und ich sah vorrangig sein Gesicht. Diese Augen, die mich gerade schon so verwirrt hatten. Sein Lächeln über einem Kinn, auf das sich inzwischen ein paar graue Stoppeln vorgewagt hatten. »Reden wir morgen darüber«, stimmte er mir zu. »Jetzt ist eher Zeit zum Gute-Nacht-Sagen.«

Ich spürte seine Hand, die mich einfing. Die Szene von eben wiederholte sich, nur dass er mich noch ein wenig enger an sich zog. Es fühlte sich gut an.

Ich könnte mir denken, dass Luise irgendwo im Haus auf heißen Kohlen saß und wartete, um auf keinen Fall noch mal so hereinzuplatzen. Auf jeden Fall gelang uns dieses Mal ein ungestörter und völlig unfallfreier Gutenachtkuss. »Schlaf gut«, sagte Fritz schließlich ein bisschen atemlos und schlurfte in seinen geborgten Latschen in Richtung Arbeitszimmer.

»Du auch«, wünschte ich ihm, fasste Nachthemd und Zahnbürste ein wenig fester und marschierte in Luises Bad, um mich dort durch ihre reichhaltige Sammlung von teuren Pflegeprodukten zu arbeiten.

Als ich wohlriechend und so intensiv gepflegt wie selten wieder herauskam, lauerte Luise mir schon auf und zog mich in ihr Schlafzimmer. »Also«, fragte sie mit kaum unterdrückter Neugier, »du und Fritz?«

»Luise, da ist gar nichts.«

»Das sah aber anders aus.«

Ich seufzte. Da hatte sie sicher recht. »Vielleicht entwickelt sich was. Aber das weiß ich noch nicht.«

»So was spürt man doch!«, widersprach sie. »Gib's zu, du magst ihn.«

»Er ist sehr nett«, gestand ich. »Sonst hätte ich mich wohl kaum von ihm küssen lassen.«

»Und er mag dich auch«, fuhr Luise in ihrer Bestandsaufnahme fort. »Es passt alles. Ihr seid beide ungebunden, ihr seht gut aus, ihr habt Humor und ähnliche Interessen. Einfach perfekt.«

»Luise, dass wir beide gern Wein trinken, heißt noch nicht, dass wir zueinander passen«, gab ich zu bedenken. Das mit den ›ähnlichen Interessen‹ vermochte ich nicht so deutlich zu erkennen. Immerhin war es sehr schmeichelhaft, dass Luise mich für gut aussehend hielt.

»Glaub mir, das wird sich schon finden«, versicherte sie mir zuversichtlich. »Ach, ich freu mich so. Endlich mal wieder was Positives in meinem Leben.«

Ich schluckte meinen Protest hinunter, der ihr gerade mitteilen wollte, dass es sich dabei doch wohl in erster Linie um mein Leben handelte. Immerhin war es ihr Bruder, also betraf es sie natürlich auch ein bisschen. Und solange sie die positiven Dinge sah, konnte ich doch froh sein.

Also überließ ich sie ihren rosaroten Zukunftsträumen und legte mich auf meiner Couch schlafen. Die Diskussion mit mir selbst war längst nicht so rosarot. Was empfand ich für Fritz? Gutes Aussehen und anständige Manieren reichen schließlich nicht aus. Da muss schon mehr sein, fand ich, und da war ich mir einfach nicht so sicher. Aber vielleicht kam das noch. Luise hatte sicher recht, dem musste man auch Zeit geben. Und die würden wir zumindest morgen haben, weil mein Auto ja noch in Remsede stand.

3

Nach einer mittelprächtigen Nacht auf dem Sofa bekam ich am nächsten Morgen den SLK anvertraut, damit ich mich zuhause umziehen und bei einem Kiosk Brötchen holen konnte. Auf dem Hof traf ich Tom, der gerade seinem Motorrad zustrebte.

»Wolltest du eventuell auch gerade Brötchen holen?«, fragte ich ihn.

»Kannst du Gedanken lesen?«, fragte er zurück.

»Natürlich«, sagte ich. »Aber es hilft auch die Überlegung, was jemand sonst um diese Zeit an einem Sonntag vorhat.«

»Vielleicht wollte ich in die Kirche?«

»Du hast gar kein Gesangbuch dabei.«

»Ich kann die Lieder alle auswendig«, behauptete er grinsend. »Aber du hast recht, heute geht es mir nur ums Frühstück.«

»Wir könnten Sprit sparen«, schlug ich vor, »und ich bringe dir deine Brötchen mit.«

»Oder ich nehme dich mit«, konterte er. »Bist du schon mal Motorrad gefahren?«

Ganz früher mal. Und da hatte ich vor allem Angst gehabt, was ich diesem Mann aber nicht erzählen würde. »Erstens muss ich noch bei mir zuhause vorbei. Und zweitens habe ich keinen Helm.«

»Den Helm hätte ich«, sagte er. »Und die Zeit, bei dir vorbeizufahren, auch. Also, was ist? Bei diesem Wetter ist es die ideale Gelegenheit.« Ohne Zweifel, es war jetzt schon richtig warm.

»Ich könnte auch das Dach vom SLK aufmachen«, argumentierte ich.

Tom kniff die Augen zusammen. »Du hast doch nicht etwa Schiss?«

Das fehlte noch, dass dieser Typ mich für einen Angsthasen hielt. »Ach wo.«

Er zwinkerte mir zu. »Ich fahre auch ganz vorsichtig. Versprochen.«

Ich gab mich geschlagen. Wo kämen wir denn auch hin, wenn wir nicht ab und zu über unseren Schatten springen würden? Und in diesen Tagen, wurde mir bewusst, stand in dieser Hinsicht für mich so einiges an. Ein Umzug, ein Webstuhl, eine neue Beziehung ... mal sehen. Da war eine kurze Motorradfahrt wohl zu verkraften.

Tom reichte mir seinen Zweithelm aus der Remise und half mir, ihn korrekt aufzusetzen. »Halt dich einfach an mir fest«, sagte er, »und versuch nicht gegenzusteuern.«

Mit etwas zittrigen Knien stieg ich hinter ihm auf die Maschine und schlang meine Arme um seine Lederjacke. Sachte rollten wir vom Hof und auf die Straße. Und ich hätte den Kerl erschlagen können, der mich damals mitgenommen und mir solche Angst eingejagt hatte. Offensichtlich hat die Qualität von Motorrädern als Fortbewegungsmittel viel mit dem Fahrer zu tun.

Bei Tom hatte ich keine Angst. Im Gegenteil, ich war fast enttäuscht, als die Fahrt endete und wir vor meinem Haus hielten. »Möchtest du mit reinkommen?«, fragte ich ihn. »Ich kann dir allerdings nichts anbieten, was über Mineralwasser hinausgeht.«

Das reizte ihn offensichtlich nicht. Er beschloss, stattdessen die Brötchen zu kaufen und mich dann wieder abzuholen. Als ich frisch gewandet (und dem Anlass angemessen mit meiner Lederjacke bekleidet) wieder aus dem Haus kam, stand er schon mit laufendem Motor bereit. »Du hast wohl Hunger«, bemerkte ich und stieg wieder auf.

»Es geht«, antwortete er. »Und wie steht's mit dir? Direkt nach Hause oder die touristische Strecke, wo du jetzt auch eine Lederjacke anhast?«

Wer konnte wissen, wann ich wieder die Gelegenheit zum Motorradfahren haben würde? »Die Touristenroute bitte«, rief ich spontan nach vorn und war von mir selbst überrascht.

Der Helm vor mir nickte. »In Ordnung. Dann bitte festhalten und nicht die Augen schließen.«

Wir verließen die Stadt über eine kleine Seitenstraße und schraubten uns den Berg hoch. Ich war zuerst erschrocken, als ich mitbekam, wo er langfahren wollte, aber selbst die Serpentinen bewältigten wir auf eine Weise, die ich ganz beruhigend fand. Und dann natürlich dieser Blick über das Tal, die patchworkartig daliegenden Wiesen und Felder und im Hintergrund die Talsperre! Wenn das Wetter so herrlich ist, muss man nicht in Urlaub fahren. Dann ist es auch hier traumhaft schön.

Tom fuhr ein Stück auf der Kuppe entlang und bog dann auf eine Straße ab, die ich nicht kannte. Wir kamen durch kleine Gehöfte mit seltsamen Namen wie Gittelsbecke oder Hinterste Hunschlade und näherten uns dann Wernebeck von der anderen Seite.

Luise stand schon vor der Tür und guckte etwas kritisch, als wir wieder auf den Hof rollten. Rasch kletterte ich vom Motorrad und fummelte meinen Helm ab. »Vielen Dank. Das war eine Supertour auf nüchternen Magen.«

»Keine Ursache«, sagte Tom. »Ich nutze ja selber jede Gelegenheit.«

»Wo wart ihr denn so lange?«, rief Luise.

»Brötchen holen«, sagte Tom und holte unsere beiden Tüten aus dem Stauraum unter dem Sitz. »Ich nehme an, ihr wollt auch jetzt frühstücken?«

»Sicher«, sagte Luise. »Willst du nicht mit zu uns kommen?«

»Gern«, sagte er, ohne sich lange zu zieren, hängte seinen Helm an den Lenker und folgte uns mit den beiden Tüten ins Haus.

Fritz guckte genauso kritisch wie seine Schwester vorhin, vielleicht wegen des zusätzlichen Gastes. Vielleicht hatte er aber auch einfach schlechte Laune, weil der Portweinfleck aus dem hellen Stoff nicht vollständig rausgegangen war und es deshalb so aussah, als hätte er sich in die Hose gemacht.

»Ihr kennt euch ja«, sagte Luise und legte ein weiteres Gedeck auf. Irgendwie kriegte sie es ohne lange Anweisungen hin, dass Fritz mir gegenübersaß und Tom ihr. Der Stuhl am Kopfende, den früher Ole besetzt hatte, blieb leer wie immer.

»Greift zu«, befahl Luise. »Möchte jemand Tee?«

»Quatsch, Tee«, knurrte Fritz. »Wir sind doch nicht im Buckingham Palace. Nun setz dich und iss.«

Erstaunt sah ich ihn an. Konnte es sein, dass der abends so charmante Mann ein verdrießlicher Morgenmuffel war?

Luise war jedenfalls keiner. »Was machen wir denn heute Schönes?«, flötete sie, während sie sich Honig auf ihr Brötchen träufelte.

Tom grinste und sah dabei unverschämt gut aus. »Ich werde mir den Tag mit Wändestreichen vertreiben. Wenn mir jemand dabei helfen möchte, ist er herzlich willkommen. Oder sie.«

»Ich dachte eher an etwas Sonntäglicheres«, sagte Luise.

Ich langte nach einem Marmeladenglas und untersuchte das Etikett. Kirsche und Ingwer. Das reizte mich nicht so wirklich. Das nächste Glas versprach Pflaume mit Papaya und Zimt. Was war aus der stinknormalen Erdbeermarmelade geworden, die es früher immer gab? Resigniert griff ich nach der Nutella. »Egal, womit ihr euch vergnügt, ich muss an den Schreibtisch. Und deshalb«, ich warf Fritz einen Blick zu, »würde ich gern gleich nach dem Frühstück fahren.«

»Machen wir«, brummte er und säbelte sich mit finsterer Miene ein paar Scheiben von der Salami ab.

»Tja, da kann man nichts machen«, sagte Luise. »Aber du könntest doch nächstes Wochenende wiederkommen, Fritz. Ich fand das richtig nett gestern.«

»Nächstes Wochenende kann ich nicht. Da ist Stadtfest in Remsede, und wir beteiligen uns an der Autoausstellung.«

»Dann komm in zwei Wochen«, schlug sie unverzagt vor. »Das passt gut, weil Frida dann hier einzieht. Da könntest du wieder diesen Transporter mitbringen.«

Fritz kaute schweigend.

»Musst du aber nicht, wenn es dir schlecht passt«, sagte ich eilig. Wenn ich eins nicht wollte, dann war das, ihn so festzunageln, dass er sich mir verpflichtet fühlte. »Ich kann auch einen Wagen leihen. Und ich bitte ein paar Kollegen, mir zu helfen.«

»Ich bin ja auch noch da«, bemerkte Tom.

»Nein, das geht schon«, sagte Fritz und sah mich an. »Wenn ich dir helfen kann, dann mach ich das gern.«

»Wunderbar!«, rief Luise. »Wisst ihr, ich freu mich schon so, dass Frida hier einzieht.«

»Das merkt man.« Tom lächelte sie an. »Du hattest mich doch wegen dieser Gardinenstange gefragt. Soll ich mir das gleich mal ansehen?«

»Das wär super«, sagte sie begeistert. »Ich möchte doch, dass alles fertig ist bis zum Einzug.«

Eine halbe Stunde später saßen Fritz und ich im Auto. Die ersten zehn Kilometer verbrachten wir schweigend. Ich grübelte darüber nach, was das wohl zu bedeuten hätte. Inzwischen konnte ich sein Verhalten nicht mehr der Morgenmuffeligkeit zuschreiben, sondern deutete es eher als Bedauern über das, was gestern Abend zwischen uns vorgefallen war. Was sollte ich jetzt machen? So tun, als wäre alles nicht passiert? Oder ihm ganz cool andeuten, dass ich immer mal wieder Männern Gutenachtküsse gab und mir nichts weiter dabei dachte?

Irgendwann, nach mehrfachem Räuspern, sagte er schließlich: »Warum sagst du nichts, Frida?«

»Ich? Wieso ich? Warum redest du denn nicht mit mir?« (Wenn ich das jetzt so rekapituliere, wird mir eines klar: Hätte ich diesen Teil des Dialogs auf dem Pausenhof aufgeschnappt, hätte ich gedacht ›Total unreif, diese Teenies‹.)

»Ich dachte, es sind immer die Frauen, die das Bedürfnis haben zu reden.«

»Aber Fritz, du warst es doch, der gestern die Initiative ergriffen hat, da dachte ich ...«

»Genau«, unterbrach er mich, während er sehr konzentriert vor sich auf die Straße starrte, »und ich habe bis jetzt keine Ahnung, wo wir stehen.«

»Wo würdest du denn gerne stehen?«

Er schwieg wieder eine Weile und sagte dann: »Das ist genau der Punkt. Ich mag dich sehr, Frida, und ich würde dich gern näher kennenlernen. Aber dann hat sich Luise heute Morgen auf mich gestürzt, so als müssten wir nur noch ein Datum festlegen und ein Brautkleid kaufen, und das ... Das geht mir dann doch ein bisschen zu schnell.«

»Nimm es ihr nicht übel, Fritz. Sie versucht im Moment alles, um die Menschen an sich zu binden. Sie hat tierische Angst vor dem Alleinsein.«

»Das verstehe ich ja«, sagte er. »Aber sie sollte die Entscheidung schon noch uns überlassen.«

Ich musste lachen. »Kein Wunder, dass du heute so schlechte Laune hattest!«

Er runzelte die Stirn. »Ich hatte schlechte Laune? Wie kommst du denn darauf?«

»Also wenn das deine gute Laune war, dann möchte ich dich morgens nicht schlecht gelaunt erleben.«

Er stutzte und warf dann endlich mal einen Blick zu mir herüber. Ich kann ja verstehen, dass Leute beim Autofahren auf die Straße schauen, aber bei einem solchen Gesprächsthema brauche ich doch ab und zu eine Zehntelsekunde Blickkontakt. »Heißt das denn, du möchtest mich näher kennenlernen?«

»Fritz, was denkst du eigentlich von mir? Glaubst du, ich knutsche einmal pro Woche mit jemandem rum und tu dann so, als ginge mich das gar nichts an?«

»Nein!«, protestierte er. »Aber weil du heute direkt mit diesem Muskelmann auf und davon bist …«

»Fritz, ich bitte dich! Es war schönes Wetter, und er hat mir angeboten, auf seiner Maschine mitzufahren zum Brötchenholen. Das war alles.«

»Hm.« Er konzentrierte den Blick wieder auf die Autobahn, obwohl wir auf der rechten Spur fuhren und um diese Zeit nicht besonders viel los war.

Ich hingegen beschäftigte mich mit der Frage, was ich davon halten sollte, dass Fritz schon eifersüchtig war, bevor wir uns überhaupt darüber klar geworden waren, was für eine Art von Beziehung uns verband. Vielleicht war es besser, den gestrigen Abend abzuhaken und sich weiterhin nur als gemeinsame Verwandte von Luise zu begegnen?

Irgendwann streckte er die Hand aus und berührte kurz mein Knie. »Tut mir leid, Frida. Das ist alles noch etwas schwierig für mich. Aber vielleicht können wir uns ab und zu mal treffen, um uns näher kennenzulernen?«

»Ja, ich glaube, das wäre gut«, sagte ich.

»Könnte ich dich zum Beispiel überreden, gleich noch mit mir zu Mittag zu essen?«

Ich wand mich ein bisschen. Einerseits ... andererseits ... »Eigentlich gern, Fritz, aber heute geht es nicht. Ich muss wirklich noch arbeiten.«

»Verstehe.«

Ich habe die Vermutung, dass Leute das immer gerade dann sagen, wenn sie kein Verständnis haben. »Weißt du, die letzten sechs Wochen vor den Zeugnissen sind immer ziemlich stressig. Und dann kommt auch noch dieser Umzug auf mich zu, und ...«

»Ich verstehe, dass das stressig ist«, versicherte er. »Würde es etwas nützen, wenn ich abends nach Feierabend ...«

»Ich glaube nicht«, sagte ich. »Aber wenn das mit dem Transporter klappt, das wäre toll.«

»Natürlich klappt das. Und danach könnte ich ja immer mal vorbeikommen.«

»Und wir können telefonieren.«

»Das können wir.« Er seufzte. »Ich bin wohl ein bisschen aus der Übung.«

»Ich auch«, nickte ich. »Aber das muss uns nicht abhalten, es zu versuchen, oder?«

Er lächelte, und mein Herz schlug ein wenig schneller. Das war ja wohl ein gutes Zeichen.

4

Am Montag hatte ich erst zur dritten Stunde Unterricht und platzte im Lehrerzimmer in eine heftige Diskussion. Der Name Tim-Robin fiel relativ häufig. Und da das ein Schüler von mir ist, schaltete ich mich in das Gespräch ein. »Was hat er denn angestellt?«

Es stellte sich heraus, dass Tim-Robin bereits in der ersten Stunde Mist gebaut hatte und von seinem Fachlehrer zum Beruhigen vor die Tür geschickt worden war. Aber statt über sein Fehlverhalten zu meditieren und anschließend kleinlaut Besserung zu geloben, hatte er seinen Frust in der Pausenhalle ausgelebt. Genauer gesagt hatte er sich an der Nutella vergriffen, die dort abgegeben worden war als Spende für die Frühstücksmütter, die zweimal in der Woche Brötchen anboten. Aber nicht, um seinen Hunger zu stillen. Kurz bevor ich gekommen war, hatte der Hausmeister bereits eine Anzahl unflätiger Sprüche und Zeichnungen von den großen Fenstern entfernt, die Tim-Robin dort mit Nutella hingeschmiert hatte.

»Darauf müssen wir entsprechend reagieren!«, sagte Marita empört und zeigte schon wieder ihre Margarita-Flecken. »Er muss lernen, dass man so nicht mit Lebensmitteln umgehen darf!«

»Seid ihr sicher, dass es Nutella war?«, fragte Jochen. »Seid doch froh. Es hätte auch Kacke sein können.« (Man merkt, er kommt von einer Gesamtschule in einem sozialen Brennpunkt.)

Der Einwurf wurde geflissentlich überhört. Politisch korrekt wie wir sind, suchten wir eine Strafe, die der Tat angemessen und trotzdem lehrreich war. Jemand machte schließlich den Vorschlag, Tim-Robin dazu zu verdonnern, vor dem Unterricht den Frühstücksmüttern beim Brötchenschmieren zu helfen. Das fanden alle gut, so dass wir uns wieder unseren üblichen Themen zuwenden konnten.

Ich räumte den Inhalt meiner Tasche nach Stunden sortiert auf den Platz.

»Hast du mir was zu beichten?«, fragte mich Isabel.

»Wieso?«, fragte ich etwas irritiert zurück.

»Na, die Sache mit dem Webstuhl. Meine Schwiegermutter hat mit Torsten gesprochen und gesagt, du wärst mit deinem Mann gekommen. Aber du hast ja keinen. Also gestehe – wer war das?«

»Luises Bruder. Der mit dem Autohaus in Remsede. Er hat den Transporter gefahren.«

Ihr Gesicht zeigte deutliche Enttäuschung. »Oh. Und ich dachte schon ...«

Auf keinen Fall würde ich ihr in diesem Stadium sagen, dass ihre Vermutung nicht völlig unbegründet war. »Du bist die Erste, die es erfährt, wenn ich ihn heirate«, versprach ich ihr.

Das klang wohl so unwahrscheinlich für sie, dass sie mich spöttisch in die Seite knuffte. »Genau wie du die Erste sein wirst, die meinen Ferrari Probe fahren darf.«

»Ferrari? Hat der Kultusminister dir eine Gehaltserhöhung zugebilligt, von der wir nichts wissen?«

»Nein, nein. Ich geh jetzt nachmittags im Supermarkt Regale einräumen. Kann sich nur noch um Tage handeln, bis ich das Geld zusammenhab.«

»Und wer korrigiert deine Klausuren?«

»Das lass ich von Google machen. Die Fehler von Minister Guttenberg hat der ja auch gefunden.«

»Gute Idee«, sagte ich, und dann schellte leider die Pausenglocke und setzte dem Geblödel ein Ende.

Gegen Abend fuhr ich nach Wernebeck, um den Fortgang der Installationsarbeiten zu inspizieren. Außerdem hatte ich schon mal ein paar Kartons mit Sachen gepackt, die ich nur selten brauchte und deshalb in der Milchküche lagern wollte, wo wir auch meinen Webstuhl untergestellt hatten. Sehnsüchtig warf ich einen Blick auf die Sammlung von Holzstangen. Eines Tages würde ich dieses Ding aufstellen und in Betrieb nehmen, schwor ich mir.

Aber zuerst müsste ich meine Wohnung einrichten. Mit einem Arm voller alter Zeitungen machte ich mich auf den Weg in das Erkerzimmer, das wir bereits ausgeräumt hatten, damit ich die Wände streichen konnte.

»Frida, bist du das?«, hörte ich Luise aus dem Gästezimmer rufen.

»Klar, wer sonst?« Ich spähte um die Ecke, aber wenn ich gehofft hatte, sie wäre bereits beim Ausräumen, dann hatte ich mich getäuscht. »Was machst du da?«

Sie war gerade dabei, einen Bezug über eins der Kopfkissen zu ziehen. »Ach, Frida, ich brauche dieses Zimmer noch für ein paar Tage. Bettina kommt morgen.«

Ich hatte sofort ein ungutes Gefühl. »Bettina? Wieso denn das so plötzlich?«

»Na ja«, sagte Luise. »Ich hab mich doch so gefreut wegen dir und Fritz, und das musste ich einfach irgendwo loswerden. Deshalb hab ich sie gestern angerufen und ihr davon erzählt, und da hat sie sich spontan entschlossen, noch ein paar Tage herzukommen, bevor du einziehst.«

»Sieh mal an«, staunte ich. »Ich dachte, sie hätte so wenig Zeit?«

»Offenbar konnte sie es doch ermöglichen.«

Ich sah mich im Raum um. »Hast du hier was verändert?«

Ihre Augen bekamen diesen Pseudo-Unschuldsblick, den ich auch von meinen Schülern kenne. »Wieso? Ich habe nur ein bisschen sauber gemacht. Ach, und das Bild habe ich aufgehängt, das mag Bettina so gern.«

Es handelte sich dabei um das wertvollste Gemälde, das sie besaß, ein romantisches Mädchenportrait von einem englischen Maler. Ich war zufällig dabei gewesen, als Ole es erwarb. Als Geschenk zu Luises Geburtstag. Der Verkäufer hatte ihn gefragt, ob sein Haus eine Alarmanlage hätte.

»Du machst dir aber viel Mühe, wenn Bettina für ein paar Tage kommt.« Sie hatte auch frische Blumen hingestellt, fiel mir auf, und auf der Kommode standen ihre schweren Kristallkaraffen.

»Aber Frida, sie ist schließlich meine Schwester! Sie wollte heute schon kommen, aber erstens waren die Installateure noch da, und außerdem musste sie mit Charlie zum Impfen.«

»Charlie?«

»Ihr Hund.«

Ach ja, ihren verzogenen Yorkshire-Terrier würde sie auch mitbringen. Vermutlich mit einem Schleifchen im Kopfhaar, passend zur Farbe ihres Designer-Gepäcks. Wenn es um Bettina ging, war mir jedes Klischee recht.

Wenigstens kam sie jetzt und nicht erst, wenn ich schon hier wohnte. Das brachte mich auf wichtigere Fragen. »Sind denn die Installateure fertig?«

»Sind gerade weg. Du kannst dir das Bad mal anschauen, ist sehr schön geworden.«

Ganz gespannt überquerte ich den Flur. Natürlich war es Luises Haus, aber ich hatte mir alle Mühe gegeben, meine Vorschläge durchzusetzen, mit anderen Worten: schlichte weiße Kacheln, kein Schnickschnack. Wenn man Farbe haben möchte, kann man das immer noch durch Deko erreichen.

Aber jetzt war es erst einmal eine Orgie in Weiß, klar und pur und frisch, wenn man von dem Staub mal absah. Ich freute mich schon regelrecht darauf, es zu putzen: die barrierefreie Dusche, den gemauerten Waschtisch mit herrlich viel Ablagefläche, die jungfräuliche Kloschüssel in der Ecke.

»Toll«, sagte ich zu Luise. »Ich glaube, ich mach erst mal hier sauber, bevor ich das Erkerzimmer abklebe.«

»Das wär auch dringender«, meinte sie, »weil Bettina das Bad ja braucht.«

Das kühlte meine Begeisterung etwas ab. Nun würde gar nicht ich diejenige sein, die dieses Bad einweihte, sondern Luises Schwester. Aber das war für einen erwachsenen Menschen wahrhaftig kein Grund, Theater zu machen. Auf lange Sicht war es mein Bad, und deshalb schnappte ich mir den Eimer mit den Putzsachen und machte mich ans Werk.

Als ich am nächsten Abend wiederkam, um nun wirklich das Erkerzimmer zu streichen, war Bettina schon eingezogen. Charlie empfing mich kläffend an der Haustür, zwar ohne Schleife, aber mit all dem Gehüpfe und Getöse, das mich immer wieder in meinem Beschluss bestätigt, dass ich mir niemals einen Hund anschaffen werde.

Bettina und Luise residierten im Wintergarten, und das Verb war wirklich nicht zu hoch gegriffen. Normalerweise verhält sich Luise nicht so, wenn sie jemanden zu Besuch hat. Aber jetzt war wirklich alles wie aus einem Pilcher-Film: das gute Teeservice, Vasen voller Pfingstrosen, feine Deckchen mit Weißstickerei, sogar ein paar Kerzen in Silberleuchtern. Es fehlte nur der Butler, der dezent mit dem Sherry wartete.

»Schön, dass du kommst«, begrüßte mich Luise. »Möchtest du noch eine Tasse Tee mit uns trinken?«

»Nein, vielen Dank«, wehrte ich ab und schob meinen Schlüsselbund in die Jeanstasche, um Bettina Guten Tag zu sagen. »Ich geh lieber gleich rauf und fange im Erkerzimmer an.«

»Ach, du hast schon einen Hausschlüssel?«, fragte sie. Und zu Luise gewandt: »Könnte ich vielleicht auch einen haben? Da ist man doch unabhängiger.«

»Natürlich«, sagte Luise. »Ich schau mal nach, sonst lasse ich morgen noch einen machen.«

In mir wuchs das Unbehagen. Wieso brauchte Bettina einen Hausschlüssel, wenn sie nur ein paar Tage bleiben wollte? Aber es wäre sicher etwas unhöflich, sie direkt zu fragen, wann sie wieder zu fahren gedächte.

Von Charlie begleitet ging ich nach oben. Dass ich diesen wuseligen Hund nicht besonders mochte, wusste ich ja schon lange. Aber was mich an Bettina störte, war mir nach wie vor nicht klar. Äußerlich sah sie ihrer jüngeren Schwester recht ähnlich, nur dass sie blond war und Luise dunkelhaarig, aber was an Luise elegant und harmonisch wirkte, sah bei Bettina eher übertrieben aus. Sie war etwas größer, etwas dünner, etwas gebräunter als Luise, ihre Kleidung war extravaganter (und vermutlich auch teurer), ihre Gestik unnatürlicher.

Die Tür zum Gästezimmer stand offen, und was da an Sachen ausgebreitet war, sprach jedenfalls nicht für eine Stippvisite. Charlie drehte eine kurze Runde, indem er wie ein Gummiball über Bett, Teppich, Sessel, Koffer und Klamotten hopste, und verschwand dann im Bad.

Das leider nicht mehr so aussah, wie ich es gestern verlassen hatte. Aus einem puristischen weißen Badezimmer war ein Gruselkabinett voller Plunder geworden. Wie konnte ein einzelner Mensch so viel Zeug haben? Und dabei war sie doch heute erst angekommen. Hatte sie tatsächlich diese ganzen Lotionen, Sprays und Cremes schon benutzt? Mindestens fünf Handtücher verschiedener Größe hingen auf der Stange, und auf dem Fußboden lag nicht nur ein Duschvorleger, sondern auch ein rosafarbener Badteppich.

Ich wandte mich mit Grausen ab. Eigentlich wäre das Ganze ja eher amüsant gewesen, aber ich wollte in einigen Tagen hier einziehen und war davon ausgegangen, dass ich mich uneingeschränkt bewegen könnte.

Um mich auf andere Gedanken zu bringen, begann ich, das Erkerzimmer mit alten Zeitungen auszulegen. Zum Glück musste ich keine Tapeten abreißen, sondern konnte einfach die geputzten Wände überstreichen. Immerhin war die Aussicht über die Wernebeck'schen Gärten sehr beruhigend für die Seele. Die Rosen blühten schon wie verrückt, und die Obstbäume auf der Wiese dahinter versprachen schattige Ruheplätze. Wenn man erst mal so weit war, zur Ruhe kommen zu können. Aber vor die Ferien hatten die Götter im Kultusministerium nun mal noch eine Menge Korrektur- und Konferenzschweiß gesetzt. Von einem Umzug gar nicht zu reden.

Als ich fast fertig war mit den Vorarbeiten, hörte ich die beiden die Treppe hinaufkommen. Auch Charlie war dabei. Er stürzte sich mit Begeisterung auf die Zeitungen und schien sich regelrecht daran zu freuen, wie sie zerknitterten und rissen. »Oh nein!«, schrie ich ihn an. »Du gehst sofort hier raus!«

Charlie stutzte und sah mich an. »Raus!«, wiederholte ich streng, mit meiner autoritärsten Pausenhallen-Stimme. Charlie schien das zu verstehen, denn er verließ umgehend den Raum. Dafür erschien Bettina, um nachzuforschen, warum ich ihren Liebling anschrie.

»Dein Hund zerfetzt mir die Zeitungen«, erklärte ich, während ich vor ihr kniete und versuchte, die Lücken mit möglichst wenig Aufwand wieder zu schließen.

»Kein Wunder«, erklärte Bettina. »Er folgt seinen natürlichen Instinkten.«

Das hätte ich verstanden, wenn er mir ein Stück Fleisch geklaut oder eine Katze verjagt hätte – aber Zeitungen?

»Vielleicht könntest du ihn trotzdem davon abhalten«, schlug ich vor. »Ich muss hier streichen und möchte Luises Boden nicht versauen.«

»Ich weiß nicht, wie ich das machen sollte«, sagte sie. »Am besten hältst du einfach die Tür geschlossen, dann kann ja nichts passieren.« Sie angelte sich ihren Liebling, der gerade wieder Anlauf nahm, und stolzierte davon. »Komm, mein Schatz. Frida will dich nicht hier haben.«

Luise lächelte etwas gezwungen. »Ärger dich nicht, Frida. Der Hund versteht das ja nicht.«

»Wie lange will sie denn bleiben?«, zischte ich. »Hast du gesehen, wie viele Klamotten sie mitgebracht hat?«

»Na ja.« Luise intensivierte ihr Lächeln. »Sie hat jetzt die Gelegenheit genutzt, bei sich renovieren zu lassen. Eine Woche könnte es wohl dauern.«

Eine Woche? Das hörte sich an wie acht Tage zu viel. Und trotzdem glaubte ich nicht, dass das reichen würde. »Sie muss ja super Handwerker haben, wenn die das in einer Woche schaffen. Darauf hast du dich eingelassen?«

»Ich konnte ja schlecht Nein sagen, wenn ich sie vorher immer wieder eingeladen habe«, verteidigte sich Luise. »Sie ist schließlich meine Schwester, und die Familie muss doch zusammenhalten.«

Es lag mir auf der Zunge zu sagen: »Ich bin auch deine Familie, was ist mit mir?« Aber dann empfand ich es als sehr kleinlich sich aufzuregen, bloß weil ein Hund mich bei der Arbeit gestört hatte. Und mehr hatte ich, wenn ich ehrlich war, bisher nicht gegen Bettina vorzubringen.

»Gut«, sagte ich so großmütig ich konnte, »dann mache ich erst mal diesen Raum und das Schlafzimmer, und bis dahin wird sie ja wohl wieder abgereist sein. Ansonsten muss sie ins Arbeitszimmer umziehen.«

Luise lächelte erleichtert. »Natürlich. Du wirst schon sehen, das ist gar kein Problem.«

Wollten wir es mal hoffen.

Ich brauchte zwei Abende, um das Erkerzimmer zu streichen. Weil Bettina sich weigerte, ihren Hund unter Kontrolle zu halten, musste ich die Tür die ganze Zeit geschlossen halten, was meine Laune nicht verbesserte, auf die Qualität des Anstrichs aber keinen Einfluss hatte. Am Mittwoch konnte ich nicht weitermachen, weil ich unbedingt meine letzte Deutscharbeit korrigieren musste.

Da wäre eigentlich das Schlafzimmer dran gewesen. Oder das, was sich so Schlafzimmer nannte. Vielleicht hätte Boris Becker sich darin wohlgefühlt, weil es mich von den Dimensionen eher an eine Besenkammer erinnerte. Aber eine Freundin von mir war vor kurzem aus Seoul zurückgekommen und hatte berichtet, dass die Menschen dort zum Teil auf vier Quadratmetern hausen, weil die Mieten so horrend teuer sind. Dagegen lebte ich richtiggehend fürstlich – es kam eben immer auf die Sichtweise an.

Am Donnerstag hatte ich eine Art Déjà-vu-Erlebnis. Denn als ich nach zwei Doppelstunden Kunst-Differenzierung aus der abgekapselten Atmosphäre des Kunstbereichs ins Lehrerzimmer wechselte, gab es erneut eine Diskussion, in der der Name Tim-Robin von zentraler Bedeutung war.

»Was ist denn jetzt wieder los?«, fragte ich. Das Letzte, was ich brauchen konnte, war eine Klassenkonferenz so kurz vor den Ferien. Und darauf würde es hinauslaufen, wenn wir Tim-Robin nicht wieder in die Spur brachten.

»Er hat gestern bei den Frühstücksmüttern mitgeholfen«, teilte mir Jochen mit.

»Das war doch so abgemacht, oder?«

»Natürlich, ja. Und die haben ihn nicht nur Brötchen schmieren lassen, sondern ihm das Obst anvertraut.«

»O je.« Mir schwante Übles. »Hat er wieder Schweinerei gemacht?«

»Nicht direkt und dann doch wieder«, sagte Jochen mit einem süffisanten Grinsen. »Erst mal waren sie sogar ganz zufrieden mit ihm und haben ihn gelobt. Was er mit den Bananen angestellt hat, kam erst später raus.«

Meine Gedanken rasten. Ich hatte ja in meiner langjährigen Schulpraxis schon erlebt, dass Schüler mit Bananen dummes Zeug gemacht hatten, aber das hatte man eigentlich immer sofort feststellen können. »Nun sag schon, was hat er getan?«

»Tja, er war kreativ. Wusstest du, dass man etwas in Bananenschalen ritzen kann, das erst nach einiger Zeit sichtbar wird?«

»Nein, aber ich könnte es mir vorstellen. Vermutlich bräunt das mit der Zeit, oder?«

»Genau. Und deshalb hatten einige Kinder gestern ziemlich schlüpfrige Botschaften auf ihren Bananen. Offensichtlich hat sich Tim-Robin der sexuellen Aufklärung verschrieben.«

Man lernt doch immer noch dazu. Nachdem diese Geschichte im Lehrerzimmer ihre Runde gemacht hatte, wussten wir, dass der Bananentrick zurzeit durch das Internet geisterte. Da gab es Leute, die im Supermarkt mit Zahnstochern unterwegs waren und kryptische Botschaften wie »Es ist deine Schuld!« in das gelbe Obst kratzten. Und das hatte Tim-Robin anscheinend motiviert, die ihm anvertrauten Frühstücksbananen morgens mit seiner Version der menschlichen Anatomie zu verzieren, ohne dass die Frühstücksmütter Verdacht geschöpft hatten. Sichtbare Beweise gab es erst bei den Kindern, die ihre Banane bis zur zweiten Pause verwahrt oder die

Schale nicht rechtzeitig weggeworfen hatten. Herr Wisnewski hatte sich genötigt gefühlt, den Tatbestand mit seinem iPhone zu fotografieren und so dem verderblichen Medium zum Trotz für eine Strafverfolgung festzuhalten. Staunend betrachteten wir das vorliegende Material.

»Ist das wenigstens Kunst?«, fragte Isabel mich spöttisch.

»Kommt darauf an, wen du fragst«, sagte ich. »Als Kunstlehrerin fühle ich mich nicht so angesprochen. Mich stimmt eher bedenklich, dass er ›Möhse‹ mit ›h‹ schreibt.«

»Das gehört bestimmt nicht zu den Dingen, die er für seine Diktate übt«, gab sie zu bedenken. »Und wenn er an ›Möhre‹ gedacht hat, war das nur logisch.«

»So gesehen vielleicht.« Mich beschäftigte eher die Frage, wie man da disziplinarisch vorgehen musste. »Ich frage mich allerdings, ob er überhaupt an irgendwas gedacht hat, als er das tat.«

»Vermutlich nicht«, sagte Jochen. »Der Knabe ist dreizehn, da ist das Gehirn vorübergehend außer Betrieb.«

»Ich kenne den Vater«, sagte Marita düster. »Bei dem wurde es nie wieder in Betrieb genommen.«

»Woher weißt du das?«, fragte Isabel. »Glaubst du, der malt auch Pornos auf Bananen?«

»Nee, der hält nur endlose Monologe und begrapscht Frauen auf dem Schützenfest, wenn er genug getankt hat.«

»Säuft der Vater denn regelmäßig oder nur auf dem Schützenfest?«, fragte ich vorsichtshalber. Auch wenn wir um eine pädagogische Maßnahme nicht herumkamen, hatte ich kein Interesse daran, dass sich das für Tim-Robin zu einem häuslichen Drama entwickelte.

»Nur bei wichtigen Ereignissen und wenn's Freibier gibt«, sagte Marita. »Typischer Sauerländer eben.«

»Dann gibt's auch einen typischen Brief nach Hause«,

folgerte Isabel. »Vermutlich wird er da auch noch stolz drauf sein und später seinen Kindern davon erzählen.«

Es wurde Zeit für die nächste Stunde. Kopfschüttelnd ergriffen wir unsere Taschen und machten uns auf den Weg in den jeweiligen Klassenraum, immer mit einem Auge nach Bananen Ausschau haltend. Aber vermutlich waren Tim-Robins Machwerke inzwischen alle als Trophäen bei den Oberstufenschülern gelandet, die diese Geschichte zweifellos für die Abizeitung verwenden würden. Und ehrlich gesagt war das ja auch bei weitem amüsanter als die Amokdrohung vom letzten Jahr.

Ziemlich erschöpft landete ich wieder in Wernebeck. Die Situation dort hatte sich nicht grundsätzlich verändert. Bettina hielt weiterhin das Gästezimmer besetzt und führte zusammen mit Luise ein Leben, das einer Landadeligen würdig war. So ganz fern lag ihnen das ja auch nicht, hatten ihre Eltern sie doch in Anlehnung an große Vorbilder getauft: Luise in Erinnerung an die preußische Königin und Bettina im Gedächtnis an die Schriftstellerin, die in jungen Jahren noch den alten Goethe gekannt hatte. (Kein Wunder, dass sie das Hofhalten und Im-Garten-Lustwandeln perfekt beherrschten. Fontane wäre begeistert gewesen.)

Und dann natürlich Fritz, der »Alte Fritz«, wie Bettina sagte, die sich bei unseren gemeinsamen Mahlzeiten jede Menge Mühe gab, mich auszufragen. Das Thema schien ihr keine Ruhe zu lassen.

»Luise sagt, ihr seid jetzt zusammen?«

»Wir sind nicht zusammen«, entgegnete ich unwillig. »Wir haben uns doch gerade erst kennengelernt.«

»Ihr kennt euch seit meiner Verlobung«, widersprach Luise. »Und das ist eine ganze Weile her.«

»Ja, schon, aber da war er verheiratet.« Und wir hatten uns durchschnittlich zweimal im Jahr für zwei bis drei Stunden gesehen – immer, wenn Ole oder Luise Geburtstag feierten. Aber da kamen natürlich viele Leute, und gerade Fritz war ein beliebter Gesprächspartner für alle autobegeisterten Herren. Vermutlich hatte ich mit seiner Frau Margret mehr geredet als mit ihm. Schon allein, weil sie mir als Lehrerin und damit ausgewiesene Spezialistin für pädagogische Fragen häufig ihr Leid geklagt hatte, was die Schulkarriere ihrer Kinder anging.

Ja, Fritz hatte auch Kinder. Allerdings waren sie schon im Studium und deshalb vielleicht nicht mehr so direkt betroffen von der Trennung ihrer Eltern.

»Er ist jetzt aber nicht mehr verheiratet«, sagte Bettina. »Und jeder weiß, dass nicht er es war, der die Scheidung wollte.«

»Das heißt ja nicht gerade, dass er sich direkt auf die nächste Beziehung stürzt«, sagte ich. »Und außerdem gehören da wohl zwei dazu.«

»Aber Luise sagt, ihr habt euch letztes Wochenende geküsst?« Bettina sah mich so streng an, als sei sie der Staatsanwalt und ich die Zeugin der Verteidigung. Oder sogar die Angeklagte. Auf jeden Fall machte sie – anders als ihre Schwester – nicht den Eindruck, als würde diese Verbindung ihr Wohlgefallen wecken.

»Das stimmt«, musste ich zugeben. Ich fand, für ein solches Verhör war ich vierzig Jahre zu alt. »Aber man muss sich ja deswegen nicht sofort fest binden, oder?«

»Aber ihr wärt doch ein tolles Paar«, warf Luise ein, ohne zu merken, dass das ihrer Schwester gar nicht passte. »Schon allein die Namen. Fritz und Frida, das klingt richtig gut.«

»Das klingt wie Zwillinge von sehr fantasielosen Eltern«, meinte Bettina, und da musste ich ihr ausnahmsweise mal recht geben.

»Genau«, stimmte ich ihr zu. »Ich hatte zum Beispiel mal einen Jan und eine Janina in der Klasse.«

Aber so leicht ließ sie sich nicht von ihrem Thema abbringen. »Also meinst du es nicht ernst mit Fritz? Erst küsst du ihn, und dann willst du nichts mehr von ihm wissen?«

»So ist das nicht«, erwiderte ich impulsiv, bevor mir klar wurde, dass ich mich von ihr hatte provozieren lassen. »Aber wir haben darüber geredet und beschlossen, dass wir es langsam angehen lassen.«

»Das finde ich sehr vernünftig«, sagte Luise. »Ich denke, ihr werdet euch in nächster Zeit ja öfter sehen, und dann ergibt sich das.«

»Okay, er will mir übernächstes Wochenende beim Umzug helfen«, lenkte ich ein. »Aber das heißt nicht ...«

»Oh, er kommt schon morgen«, teilte sie mir mit. »Ich habe um siebzehn Uhr dreißig einen Termin bei einem Steinmetz gemacht, und da möchte ich, dass ihr alle mitkommt.«

Mir fiel fast das Glas aus der Hand. »Was heißt alle?«

»Na, Bettina und Fritz und du«, erklärte Luise. »Ihr müsst mir helfen, einen Grabstein auszusuchen.«

»Morgen? Und das sagst du mir jetzt?«

»Wenn du keine Zeit hast«, wandte sich Bettina mir zu, »können wir auch zu dritt fahren.«

»Nein, nein!«, rief Luise abwehrend. »Frida ist Oles Schwester. Ich möchte, dass sie auch dabei ist. Das geht doch, oder?« Sie warf mir einen flehentlichen Blick zu.

Grabsteine zu begutachten war eigentlich nicht das, was ich mir zur Einleitung meines Wochenendes gewünscht hätte. Aber ich konnte Luise diesen Wunsch nicht abschlagen, weil ich wusste, wie wichtig ihr das war. »Halb sechs abends geht bei mir. Es muss ja nicht so lange dauern. Könnt ihr mich abholen?«

»Natürlich«, sagte Luise. »Dann kann ich Fritz direkt zeigen, wo du wohnst.«

In diesem Moment ertönte ein Bellen. Ich war etwas

irritiert, denn es kam eindeutig aus Bettinas Richtung, während Charlie doch gerade in der Küche herumtappte. Aber es war nicht Bettina selbst, die gebellt hatte, sondern ihr Blackberry, den sie jetzt aus der Tasche zog. »Süß, nicht? Ich hab Charlie aufgenommen und als Klingelton gespeichert. Jetzt alarmiert er mich immer, wenn ich eine neue E-Mail habe.« Sie studierte ihre Nachricht. »Oh, wie gut, dass die Mädels mich erinnern. Macht doch mal den Fernseher an, da kommt gleich ein Bericht über Prinzessin Diana.«

»Welche Mädels?«, stellte Luise die Frage, die ich mir verkniffen hatte.

»Aus unserem Forum ›Royal Fashion‹. Ich gehöre zu der Gruppe, die sich mit dem englischen Königshaus beschäftigt.«

»Was für ein Forum? Was für eine Gruppe?« Etwas ratlos stapelte Luise unsere Teller, während Bettina bereits in Richtung Sitzecke gerauscht war und nun auf dem Receiver den richtigen Sender suchte.

»Im Internet«, rief sie über die Schulter. »Du kannst dir das mal ansehen, Royal-Minus-Fashion-Punkt-De-E. Wir sammeln immer Fotos von den öffentlichen Auftritten und ordnen dann zu, was die anhaben.«

»Und wieso?«, fragte ich neugierig. »Kann man da was gewinnen?«

»Ach, Unsinn«, sagte Bettina unwillig. »Diese Menschen sind modische Vorbilder. Wir erfassen möglichst vollständig, was die Frauen tragen und woher es stammt, und stellen das dann ins Internet.«

Ich konnte mich nicht bremsen. »Wozu soll denn das gut sein? Die meisten Frauen haben doch überhaupt kein vergleichbares Budget. Und sie brauchen diese Klamotten auch nicht, weil sie nicht wohltätig Krankenhäuser besuchen oder Schiffe taufen oder in Ascot beim Pferderennen Champagner trinken.«

»Du hast keine Ahnung«, teilte Bettina mir mit. »Immerhin werden hier Trends gesetzt, die sich auch auf die Massenmode auswirken. Vor allem seit Kate zur Familie gehört, ist da so richtig was los. Sie hat eine ganz neue Bewegung losgetreten, weil sie zum Teil ihre Modelle mehrmals zu verschiedenen Anlässen trägt und nur etwas anders kombiniert.«

»Na so was«, staunte ich. »Ich dachte immer, das tun die meisten Frauen.« Ich jedenfalls kaufte mir ganz bewusst immer Sachen, die ich möglichst häufig anziehen konnte. Damit sich die Anschaffung auch lohnte.

»Nicht, wenn sie eine so prominente Position einnehmen«, belehrte Bettina mich und setzte sich auf das Sofa. Mit der Fernbedienung wies sie auf die Mattscheibe. »Diana war eine Künstlerin auf diesem Gebiet. Sie hat unglaublich viel für die britische Modeindustrie getan. Schön, dass ihre Schwiegertochter ihr Erbe antritt. Jetzt können wir nur hoffen, dass Prinz Harry sich auch eine so stilsichere Frau sucht.«

Ja, dann wäre die Welt gerettet, dachte ich und floh mit dem Brotkorb und den Resten der Aufschnittplatte in die Küche.

Der Gedanke, dass ich jetzt wieder in die Besenkammer zurückkehren und Kanten mit Kreppband abkleben sollte, machte mir wenig Freude. Aber im Wohnzimmer bleiben und mit Bettina über die Klamotten einer toten Prinzessin reden wollte ich auch nicht. »Ich geh noch einen Moment an die Luft«, teilte ich Luise mit und öffnete die Tür, die von der Küche nach draußen führte.

»Tu das«, sagte sie. »Das wird dir guttun, du bist so blass.«

Nun war es zum Bräunen ja schon zu dunkel, aber der warme Abend und diese besondere Atmosphäre der Dämmerung, wenn es noch nicht völlig finster ist, enttäuschten mich nicht. Ich durchquerte den Rosengarten, der früher bestimmt ein richtiger Küchengarten mit Kräutern und von Buchsbaum eingefassten Gemüsebeeten gewesen war, und bog dann links ab in Richtung Laube. In diesem Achteck aus weiß gestrichenen, mit Glyzinien überrankten Holzlatten hatte Ole immer gern gesessen und Zeitung gelesen.

Ich blieb vor der Laube stehen und gab mich einen Moment meiner Erinnerung hin. Bei aller Traurigkeit fühlte es sich gut an, so intensiv an meinen Bruder zu denken, der mir viel näher gestanden hatte als der andere, der noch lebte.

»Ich muss dich warnen«, ertönte eine tiefe Stimme. »Ich sitze schon hier drin.«

»Oh, lass dich nicht stören«, sagte ich. »Ich kann auch woanders hingehen.«

»Du störst überhaupt nicht«, erwiderte Tom. »Komm rein, wenn du das vorhattest.«

Ich ließ mich neben ihm auf die Bank fallen. Bisher hatte niemand die schönen Teakholzstühle hier aufgestellt, die Ole immer benutzt hatte. Ich beschloss, das am Wochenende nachzuholen. »Warum wolltest du mich denn dann warnen?«

Tom grinste. »Mehr zu deinem Schutz. Wer weiß, vielleicht bist du ja hier rausgekommen, weil du Blähungen hast.«

»Nee, heute nicht.«

»Oder du möchtest ein konspiratives Telefongespräch führen, bei dem niemand mithören darf.«

»Ich glaube, das würde ich eher in meiner Wohnung tun, da bin ich sowieso allein«, sagte ich. Aber nicht mehr lange, wurde mir klar. So wie das im Augenblick ablief, war es eher vorbei mit dem Alleinsein. Auch ohne Bettina im Gästezimmer würde Luise mehr Anteil an meinem Leben haben als bisher.

»Also wolltest du einfach mal für dich sein«, folgerte er. »Da brauchst du mich eigentlich nicht.«

»Nein, so ist das nicht«, widersprach ich. »Es ist eher eine Art geistiger Blähung, die mich quält.«

»Uh, das klingt hübsch pervers«, meinte er. »Erzählst du mir davon?«

»Im Grunde ist es etwas total Blödes«, gestand ich. »Aber Bettina geht mir manchmal so auf den Senkel, weißt du.« Und ohne Punkt und Komma erzählte ich ihm alles, was mich störte: der Hund, das Getue, die vielen Sachen, sogar die Geschichte mit dem Königliche-Klamotten-Portal. »Wenn ich es mir jetzt so anhöre, komme ich mir total doof vor«, setzte ich hinzu. »Schließlich gibt es Leute, die haben echten Stress, die werden gemobbt oder sind krank oder so was.« Oder sie verlieren den Menschen, der ihnen am meisten auf der ganzen Welt bedeutet.

»Kleinigkeiten können auch stressen«, sagte Tom. »Es ist wichtig, dass man lernt, damit richtig umzugehen.«

»Natürlich«, sagte ich. »Ich hab's auch schon wieder im Griff. Danke, dass du mir zugehört hast.«

»Das gehört mit zum Service«, sagte er. »Was meinst du, was mir die Patienten alles erzählen? Manchmal denke ich, wenn die eine vernünftige Strategie zur Stressbewältigung hätten, dann brauchten sie keine Massage.«

Es gefiel mir nicht besonders, auf der gleichen Stufe wie seine Patienten zu stehen. Aber vielleicht wollte er mir dadurch andeuten, dass ich mich nicht zu wichtig nehmen sollte. »Dann bist du also auch hier rausgekommen, um mal ein bisschen den Kopf auszulüften, und da komme ich und schwalle dich zu.«

»Blödsinn«, sagte er. »Ich sitze immer mal hier und mache eine Raucherpause.«

»Aber du rauchst gar nicht.«

»Nicht mehr«, erklärte er. »Aber ich habe beschlossen,

die kleinen Auszeiten beizubehalten, die Raucher sich gönnen.«

»Sehr clever«, staunte ich. »Von allem das Beste behalten.«

Ich spürte, dass er lachte. »So bin ich, ein echter Lebenskünstler.«

»Vielleicht bist du das wirklich«, sagte ich. »Du machst immer so einen ausgeglichenen Eindruck.«

»Du kennst mich doch gar nicht«, meinte er.

Aber ich würde dich gern kennenlernen, dachte ich. Ich traute mich nicht, es auszusprechen. Vielleicht hielt er mich für eine aufdringliche, neugierige Ziege.

Wir saßen eine ganze Weile schweigend in der Laube, betrachteten den Mond und die Glühwürmchen und hingen unseren Gedanken nach. Irgendwann war es so dunkel, dass ich meine Uhr nicht mehr erkennen konnte. »Hast du eine Ahnung, wie spät es ist?«

Er zog sein Handy aus der Tasche. »Kurz vor zehn.«

»Ich glaube, dann fahre ich nach Hause«, sagte ich, mehr als unzufrieden mit mir. Ich hatte heute wenig bis nichts geschafft, mich über alles Mögliche geärgert und den Eindruck gewonnen, dass Tom mich auf Abstand hielt, sogar wenn wir so romantische Momente teilten wie gerade eben. Vermutlich nahm er mich in Kauf, weil ich zu Luise gehörte. So wie die Rosinen eben auch im Studentenfutter drin sind. Vermutlich hätte ich besser daran getan, direkt wieder zu gehen. »Heute ist es jedenfalls zu spät, um noch in meiner Wohnung zu arbeiten.«

»Wenn du Hilfe brauchst, sag Bescheid«, sagte er. Es klang nett. Aber er sagte immer so was. Wer konnte wissen, wie ernst er es tatsächlich meinte.

»Du steckst doch selber mitten in der Renovierung.«

»Ich kann aber schon drin wohnen.«

»Ich komm schon klar«, versetzte ich etwas mürrisch.

»Vielleicht rufe ich dich, wenn Bettina mit Gewalt aus dem Gästezimmer entfernt werden muss.«

»Gewalt ist keine Lösung«, sagte er. »Ich denke, das muss Luise regeln, oder? Soll ich mal mit ihr reden?«

»Nicht nötig«, sagte ich und stand auf. Luise war das letzte Stichwort, das noch gefehlt hatte, um mich zum Gehen zu bewegen. »Also dann.«

»Also dann«, sagte er. »Gute Nacht.«

Vielleicht atmete er jetzt erleichtert durch, weil ich endlich weg war. Ich schlurfte etwas unzufrieden zum Haus zurück und sagte Luise Gute Nacht. »Bis morgen«, rief sie mir nach, aber das machte mich auch nicht fröhlicher.

5

Als ich mich am nächsten Tag auf den Termin mit Luise und ihren Geschwistern bei dem Steinmetz vorbereitete, war meine Laune nicht besser geworden. Einiges in der Schule hatte an meinen Nerven gezerrt – es waren zwar noch einige Wochen bis zu den Ferien, aber die Kinder und die Kollegen vermittelten den Eindruck, so lange könnte man es nicht mehr aushalten – und auch die Frage, wie ich denn nun zu Fritz stand, hatte ich noch nicht wirklich bearbeitet.

Für Luise sah das anders aus. Nachdem sie bei mir geklingelt hatte, verzog sie sich zu Bettina auf den Rücksitz des silberfarbenen Luxusgefährts, um mir den Beifahrersitz neben Fritz zu überlassen. »Ihr habt euch doch noch gar nicht gesehen.«

Falls sie gehofft hatte, Fritz und ich würden uns mit heißen Küssen begrüßen, mussten wir sie enttäuschen. Vielleicht hätte Bettina mich dann aber auch mit einem Todesblick in Stein verwandelt. Ich war mir ziemlich sicher, dass sie meine mögliche Verbindung mit ihrem Bruder für ebenso unangemessen hielt wie ihre Verbannung in den Fond, während ich den Ehrenplatz bekam.

Fritz lächelte etwas verlegen, als ich einstieg. »Schön, dich zu sehen«, sagte er und legte rasch den Rückwärtsgang ein. »Wie geht es dir?«

»Ich bin froh, dass Freitag ist«, sagte ich. »Und du?«

»Ich wäre froher, wenn nicht morgen das Stadtfest wäre«, sagte er und setzte aus der Einfahrt. »Wo genau muss ich denn nun hin, Luise?«

»Erst mal Richtung Bredenscheid bis zur Budapester Straße«, erklärte sie, und das Auto setzte sich schnurrend in Bewegung.

Aus dem Hintergrund kläffte es. Ich drehte mich kurz um und erkannte Charlie in einer lila Tasche, die wohl eigens dafür gedacht war, ihn mit Stil zu transportieren. Neben ihm starrte Bettina gelangweilt aus dem Fenster. Was für ein Kontrast zu Luise, die meinen Blick mit einem strahlenden Lächeln erwiderte. Ich ahnte, was sie so fröhlich machte: Sie hatte ihre gesamte direkte Verwandtschaft auf engstem Raum um sich versammelt.

»Was meint ihr, sollen wir danach in Bredenscheid eine Kleinigkeit essen oder lieber woanders?«, fragte sie.

»Gibt es die Alte Mühle noch?«, wollte Fritz wissen. »Die hab ich in guter Erinnerung.«

»Da warst du sicher öfter mit Margret«, sagte Bettina.

»Das auch. Aber vor allem hatten wir da mit dem Gewerbeverein immer unsere Weihnachtsfeier, als ich noch in Bredenscheid gearbeitet habe.«

»Das ist bestimmt schon eine Weile her«, vermutete ich.

»Allerdings«, meinte Fritz. »Fast zwanzig Jahre, würde ich mal sagen. Ich bin ja jetzt schon seit sechzehn Jahren in Remsede.« Er seufzte. »Tja, wir werden alle nicht jünger. Und was ist nun mit der Mühle? Ich glaube, wir wollten damals sogar unsere Hochzeit dort feiern, aber der Saal war zu klein.«

»Wo habt ihr damals noch mal gefeiert?«, warf jetzt Bettina ein. »Ich erinnere mich noch daran, dass ihr mit diesem Oldtimer von der Kirche abgefahren seid. Sehr stilvoll, muss ich sagen.«

»Das war auf Schloss Hoheneck«, antwortete Fritz.

»Margrets Vater kannte den Besitzer des Hotels aus seinem Golfklub.«

»Genau!«, erinnerte sich Luise. »Dieser Ballsaal mit den vielen Kandelabern! Damals war es viel zu kalt für die Jahreszeit, wir haben alle gefroren. Ich weiß noch, dass die Suppe lauwarm war, und die ungeheizten Toiletten waren eine Zumutung.«

»Da habt ihr doch auch eure Hochzeitsnacht verbracht, oder?«, fragte Bettina unbeirrt weiter. »Die haben doch extra eine Hochzeitssuite.«

»Habt ihr da auch so gefroren?«, wollte Luise wissen. »Ich glaube, Onkel Ernst hat noch versucht, den Chef zu überreden, diesen riesigen Kamin anzumachen, aber der wollte davon nichts hören.«

»Hör mal, in seiner Hochzeitsnacht friert man doch nicht«, belehrte Bettina ihre Schwester. »Vor allem, wenn man so richtig verliebt ist. Fritz und Margret waren so ein schönes Paar, weißt du noch? Er im Cutaway und sie in diesem elfenbeinfarbenen Kleid von Givenchy.«

»Wirklich, Fritz?«, wollte Luise wissen. »Margrets Kleid war von Givenchy?«

»Das weiß ich nicht mehr«, sagte er und sah leicht unbehaglich aus. Ich fragte mich, was Bettina damit bezweckte, wenn sie die ganze Zeit auf dem Thema herumritt. Ich ging nicht davon aus, dass er sich bei diesen Erinnerungen wohlfühlte, nachdem seine Ehe auf so unerfreuliche Weise zu Ende gegangen war.

»Givenchy, das weiß ich genau!«, versicherte Bettina. »Und dazu trug sie dieses großartige Rubincollier, erinnert ihr euch? Bodo fand das so elegant, dass er mir später ein ganz ähnliches mit Türkisen geschenkt hat.«

»Ich erinnere mich«, sagte Luise. »Aber das trägst du gar nicht mehr.«

»Das wäre ja wohl noch schöner«, schnappte Bettina.

»Nein, nach meiner Scheidung habe ich alles, was Bodo mir geschenkt hat, verkauft.«

»Auch den Nerzmantel?«

»Den zuallererst. Zu der Zeit konnte man doch sowieso keinen Pelz tragen. Das Geld habe ich in das neue Haus gesteckt.«

»Das war vernünftig«, meinte Fritz. »Obwohl du bestimmt einen deutlichen Wertverlust hattest, oder? Schmuck und Pelze verlieren beim Wiederverkauf noch mehr als Autos.«

»Das war mir egal. Ich wollte einfach durch nichts mehr an den Kerl erinnert werden.«

»Ich weiß das noch«, erinnerte sich Luise. »Und eine neue Frisur hattest du auch. Wie war das bei dir, Frida? Hast du nach der Scheidung von Jonathan auch deine Klamotten verkauft?«

»Nein.«

»Wieso denn nicht?«, wollte Bettina wissen.

»Ich brauchte die noch«, sagte ich. Ehrlich gesagt war ich gar nicht auf die Idee gekommen. Ich hatte mich von meinem Mann getrennt, nicht von meinen Sachen. Mal ganz abgesehen davon, dass Jonathan mich weder mit wertvollem Geschmeide noch mit edlen Pelzen beglückt hatte.

»Du musst ganz schön tough sein«, sagte Bettina. Wie ein Kompliment klang das nicht.

»Nun lass Frida in Ruhe«, mischte sich jetzt Fritz ein. »Das ist doch wohl ihre Sache.«

»Wie du meinst«, sagte Bettina pikiert. »Ich denke nur, sensibel ist was anderes.«

Das brachte mich ins Grübeln. War ich unsensibel? Konnte man das daran messen, wie jemand mit Dingen umgeht?

Immerhin war es jetzt still hinten im Auto, von gelegentlichen Kläffgeräuschen mal abgesehen. Wir rollten komfortabel dahin, bis Fritz eine sorgenvolle Miene aufsetzte. »Hörst du das?«

»Was denn?«, fragte ich zurück.

»Da ist ein ganz leises Klappergeräusch«, sagte er. »Merkwürdig, das hat er noch nie gemacht. Fast wie ein Ticken.«

Ich lauschte angestrengt, aber ich hörte nichts.

»Jetzt ist es weg«, meinte er halb erleichtert, halb enttäuscht.

»Vielleicht war das nur der Straßenbelag«, versuchte ich, ihn zu beruhigen.

»Nein, das war hier im Auto. Ich hab's genau gehört.« Er wirkte sehr kummervoll. »Der Wagen war gerade in der Inspektion.«

Es klapperte erneut. »Da!«, rief Fritz aufgeregt. »Da ist es wieder! Hörst du das nicht?«

Ich sah mich im Auto um. Dieser Mann musste Ohren haben wie ein Luchs, was sein Fahrzeug anging. »Das ist nicht dein Auto«, erklärte ich ihm. »Das sind Bettinas Fingernägel auf ihrem Handy. Sie schreibt gerade eine SMS.«

»Ich kommentiere auf royal-fashion.de«, korrigierte sie mich. »Da sagt jemand ... ouh ...«

»Was ist denn los?«, fragte Luise so besorgt, dass ich mich umdrehte und auch mitbekam, wie Bettina mit einem Stirnrunzeln ihr Handy studierte.

»O je, das ist jetzt ganz blöd ... Wann, denkt ihr, können wir wieder zuhause sein?«

»Aber was ist denn passiert?«, wollte Luise wissen, und selbst Fritz sah beunruhigt in den Rückspiegel.

»Ach, ich hatte heute Mittag einen Beitrag eingestellt wegen der Schuhe, die Kate auf dieser Hochzeit anhatte. Ich war mir ganz sicher. Und jetzt hat ein völlig anderer Hersteller behauptet, dass sie von ihm sind. Ich muss unbedingt ins Internet und klären, was da passiert ist.« Weil das nicht auf der Stelle möglich war, rief sie wenigstens eine ihrer Mitstreiterinnen an und verhandelte diesen GAU in aller Ausführlichkeit, während wir in Fritz' Auto keine Chance hatten, dem aus dem Weg zu gehen.

Ich konnte gerade noch ein Kichern vermeiden. So was war also in Bettinas Augen eine Beinahe-Katastrophe? Hatte sie sonst keine Probleme?

Offensichtlich nicht. Wir waren kaum bei dem Steinmetz angekommen, als sie schon auf ihn losstürmte. »Könnte ich mal kurz Ihren Computer benutzen?«

Der Mann, eher einer von der massigen Sorte mit großen Händen und roten Wangen, zuckte erschrocken zurück. »Meinen Computer?«

»Ich muss mal kurz ins Internet. Es wird auch nicht lange dauern. Wo ist der Computer, bitte?«

Der Mann wurde noch röter und beäugte kritisch den Hund in der lila Tasche. »Ich hab hier keinen Computer.«

»Keinen Computer? Machen Sie alles noch von Hand im Büro?«

»Nein, aber mein Büro ist zuhause. Das macht meine Frau. Da müsste ich meinen Sohn anrufen, ob der Sie eben abholen kann.«

Bettina überlegte. »Wie weit ist das von hier?«

»Etwa zehn Minuten Aber ich weiß nicht, ob der kann, der hat Freitagnachmittag immer Fußballtraining.«

Ich stand völlig ungläubig daneben. Fritz und Luise hatten sich schon der Ausstellung zugewendet und hielten es offenbar für überflüssig, in die Geschichte einzugreifen, und Bettina merkte überhaupt nicht, wie unangenehm dem Mann das Ganze war. Vielleicht befürchtete er, uns als potenzielle Kunden zu verlieren, wenn er nicht diesen zusätzlichen Service bot.

»Hör mal, das hat bestimmt Zeit, bis wir uns hier umgesehen haben«, sagte ich zu Bettina. »Wir sind doch wegen der Ausstellung hier.«

Sie funkelte mich böse an, konnte aber nicht verhindern, dass der Steinmetz die Gelegenheit nutzte, um sich der ungefährlicheren Hälfte unserer Gruppe zuzuwenden. »Hatten Sie mich angerufen?«

»Genau«, sagte Luise. »Mein Name ist Andersen, und ich suche einen Grabstein.«

Da war der Mann in seinem Element. Er kommentierte seine gesamten Bestände, die mich aber samt und sonders nicht überzeugen konnten. Es ist immer Geschmacksache, ganz klar, aber ich kam nun mal mit den polierten Flächen und asymmetrisch geschwungenen Linien und Inschriften mit vergoldeten Schnörkelbuchstaben nicht zurecht. Während ich als Letzte in unserer Prozession zwischen den Gängen hinter Bettina herstapfte, bereute ich bitter, mitgekommen zu sein. Wie schön hätte ich die Zeit nutzen können, um Stunden vorzubereiten oder das Protokoll der letzten Fachschaftssitzung zu schreiben. Aber nein, ich ließ mich natürlich breitschlagen, mit Luises gesamter Familie diese Exkursion zu machen, dabei war ich mir ziemlich sicher, dass sich keiner von den von Staadens meinem Findling-mit-minimaler-Aufschrift-Geschmack anschließen würde.

Immerhin setzte Bettina durch, dass wir nach dieser Zeitverschwendung – denn auch die drei anderen waren sich nach kurzer Beratung im Auto sicher, dass sie diese Art von Stein nicht wollten – nicht noch in die Alte Mühle zum Essen fuhren, sondern auf schnellstem Wege nach Wernebeck zurückkehrten, damit sie Kates Schuhe endlich im Internet recherchieren konnte.

»Kein Problem«, sagte Luise, »dann koche ich was für uns.« Natürlich ließ sie nicht gelten, dass ich zuhause abgesetzt werden wollte. »Erstens ist es Freitagabend. Und zweitens hast du doch noch kein persönliches Wort mit Fritz geredet.« In früheren Jahrhunderten hätte sie vielleicht eine wunderbare Kupplerin abgegeben.

»Fritz hat doch sicher auch wenig Zeit«, meinte Bettina. »War da nicht morgen dieses Stadtfest, Fritz?«

»Das ist alles so weit vorbereitet«, sagte er. »Meine Mitarbeiter kümmern sich um den Aufbau, ich muss nur um zwei Uhr da sein, zur offiziellen Eröffnung mit dem Bürgermeister.«

»Also kannst du hier übernachten!«, freute sich Luise. »Ich habe schon mal alles auf Verdacht vorbereitet.«

Wir rollten auf den Wernebeck'schen Hof, wo Fritz seinen schicken Wagen wie in den Pilcher-Filmen vor dem Haupteingang parkte. Bettina eilte mit Charlie in der lila Tasche davon, um endlich das Rätsel der royalen Pumps zu lösen, und Luise zog mich beiseite. »Ich habe für Fritz natürlich das Arbeitszimmer fertig gemacht«, wisperte sie mir zu. »Aber wenn er lieber bei dir bleiben möchte, wenn er dich nach Hause bringt, ist das auch kein Problem. Dann kommt ihr beide morgen zum Frühstück wieder her.«

Ich rollte mit den Augen. Bisher konnte ich mir nun wirklich nicht vorstellen, mit Fritz mein Bett zu teilen, und das war ja wohl ihr Hintergedanke bei diesem Arrangement. »Luise, so weit sind wir noch längst nicht.«

»Ich sag ja bloß«, raunte sie mit einem konspirativen Augenzwinkern. Und dann zog sie sich in die Küche zurück und überließ ihren Bruder und mich unserem Schicksal.

Dieses Schicksal bestand daraus, dass wir gemeinsam ein Glas Monbazillac tranken – »Der muss ja weg«, befand Fritz, »ein Wunder, dass der noch so viel Aroma hat.« – und dann von Bettina bewacht wurden. Nachdem sie uns erläutert hatte, wie sich das schuhtechnische Durcheinander doch noch hatte klären lassen, zog sie eine Kladde hervor mit ihren neusten Gedichten.

»Luise hat mir gesagt, dass euch mein erster Text nicht so gut gefallen hat«, bemerkte sie spitz.

Da hatte sich Luise ja geschickt aus der Affäre gezogen. »War das dieser Spruch mit den vielen sch-sch-sch?«, fragte Fritz. »Ja, selbst Frida meinte, das sei etwas zu viel mit den Alliterationen.«

»Tja, du musst es wissen, du bist ja die Deutschlehrerin«, sagte Bettina mit einem schiefen Lächeln in meine Richtung. »Ich fand, es klang dadurch sehr weich und friedlich.«

»Letztlich muss Luise entscheiden, was sie möchte, nicht wahr?«, meinte ich.

»Das Gute ist, dass ich dadurch motiviert wurde, mich noch mal mit dem Thema auseinanderzusetzen, und ich habe tatsächlich einige Texte entwickelt, die noch stärker sind.«

»Noch stärker?«, rutschte es mir heraus, aber sie nahm die Ironie zum Glück nicht wahr.

»Allerdings. Was haltet ihr zum Beispiel von diesem:

Die Leere der Zeit trägt deinen Namen,
im Antlitz der Welt fehlt dein Gesicht.
Auch wenn wir uns nie wiedersehen,
in unserer Trauer lebst du fort.«

Ich sah sehr intensiv zu Fritz hinüber, der zunächst mal sein Gesicht hinter seinem Weinglas versteckte. »Interessant«, sagte er schließlich und überließ es unserer Interpretation, ob er das Getränk oder das Gedicht meinte.

»Aber ich hatte noch eine andere Idee«, fuhr Bettina fort. »Vielleicht ist das ein wenig kühn, aber manchmal muss man ja was wagen, wenn man die Inspiration hat. Das geht dann so:

Das Ende ist Moder
Die Farben verglühen
Die Stimme verstummt
Es bleibt der Verlust.«

Es störte sie nicht, dass wir nicht sofort etwas sagten. Vielleicht hatte sie sogar damit gerechnet, dass wir über ihrem Gedicht erst mal schweigend meditieren mussten. Kritisch blickte sie in ihre Kladde. »Vielleicht sollte ich da alle Wörter kleinschreiben. Ich glaube, das würde gut dazu passen, oder? Und den Punkt am Ende nehme ich auch weg.« Sie kritzelte etwas auf das Blatt. »Dann könnte man auch das ›bvb‹ drunter kleinschreiben. Ja, das ist nicht schlecht.«

»Das Ende ist Moder«, wiederholte Fritz schließlich. »Das hört sich schrecklich an.« Halleluja, endlich hatte er etwas getan, um mein Held zu werden. Ich fand das ja auch, aber ich hielt es nicht für angesagt, Bettina das mitzuteilen.

»Aber so ist es doch«, verteidigte sie sich. »Wir vermodern alle in der Erde.«

»Deswegen muss man es aber nicht auch noch auf eine Karte schreiben«, sagte er. »Für Luise wäre es bestimmt ganz schlimm, auf diese Weise immer wieder daran erinnert zu werden.«

»Hm«, machte Bettina und kniff die Augen über ihrer Kladde zusammen. »Könnte man sagen ›Das Ende ist Erde‹? Irgendwie klingt das nicht so gut. Die Worte sind zu ähnlich. Da fehlt die Kraft. Und ›Das Ende ist Vergänglichkeit‹ hat keinen guten Rhythmus.«

»Lass die Zeile doch ganz weg«, schlug Fritz vor.

Oder lass das ganze Gedicht weg, dachte ich. Und alle anderen am besten auch.

»Das geht nicht«, protestierte sie. »Damit ist es unvollständig.«

»Aber Sachen mit Moder und Erde kannst du Luise nicht antun«, sagte Fritz fest. »Und das wollen auch die Leute nicht lesen, denen wir das schicken. Kannst du nicht was schreiben, das ein bisschen positiver ist?«

»Ich bin doch kein Glückwunschkarten-Poet, der Gedichte auf Bestellung schreibt«, fuhr sie ihn an. »Da sieht man, dass du keine Ahnung hast, wie Kreativität funktioniert.«

»Mag sein«, sagte ihr Bruder gelassen. »Aber ich weiß, was die Leute hören wollen und was nicht. Und Moder wollen sie nicht.«

Bettina schwieg einen Moment. »Na schön«, sagte sie schließlich und klappte energisch ihre Kladde zu. »Ich arbeite noch mal in Ruhe daran. Ruft mich, wenn es Essen gibt.«

Wir beobachteten schweigend ihren von Charlie umwuselten Abgang. Dann räusperte Fritz sich ausgiebig. »War das zu viel?«, fragte er mich.

»Für sich selbst kann sie ja dichten, was sie will«, sagte ich. »Aber hier geht es um Luise.«

Fritz nickte. Eigentlich ging es meistens um Luise, zumindest wenn wir miteinander zu tun hatten. Sie war schließlich auch diejenige, die uns miteinander verband. Gerade eilte sie mit einem liebenswürdigen Lächeln herbei und entführte uns den Sherry.

»Dauert nicht mehr lange!«, versprach sie. »Wo ist denn Bettina? Die war doch gerade noch hier, oder nicht?«

»Die überarbeitet ihre Lyrik«, sagte Fritz. »Für die Danksagung.«

Luise entglitt ihr Lächeln. »Ach du Schreck«, sagte sie. »Ich habe jetzt die Karten in Auftrag gegeben. Mit einem Zitat von Saint-Exupéry drauf. Ich dachte, das hätte ich ihr gesagt.«

»Offensichtlich nicht.« Auch Fritz schaute besorgt drein. Es würde wohl nicht so einfach werden, ihrer Schwester das beizubringen, ohne dass sie tödlich beleidigt wäre.

Nach dem Essen ließ es sich nicht mehr vermeiden. Bettina faltete ihre Serviette zusammen und sagte: »Lass uns doch noch mal kurz über diese Danksagung sprechen. Ich denke, damit willst du nicht mehr lange warten.«

»Nein«, sagte Luise zaghaft.

»Und ich habe jetzt auch mehrere Alternativen für einen Kopftext zu bieten«, fuhr Bettina fort. »Fritz und Frida habe ich sie schon vorgestellt.«

»Ich habe darüber nachgedacht«, sagte Luise tapfer, »und mir hat immer wieder dieses Zitat aus ›Der kleine Prinz‹ am besten gefallen. Du weißt schon, wo er sagt …«

»Ich weiß«, sagte Bettina abfällig. »Dieses etwas kitschige Ding mit dem Stern. Aber das hat jeder, Luise. Das ist so was von unoriginell.«

»Aber mir gefällt es«, beharrte Luise. »Ich mag die Vorstellung, dass Ole immer noch da ist und von irgendwo auf mich schaut.«

»Na, das ist ja wohl etwas naiv«, sagte Bettina. Inzwischen spielten Fritz und ich beide etwas betreten mit unseren Gläsern.

»Das ist mir egal«, sagte Luise. »Ich weiß, dass es so ist. Er kümmert sich auch jetzt noch um mich.«

Bettina war sichtlich überrascht. »Wie kann das denn sein? Er ist tot, Luise. Find dich damit ab.«

»Natürlich ist er tot!«, rief Luise. Wie immer bei diesem Thema traten ihr sofort Tränen in die Augen. »Glaubst du, ich weiß das nicht? Glaubst du nicht, dass mir das an jedem verdammten Tag wieder von neuem bewusst wird? Aber eins tröstet mich: dass er mir Zeichen sendet und mir damit klarmacht, dass trotzdem alles gut ist.«

»Zeichen?« Bettinas Gesicht spiegelte völlige Ratlosigkeit. »Du meinst, solche Botschaften aus dem Jenseits?«

»Nenn es, wie du willst«, sagte Luise und tupfte sich mit ihrer Serviette die Tränenspuren von der Wange. »Es sind kleine, aber unerklärliche Zeichen, die ganz eindeutig an mich gerichtet sind.«

Fritz griff nach der Weinflasche und goss sich noch mal einen großen Schluck ein. Sonst hätte er dieses Tischgespräch wohl schwer überstanden. »Das ist sicher sehr wohltuend für dich«, sagte er.

»Allerdings«, sagte Luise. »Ich beziehe meine ganze Kraft daraus. Und deshalb habe ich auch die Danksagungen mit diesem Zitat bestellt.« Noch bevor Bettina darauf reagieren konnte, ergriff sie eine Schüssel und floh damit in die Küche.

»Na, da hört sich ja wohl alles auf!« Bettina war deutlich um Fassung bemüht. »Magische Eingebungen sind ihr wichtiger als alles, was ich für sie tue.«

»Es ist ihr Weg, mit dem Schmerz fertigzuwerden«, sagte ich. »Wir können doch froh sein, dass sie diesen Halt findet.«

»Das sehe ich auch so«, stimmte Fritz mir zu. »Wenn ihr diese Einstellung Kraft gibt ...«

»Ihr habt euch also schon miteinander verbündet!«, stellte Bettina ärgerlich fest. »Na, dann braucht ihr mich ja nicht mehr.« Mit großer Geste schob sie ihren Stuhl zurück und vollzog ihren Abgang, den Charlie durch sein aufgeregtes Auf- und Abspringen allerdings ein bisschen beeinträchtigte. Die Esszimmertür knallte. Fritz und ich sahen uns an.

»Sie beruhigt sich wieder«, sagte er.

Das meinte auch Luise, die kurze Zeit später aus der Küche zurückkam. »Ist sie weg?«

»Sie muss erst mal Dampf ablassen«, meinte Fritz. »Wenn wir Glück haben, hat die Queen heute einen neuen Hut aufgehabt. Das könnte sie ablenken.«

»Ich rede morgen mit ihr«, beschloss Luise. »Sie wird sich schon wieder einkriegen. Es tut mir ja auch leid, aber diese komischen Gedichte wollte ich nun wirklich nicht auf die Karten drucken. Ole sieht das auch so.«

»Ach ja?«, fragte ich. Auch wenn ich die heilsame

Wirkung dieser Botschaften auf Luise erkennen konnte, wusste ich schließlich, dass sie nicht von Ole stammten.

»Natürlich! Wie soll man sich sonst erklären, dass ich diese Woche zum ersten Mal das Gefühl hatte, ich sollte in Oles Arbeitszimmer ein bisschen aufräumen? Und als ich die Stereoanlage anmachte, war das Hörbuch von ›Der kleine Prinz‹ drin. Ich wusste gar nicht, dass er das hatte. Aber damit war mir klar, dass das genau so sein sollte.« Sie sammelte währenddessen unsere Teller ein. Ich wollte ihr helfen, aber sie wehrte ab. »Ich mach das schon. Bleibt ihr mal sitzen.«

Während sie mit dem Geschirr in die Küche wanderte, dachte ich über ihre Worte nach. Natürlich hatte sie Oles Arbeitszimmer aufgeräumt, weil sie wusste, dass Fritz kam, und da lag es auf der Hand, dass sie hoffte, ihn zum Übernachten bewegen zu können.

Fritz sah mich etwas unsicher an. »›Der kleine Prinz‹ ist von mir«, gestand er. »Ich höre oft Hörbücher, wenn ich nicht einschlafen kann. Ich hatte die CD zufällig in der Jacke. Meine Tochter hat sie mir geliehen, weil sie ihr so gut gefällt. Da hab ich sie eingelegt – und dann am nächsten Morgen vergessen.«

»Sag ihr das nicht«, bat ich ihn. »Es tut ihr so gut, wenn sie diese Zeichen hat. Kauf deiner Tochter eine neue CD und vergiss das Ganze.«

»Meinst du?«

Ich nickte bekräftigend. »Und jetzt wäre es nett, wenn du mich nach Hause bringen könntest. Ich bin ziemlich kaputt.«

»Natürlich«, sagte er. »Obwohl es schade ist. Wir haben kaum miteinander geredet. Hättest du vielleicht morgen Zeit? Du könntest mit mir zum Stadtfest kommen, und dann gehen wir irgendwo ganz allein essen.«

»Schön wär's«, sagte ich. »Aber ich kann nicht. Ich hab noch zu viel zu tun bis zu meinem Umzug.«

»Ach ja, der Umzug«, seufzte er. »Aber wenn der hinter dir liegt …«

»… dann kommen die Zeugniskonferenzen und Klassenfeste«, setzte ich fort. »Aber dann gibt es Ferien. Und dann hab ich endlich Zeit.«

»Das ist noch so lange hin«, sagte er unzufrieden. »Was machst du denn in den Ferien? Hast du irgendwas gebucht?«

Ich schüttelte den Kopf. »Direkt nach dem Umzug? Da werde ich keine Ruhe dafür haben. Es gibt noch so viel zu tun. Außerdem ist es auf Wernebeck wie in der Sommerfrische, wer braucht da die Malediven?«

»Da hast du eigentlich recht«, meinte er. »Vielleicht sollte ich Luises Zimmer dauerhaft buchen und immer mal wieder herkommen. Wäre das für dich in Ordnung?«

»Das kannst du gern tun«, sagte ich. »Wir können ja auch hier was unternehmen.«

»Das hört sich doch schon besser an«, sagte er. »Seit meiner Schulzeit hab ich mich nicht mehr auf die Sommerferien gefreut.«

6

Am Samstagmorgen, als ich gerade voller Selbstmitleid über meinen letzten überfälligen Deutscharbeitsheften saß, rief Luise an. »Jetzt ist Fritz wieder weg«, sagte sie vorwurfsvoll. »Er machte einen etwas enttäuschten Eindruck. Meinst du nicht, du hättest ein bisschen mehr Zeit für ihn erübrigen können?«

»Luise, ich habe zu tun«, versuchte ich, ihr zu erklären. Man sollte das eigentlich in meinem Beruf von vornherein lassen, Lehrer sind für viele Menschen die Gewinner der Nation, die nur von acht bis eins anwesend sein müssen, danach frei haben und zur Belohnung noch auf Lebenszeit verbeamtet werden.

»Wenn du Fritz heiraten würdest, dann könntest du diesen blöden Job an den Nagel hängen«, sagte sie.

Ich musste kurz nach Luft schnappen. »Heiraten? Bist du da nicht ein bisschen voreilig?«

»Ich bin mir ziemlich sicher, dass ihm was an dir liegt«, sagte sie. »Und ihr würdet wunderbar zusammenpassen. Denk mal darüber nach.«

»Bisher hat er mich noch nicht gefragt«, gab ich zu bedenken. Der Klassiker unter den Argumenten.

»Was nicht ist, kann ja noch werden. Und sonst ist es ja heutzutage auch nicht unmöglich, dass die Frau den ersten Schritt macht.«

Ich klang ganz ruhig, aber auf dem Blatt vor mir hatte ich mit meinem Rotstift einige dicke Balken gemalt.

»Immer vorausgesetzt, dass sie das überhaupt will, Luise. Und ich muss doch erst mal sehen, wie das mit Fritz und mir so weitergeht.«

Ich hörte sie tief und sorgenvoll ausatmen. »So ist das immer mit dir, Frida. Du hältst dir die Männer vom Leib, als hätten sie die Pest. Was ist denn an ihm auszusetzen?«

»Darum geht es doch gar nicht. Ich mag Fritz, aber ...« Die Balken wurden immer dicker. Ich malte ein paar Zacken dran.

»Also. Warum gibst du euch beiden nicht eine Chance? Ich glaube, dass du durch die eine schlechte Erfahrung so verschreckt bist, dass man dich erst mal ein wenig ermutigen muss.«

»Ich denke, das war jetzt genug Ermutigung«, sagte ich und starrte auf das rote Blatt vor mir. Die gezackten Balken sahen verdächtig nach blutigen Sägen aus. »Man kann das auch überdosieren. Und überleg mal – ich will doch gerade erst bei dir einziehen, und du torpedierst das gewissermaßen, indem du mich mit deinem Bruder verheiraten willst?«

»Darüber hab ich schon nachgedacht«, sagte sie. »Es wäre einfach perfekt, wenn ihr euch auf Wernebeck eine Art Zweitwohnsitz einrichtet. So fürs Wochenende. Das wäre doch für uns alle wunderbar.«

So war Luise. Charmant und liebenswürdig, aber auch immer bei sich und ihren Interessen. Sie würde bestimmt alles für uns tun, einschließlich raffinierter Dinner-Menüs, wenn wir ihr den Gefallen taten und unsere Verwandtschaftsverhältnisse vertieften, damit wir ihr noch näher waren.

»Ich glaube, damit warten wir noch ein wenig«, sagte ich. »Lass mich erst mal diesen Umzug machen. Was mich zu einer anderen Frage bringt: Was ist mit Bettina?«

»Was soll mit ihr sein? Natürlich hat sie sich wieder beruhigt. Wir hatten ein ganz harmonisches Frühstück.«

»Also ist sie noch da?« Es wäre ja auch zu schön gewesen, wenn Bettina gestern Abend wutentbrannt ihre Sachen gepackt und heute in aller Frühe das Haus verlassen hätte.

»Natürlich ist sie noch da!« Luise klang überrascht. »Wo soll sie sonst sein? Ihr Haus ist eine Baustelle, sie kann da noch nicht wieder hin.«

»Aber Luise«, sagte ich und begann nun auch auf der anderen Seite der Balken mit Zacken, »ich habe nur noch eine Woche Zeit, um dieses Zimmer zu renovieren. Und das kann ich nicht, wenn Bettina darin wohnt.«

»Da findet sich bestimmt eine Übergangslösung«, sagte sie.

»Wie soll die aussehen? Ich habe meine Wohnung gekündigt, ich muss hier raus. Ich muss diesen Umzug am nächsten Wochenende machen.«

»Dann müssen wir deine Sachen so lange in der Milchküche unterstellen«, überlegte Luise. »Und Bettina wird ja nicht ewig bleiben. Es ist doch nur vorübergehend.«

»Darum geht es nicht«, sagte ich. »Gibt es denn gar keine Möglichkeit für sie, diese Zeit anderswo zu verbringen?«

»Frida!«, sagte Luise schockiert. »Das ist meine Schwester, die kann ich doch nicht rausschmeißen! Gerade jetzt! Du hast doch gestern gemerkt, wie empfindlich sie ist! Außerdem – es ist nur noch eine Sache von Tagen, dann zieht sie sowieso aus.«

»Meinst du?«

»Na klar! Sie hat doch auch keine Lust, länger als nötig in diesem Zimmer zu hausen, wenn sie bei sich daheim riesig viel Platz hat. Nein, nein, die wird schon selbst dafür sorgen, dass es nicht zu lange dauert.«

Ich gab mich geschlagen. Schließlich war Luise die Hausherrin von Wernebeck und ich sozusagen ihre Untermieterin. Ich wollte auf die Zacken noch Punkte malen, aber jetzt war meine rote Patrone leer. Ich suchte in meiner Schreibtischschublade nach einer neuen.

»Es tut mir ja leid, wenn dir dadurch zusätzliche Umstände entstehen«, fuhr Luise fort. »Aber ich verspreche dir, ich helfe dir, wo ich kann. Tom war heute zum Beispiel hier und hat die Gardinenstange wieder festgedübelt.«

»Sehr schön«, sagte ich. Wobei mir die Sache mit Bettina mehr auf den Nägeln brannte als eine Gardine vor einem Fenster, in das sowieso niemand reingucken konnte.

»Sag mir, wenn er sonst noch was machen kann«, sagte Luise. »Heute Nachmittag kommt er nämlich noch mal, weil das Wasser in meinem Waschbecken so schlecht abläuft.«

»Ich sag Bescheid, wenn mir was einfällt«, versprach ich schlecht gelaunt. Was machte Tom die ganze Zeit bei Luise?

»Mach dir keine Sorgen!«, meinte sie. »Ich verstehe ja, dass du im Augenblick im Stress bist. Aber das geht vorbei. Warte einfach, bis die Ferien anfangen.«

Also warteten wir auf die Sommerferien. Als Lehrer tut man das mit einer trügerischen Hoffnung, so als würde nach der Zeugnisausgabe mit einem Schlag der ganze Druck abfallen, der sich vorher aufgebaut hat. Im nächsten Schuljahr wäre man natürlich vernünftiger, würde sich seine Zeit besser einteilen, überflüssige Zusatztätigkeiten konsequent ablehnen und sich insgesamt über nichts mehr aufregen.

Das nutzte mir jetzt aber nichts, während ich parallel zu meinem Schulprogramm Kisten packte, Schränke ausmistete, den Sperrmüll bestellte und überdies genau überlegen musste, welche Sachen ich direkt weiterverwenden konnte und welche infolge von Bettinas Zimmerblockade erst mal zwischengelagert werden sollten. Ich merkte, wie ich immer unleidlicher und ungeduldiger wurde, meine armen kleinen Fünfer anraunzte, meine Elfer bei den Notenbesprechungen verwunderte, weil sie mich selten so giftig erlebten, und sogar meine Kollegen unfreundlich behandelte, obwohl einige von ihnen sich bereiterklärt hatten, mir beim Umzug zu helfen.

Bettina war auch am Samstag noch nicht ausgezogen, als wir mit dem Transporter voller Möbel zum ersten Mal auf den Hof fuhren. Sie beobachtete vom Balkon ihres Zimmers aus, wie Fritz möglichst dicht an die Haustür rangierte, damit das Helferteam nicht so weite Wege zurücklegen musste. Mein Auto mit den Kleinteilen parkte ich daneben.

Mein A-Team bestand aus Fritz, meinen Kollegen Jochen und Elmar und aus Tom, der sich mit großer Selbstverständlichkeit dazugesellte, obwohl ich ihn gar nicht angesprochen hatte. Dazu kamen Marita und Isabel als Packerinnen und Luise in der Küche. Bettina fühlte sich wohl nicht zuständig. »Ich bleibe mal hier oben und halte den Hund fest!«, teilte sie uns vom Balkon – meinem Balkon!!! – aus mit, ihre mir inzwischen bekannte Kladde auf den Knien.

Marita und Isabel sahen sich an. »Reicht es nicht, wenn sie den Hund einsperrt?«, fragte Isabel. »Dann könnte sie auch mithelfen.«

»Vielleicht hat sie gerade einen Moment der Inspiration?«, meinte ich, während ich ausprobierte, ob ich eine Kiste mit Handtüchern und den Karton mit den Badutensilien gleichzeitig tragen konnte. Leider ging das nicht. Ich hätte die Arme eines Schimpansen gebraucht.

Marita griff den abgestellten Karton. »Kann die Inspiration nicht warten, bis der Umzug über die Bühne ist?«

»Vielleicht nicht. Rilke hat angeblich deswegen sogar die Hochzeit seiner eigenen Tochter verpasst.«

»Wenn er mein Vater gewesen wäre, hätte er das nicht getan«, knurrte sie und stapfte hinter mir her ins Haus. Durch ihren Ärger war sie ziemlich unempfänglich für den Charme des Hauses mit seiner großzügigen Eingangshalle und der schönen Holztreppe. Den Teppich, der normalerweise auf den Stufen lag, hatten wir für heute entfernt, damit er nicht schmutzig wurde, deswegen hallten unsere Schritte ziemlich laut.

Isabel sah das schon anders. »Wow, hier würde ich auch einziehen!«, befand sie. »Das hat Stil! Ich hoffe, wir können uns später mal das ganze Haus ansehen.«

»Aber erst, wenn wir fertig sind«, brummte Marita.

Ich hoffte, dass das nicht zu lange dauern würde. Ich hatte ausgerechnet, dass wir mit drei Fahrten des Transporters und zusätzlichen Pkw-Touren alles bewältigt kriegen müssten, aber natürlich waren auch Regale aufzubauen und Schränke einzuräumen. Die Küchenmöbel und die Kartons mit meinen Töpfen und Geräten wurden komplett in die Milchküche gestellt. Ein ganzer Edding war für die Beschriftung der Kartons draufgegangen, die dort zwischengelagert werden mussten – ich hatte möglichst detailliert draufgeschrieben, was drin war, damit ich die Sachen bei Bedarf schnell wiederfand.

»Wenn man das sieht«, meinte Jochen, »dann möchte man dir am liebsten raten, dir schleunigst eine größere Wohnung zu suchen.«

»Es ist ja nur für den Übergang«, sagte ich.

»Seltsam«, sagte er, »so kompromissbereit kenne ich dich gar nicht. Deine Schüler würden sich wundern.«

»Das ist was anderes«, gab ich zurück. In der Tat, von Schülern hätte ich mir das nicht bieten lassen. Bei denen wusste ich genau, wie ich mich durchsetzen konnte. Aber bei Luise funktionierte das nicht. Von Bettina ganz zu schweigen.

Am Ende des Tages hatte ich den Eindruck, dass ich wesentlich mehr Zeug untergestellt als in meine reduzierte Wohnung eingeräumt hatte. Auch wenn sich alle total Mühe gegeben hatten – nicht zuletzt Luise, die uns auf großartige Weise verpflegt hatte –, blieb ich ziemlich frustriert zurück. Das Erkerzimmer, das ich mir so großzügig vorgestellt hatte, war vollgeräumt bis zum Platzen. In meiner Besenschlafkammer stapelten sich Kartons. Sogar im Bad musste ich meine Sachen in einer Plastikkiste unter dem gemauerten Waschtisch verwahren, weil Bettina sich so breitgemacht hatte.

Nachdem sich meine Kollegen und Tom verabschiedet hatten, kam Fritz mit mir in das Erkerzimmer zurück. »Soll ich schon mal Bilder aufhängen?«

Ich ließ meine Blicke schweifen. »Nein, noch nicht. Ich will erst mal abwarten, bis die Sachen für das andere Zimmer wieder draußen sind, und dann entscheide ich, was wohin kommt.«

Er schwieg einen Moment und sah sich um. Vielleicht suchte er krampfhaft nach tröstlichen Aspekten in diesem ganzen Chaos und fand keine. Oder irgendwie doch. »Sollen wir beide gleich einfach abhauen und irgendwo was essen gehen?«

Ach ja, bloß weg von hier. »Dann sag aber rechtzeitig Luise Bescheid, bevor die anfängt, für uns ein Fünf-Gänge-Menü zu kochen.«

»Ich rede sofort mit ihr.«

Er ging und machte die Tür hinter sich zu, weil Charlie schon wieder im Flur herumrannte. Mich beschlich ein Gefühl wie Platzangst in diesem vollgestopften Raum. Wenn ich ehrlich war, hatte es nicht nur mit den Klamotten im Zimmer zu tun, sondern mit der Frage, auf was ich mich da eingelassen hatte. Ich lebte jetzt mit zwei

Schwestern zusammen, von denen die eine mich nicht leiden konnte und die andere zu sehr. Wie lange das mit Bettina dauern würde, war nach wie vor ungeklärt. Aber dass ich heute früh auf dem Flurschränkchen Post für sie mit der Wernebecker Adresse gesehen hatte, machte mich nicht zuversichtlicher.

Nachdem ich mich diesen Gefühlen ein paar Minuten lang hingegeben hatte, beschloss ich, mich zusammenzureißen und das Ganze positiv anzugehen. Es nutzte schließlich gar nichts, sich bis zur Depression in Selbstmitleid zu suhlen. Die nächsten Wochen würden auch so ziemlich anstrengend werden.

Ich warf einen Blick aus dem Fenster auf den Rosengarten und bekam gerade noch mit, wie Tom in der Laube verschwand. Raucherpause, dachte ich und fing automatisch an zu grinsen. Am liebsten hätte ich mich wieder dazugesetzt, um wenigstens für eine Weile dem Durcheinander zu entkommen, aber das passte ja wohl schlecht zu meinem gerade mal dreißig Sekunden alten Entschluss, aktiv zu werden. Also begann ich stattdessen, meine Kunstmaterialien in den Schreibtisch zu räumen. Der eigentlich nicht in diesem Zimmer stehen sollte – aber egal. So war es nun mal. Schwamm drüber, es kamen auch wieder bessere Zeiten.

Fritz kam mit einem verschwörerischen Grinsen zurück. »Das Schweinefilet im Kräutermantel ist auf morgen verschoben«, verkündete er. »Also mach dich fertig, wir fahren in die Alte Mühle.«

»Wir?« Das war mir ein wenig zu ungenau. Wenn Luise und Bettina mitzukommen gedachten, dann könnten wir auch gleich hierbleiben.

»Wir beide«, präzisierte er. »Wie lange brauchst du?«

»Ich würde gern eben duschen«, sagte ich. »Halbe Stunde?«

»Kein Problem«, sagte er und verschwand.

Ich suchte frische Wäsche zusammen und ergriff meinen Bademantel. Der wäre fast in einer der Kisten für die Milchküche gelandet, bevor mir einfiel, dass ich jetzt keine abgeschlossene Wohnung mehr hatte. Aber auch das würde noch kommen; sobald Bettina weg war, wollte Luise den Schreiner bestellen, der mir eine Tür in den Flur setzen würde.

Ich schloss mich im Bad ein und holte meine Plastikkiste hervor. Ich fand mein Shampoo, die Gesichtscreme, die Bürste und den Fön. Was ich nicht fand, war mein Duschschwamm, so ein weißes, aus einer Art Kunststofftüll zusammengebundenes Etwas, mit dem man aus einer winzigen Menge Duschgel enorm viel Schaum produzieren und sehr bequem auf dem Körper verteilen konnte.

Merkwürdig. Ich war mir ganz sicher, dass ich das Ding heute Morgen noch in den Karton geworfen und es auch gesehen hatte, als ich die Sachen zähneknirschend in die Plastikkiste räumte. Und nun war es weg. Suchend sah ich mich im Bad um. Beinahe hätte ich es übersehen, aber dann fand ich unter dem Duschvorhang einen kleinen weißen Schnipsel. Tatsächlich, das war genau das Material. Hinter der Kloschüssel gab es noch mehr davon. Also hatte sich dieser nichtsnutzige Köter meinen Duschschwamm aus der Kiste geklaut und zerfetzt.

Ziemlich verärgert trat ich in die Dusche. Natürlich kann man sich auch ohne ein solches Hilfsmittel reinigen. Aber es war ja wohl nicht angemessen, dass ein Hund das entschied. Ich shampoonierte mir die Haare, drückte dann eine Portion Duschgel in meine Handfläche und begann mich einzuseifen und …

… erstarrte sekundenlang, als ich seitlich an meiner linken Brust einen Knoten fühlte. Einen Knubbel, etwas kleiner vielleicht als eine Kaffeebohne. Ich tastete noch einmal. Er war deutlich zu spüren. Auf der anderen Seite gab es kein Gegenstück.

Ein Knoten. Mir wurde heiß und kalt zugleich. Wieso hatte ich den sonst nie bemerkt? Ganz klar, weil ich sonst immer diesen Schwamm benutzt hatte. Natürlich wusste ich, dass man sich als Frau regelmäßig abtasten soll. Aber wer macht das denn schon? Ich hatte es jedenfalls nicht getan.

Vorsichtig fasste ich noch mal an die Stelle. Der Knubbel war nach wie vor da. Keine Einbildung. Schade.

Was sollte ich tun? Es war Samstagabend. Ich würde jetzt sowieso keinen Arzt erreichen. Ich wollte mit Fritz ausgehen, damit wir endlich mal in Ruhe miteinander reden konnten.

Ich wollte jetzt nicht über diesen Knubbel nachdenken. Also Schwamm drüber, auch wenn es den nicht mehr gab.

Beherzt stellte ich mich unter den Wasserstrahl und spülte alles von mir ab.

»Du bist so still«, sagte Fritz über seinen Teller hinweg zu mir. »Stimmt was nicht?«

Das war wohl nicht der Anlass, mit ihm über Knoten in der Brust zu reden. »Ach, es war einfach ein anstrengender Tag heute.«

»Natürlich«, sagte er verständnisvoll. »Vor allem, wenn man bedenkt, wie intensiv du das vorbereitet hattest. Ich habe schon einige Umzüge mitgemacht, aber dieser war bestimmt einer der unproblematischsten.«

»Danke für das Kompliment.«

»Nein, wirklich«, sagte er mit Nachdruck. »Das hat mir schon imponiert, wie geordnet das ablief. Ich wünschte, alle Leute, mit denen ich es zu tun habe, hätten dieses Talent.«

»Du hältst das für ein Talent?«, fragte ich überrascht. »Das ist reiner Selbsterhaltungstrieb! Es wäre eine Katastrophe, wenn ich meine Sachen nicht wiederfinden könnte.«

Er schüttelte den Kopf. »Ich glaube, du hast da schon eine besondere Begabung. Sei nicht zu bescheiden, Frida.«

»Nun hör schon auf«, sagte ich abwehrend. »Klar, Organisation ist vermutlich eine Stärke von mir, aber das trifft auf viele Leute zu.«

»Ich würde dich jedenfalls einstellen«, sagte er.

»Ich habe mich gar nicht bei dir beworben.« Ehrlich gesagt sollte es eher ›locker vom Hocker‹ klingen, um das Gespräch auf eine andere Ebene zu bringen und von meinen Talenten abzulenken, über die ich jetzt nicht weiterreden wollte. Aber so locker war ich heute nicht drauf, und deswegen kam wohl eine Schärfe in den Satz, die Fritz zurückzucken ließ.

»Das meinte ich auch nicht!«, versicherte er hastig. »Ich wollte nur sagen, also … du weißt doch, dass ich …«

»Schon gut, Fritz«, sagte ich. »Es tut mir leid. Ich bin wohl ein bisschen durch den Wind. Das war heute nicht so einfach.«

»Natürlich«, meinte er. »So ein Umzug ist eine anstrengende Sache. Ich merke es ja auch in den Knochen.«

»Es geht nicht nur um meine Knochen«, sagte ich. Und beschloss, endlich mal eins meiner Probleme direkt anzusprechen. Vielleicht fände ich ja in ihm einen Unterstützer. »Weißt du, ich finde die Situation mit Bettina ziemlich schwierig. Bisher macht sie keine Anstalten, das Zimmer zu räumen.«

Fritz sah mich erstaunt an. »Aber das kann sie doch auch gar nicht!«, sagte er. »Ihr Haus ist eine einzige Baustelle!«

Diese Reaktion hatte ich nicht erwartet. Ich hätte fast losgeheult. Was war denn mit mir? Fragte sich keiner, wie ich mit einer Situation klarkam, die vorher so niemals abgesprochen worden war? Ich fühlte mich wie eine Asylantin – erst mit falschen Versprechungen von zuhause weggelockt und dann auf engstem Raum untergebracht neben jemandem, der mich nicht dahaben wollte.

Dass Luise sich in einem Zwiespalt befand, war mir klar. Aber von Fritz hätte ich mehr Loyalität erwartet.

»Und wie lang wird das noch dauern? Bisher hat keiner mit mir darüber gesprochen. Ich weiß nur, dass sich Bettina inzwischen schon Modekataloge an diese Adresse schicken lässt. Das spricht meines Erachtens nicht dafür, dass sie in ein paar Tagen wieder weg sein wird.«

»Das hat nichts zu bedeuten«, versicherte Fritz mir. »Du weißt doch, dass sie ohne diesen ganzen Modekrempel nicht leben kann.«

»Trotzdem gefällt es mir nicht«, beharrte ich.

Fritz streichelte beruhigend über meine Hand. »Ich verstehe dich gut. Vielleicht sollte ich mal mit ihr sprechen. Sie könnte ja auch bei mir wohnen.«

»Hast du denn Platz genug?«

Er zuckte mit den Achseln. »Das ist alles relativ. Es gibt ein Gästezimmer, aber sie kann natürlich den Hund nicht so frei herumlaufen lassen wie hier.«

»Dann warte mal erst«, sagte ich. »Ein paar Tage halte ich wohl noch aus.«

Ich lehnte einen Schlummertrunk ab, als wir in Wernebeck ankamen, ließ mich stattdessen gutenachtküssen und zog mich dann in meine Legehennen-Zelle zurück. Luise und Bettina schienen sich schon zu Bett begeben zu haben.

»Schlaf gut«, sagte Fritz und zwinkerte mir zu. »Und vergiss nicht: Was man in der ersten Nacht im neuen Heim träumt, das geht in Erfüllung!«

Das besorgte mich eher, als mich zu beruhigen. Was, wenn ich davon träumte, dass Bettina ihren Wohnsitz ganz nach Wernebeck verlegte, um hier eine Hundeboutique aufzumachen?

Ich hätte mir keine Sorgen zu machen brauchen, denn ich schlief erst mal gar nicht. Zu viel ging mir im Kopf herum, das meiste davon nicht sehr erfreulich. Im Zimmer roch es noch stark nach Farbe, ich hatte wegen Charlie die Tür ständig geschlossen gehalten. Ob ich das Fenster mal weit öffnen sollte?

Jetzt wurde die Luft zwar besser, aber schlafen konnte ich davon noch lange nicht. Schließlich stand ich auf, zog mir Jeans und Pullover über und tappte die Treppe hinunter. Ich schlich in die Küche und öffnete die Tür zum Garten.

Es war eine dieser milden Nächte, die wir im Sauerland nicht oft haben. Der Mond war drei Viertel voll und beschien wirkungsvoll die Szene. Ich seufzte ein bisschen. Zumindest was die Umgebung anging, hatte ich mich deutlich verbessert.

Ich näherte mich der Glyzinienlaube. Der Kies knirschte unter meinen Latschen. Und dann bekam ich fast einen Herzinfarkt, als eine tiefe Stimme sagte: »Auch eine Nichtraucherpause?«

»Du schon wieder!«, stieß ich hervor. Er war doch am frühen Abend schon hier gewesen. Wie oft saß der Kerl in dieser Laube herum?

»Ich schon wieder«, sagte Tom. »Tut mir leid. Wir scheinen einem ähnlichen kosmischen Zeitplan zu folgen. Was hast du für ein Sternzeichen?«

»Fische.« Ich ließ mich neben ihm auf die Bank fallen. Schließlich wohnte ich jetzt auch hier und hatte genau wie er das Recht, hier zu sitzen. »Glaubst du an so was?«

»Nicht die Spur«, sagte er. »Aber es hört sich gut an, oder?«

»Wenn man auf Smalltalk steht.«

»Meine ich das nur, oder klingt da eine gewisse Gereiztheit durch?«

»Kann schon sein«, gab ich zu. »Auf jeden Fall ist heute so eine Gelegenheit, bei der es mir leidtut, dass ich nicht rauche.«

»Nikotin ist eher ein Stressverstärker«, sagte er. »Rauchen löst keine Probleme.«

»Schade eigentlich.«

»Whisky löst auch keine Probleme«, fuhr er fort. »Trotzdem könnte ich dir ein Glas zwölfjährigen Malt anbieten, wenn du magst.«

Whisky war an sich kein Getränk meiner Wahl. Aber in diesem Moment klang das nach einer verlockenden Einladung, gerade weil es nicht diesen kavaliermäßigen »Ich weiß, das wird dir schmecken«-Unterton hatte. »Ich möchte dir nicht lästig fallen«, sagte ich trotzdem aus reiner Gewohnheit.

»Das hab ich jetzt mal nicht gehört«, sagte Tom. »Wenn ich so was anbiete, dann meine ich es auch so.« Er stand ruckartig auf. »Also los.«

Ich folgte ihm mit dem Blick auf sein breites Kreuz bis zu der Treppe, die zu seiner Wohnung über der Remise führte. Mit viel Elan stieg er vor mir nach oben und öffnete die nicht verschlossene Tür. »Warst du eigentlich schon mal hier?«

»Nicht, dass ich wüsste«, sagte ich. Es hatte noch keinen Anlass gegeben.

»Dann wird es ja Zeit.« Er ließ mich eintreten und drückte auf einen Lichtschalter. Als Erstes sah ich mich in einem Spiegel, der mir deutlich machte, dass ich gerade aus dem Bett kam – ohne Make-Up und mit offenen, wild in alle Richtungen stehenden Haaren. Hektisch versuchte ich, sie wenigstens ein bisschen glatt zu streichen.

»Gib dir keine Mühe«, grinste Tom. Klar, vermutlich interessierte ihn nicht die Bohne, wie ich aussah. Dann war es wenigstens auch nicht so wichtig, dass ich im Dunkeln eine graue Jeans und einen braunen Pullover kombiniert hatte, was hingeschrieben nicht so hässlich klingt, wie es tatsächlich aussah.

Seine Wohnung wirkte auf den ersten Blick wie ein einziger großer Raum. Ein Raum, der in erster Linie aus Holz bestand, vom Fußboden über einige tragende Stützpfeiler bis zur schrägen Decke. Auf der rechten Seite befand sich eine Küchenzeile, durch eine Art Theke abgetrennt, dann kam ein Bereich, der mit einem Sofa und einigen Holzkisten anstelle eines Couchtisches wohl das Wohnzimmer darstellen sollte. Die Mitte des Raumes war leer bis auf einen großen schwarzen Ofen, dann sah ich auf der linken Seite ein unordentliches Matratzenlager: Toms Bett, daneben ein schlichter Kleiderschrank. Ich vermutete, dass sich hinter der mit weißem Putz verkleideten Ecke ein Badezimmer befand.

»Komm ruhig weiter rein«, ermutigte er mich.

»Ich muss das erst mal auf mich wirken lassen. So viel leerer Raum.« Ich glaube, da schwang ein wenig Neid mit.

»Meine restlichen Sachen stehen noch in der Remise. Die hole ich, wenn ich mit allem fertig bin.«

»Was ist denn hier noch nicht fertig?«

»Ich muss einen Teil des Holzes noch streichen, das Bad fliesen, und ich will hier ein Dachfenster einbauen.« Er zeigte auf eine Stelle über der Matratze. »Dann kann ich im Bett liegen und den Sternenhimmel sehen.«

»Klingt gut«, sagte ich. »Und das machst du alles selbst?«

»Soweit ich kann.« Er ging zum Küchenschrank, holte zwei Gläser heraus, bückte sich, kam mit einer Flasche wieder hoch. »Setz dich doch.«

Ich nahm auf dem Sofa Platz, das bequemer war, als es aussah. Tom reichte mir ein Glas mit einer goldbraunen Flüssigkeit und setzte sich neben mich. »Also … auf deinen Einzug in Wernebeck.«

»Ich weiß nicht, ob ich darauf trinken möchte«, sagte ich und schwenkte mein Glas.

»Dann trink einfach ohne Grund«, sagte er und nahm einen Schluck.

Und ich auch. Ganz vorsichtig, weil ich scharfen, beißenden Geschmack erwartet hatte. Ganz so schlimm war es aber nicht, obwohl ich genau spüren konnte, wie der Whisky in meinem Magen ankam. »Hm.«

Er grinste. »Ich merke schon, dein Lieblingsgetränk wird das nicht. Ich hatte aber leider nichts anderes. Außer Kaffee natürlich, aber das fand ich zu banal.«

»Macht nichts. Wenn es nur ums Trinken ginge, könnte ich mich an Luises Hausbar bedienen.«

»Und worum geht es tatsächlich?«

»Wenn ich das mal so genau wüsste.« Ich starrte vor mich hin auf die Holzkisten. In einer Schöner-Wohnen-Zeitschrift wäre da jetzt ein ästhetisch hochwertiges Teil platziert gewesen, eine Schale vielleicht oder ein Keramikobjekt. Hier war gar nichts. »Hast du eigentlich bewusst so wenig Zeug oder bist du vor kurzem abgebrannt?«

»Ich brauche nicht viel«, sagte er. Eine Auskunft, die mich weder ermutigte noch mir brauchbare Informationen lieferte.

»Schön für dich«, brummte ich und nippte noch mal an meinem Whisky. »Ich wünschte, das ginge mir auch so.«

»Was hält dich davon ab?« Klar, das musste ja jetzt kommen. Für manche Menschen scheint alles ganz leicht: ihr Gewicht halten, die richtigen Leute kennen, immer schick angezogen sein. Oder eben reduziert leben und trotzdem nichts vermissen. Die können gar nicht nachvollziehen, dass es dem Rest der Weltbevölkerung schwerfällt, nur in Ansätzen so zu sein.

»Mein Job zum Beispiel«, sagte ich. »Ich kann weder

meine Bücher wegwerfen noch meine ganzen Kunstmaterialien.«

»Das leuchtet mir ein«, sagte er. »Ich dachte bloß immer, diese Materialien hätte man als Lehrer in der Schule.«

»Ich probiere selber gern was aus«, erklärte ich ihm. »Malen, basteln, Textilarbeiten ... Wenn man so viele Inspirationen hat und immer wieder herumexperimentiert, dann wird man vermutlich automatisch zu einem fürchterlichen Sammler. Bei allem, was ich finde, denke ich ständig darüber nach, wofür ich es gebrauchen oder was ich damit machen könnte.«

»Verstehe«, sagte er. »Deshalb also die vielen Kisten.«

»Genau. Und dann stehe ich davor, und es geht mir mit meinem Krempel wie Henry Ford mit seinem Reklamebudget.«

»Das musst du mir genauer erklären.« Er drehte sich auf dem Sofa noch weiter zu mir und hängte seinen Arm über die Rückenlehne. Immerhin wirkte er nicht so besserwisserisch, wie ich gerade noch befürchtet hatte.

»Er war sich sicher, dass er die Hälfte davon nicht brauchte, aber er wusste nicht, welche Hälfte.«

Tom grinste. »Ein übles Dilemma.«

»Der Fluch kreativer Menschen«, ergänzte ich spöttisch. »Verstärkt durch die Tatsache, dass ich mich zu einem Umzug habe hinreißen lassen, bei dem die Rahmenbedingungen nicht ganz eindeutig geklärt sind.«

»Da gibt es aber doch auch Möglichkeiten«, sagte er. »Lässt sich Bettina nicht in ein anderes Zimmer verfrachten? So klein ist das Haus ja nicht.«

»Luise möchte Oles Arbeitszimmer für Fritz freihalten, weil der jetzt auch öfters kommt.«

»O je«, meinte Tom, »das ist natürlich wirklich vertrackt. Denn auf Fritz möchtet ihr andererseits doch auch nicht verzichten, oder? Vor allem du?«

Wie meinte er das denn? Ich beschloss, erst gar nicht darauf einzugehen. »Du weißt, dass es für Luise nichts Schöneres gibt, als ihre ganze Familie um sich zu haben. Und nach dem, was sie durchgemacht hat, gönne ich ihr das von Herzen.«

Er schwieg eine Weile und schwenkte sein Glas. »Luise ist schon was Besonderes, nicht?«

»Das ist sie«, sagte ich. Da waren wir uns einig, auch wenn ich mir nicht sicher war, ob ich Toms Hoffnungen in dieser Hinsicht unterstützen sollte. »Weißt du, mein Bruder hat sich bis zum letzten Moment um sie Gedanken gemacht.«

»Dein Bruder war auch was Besonderes«, sagte Tom. »Aber das brauche ich dir ja wohl nicht zu sagen.«

Ich schüttelte den Kopf. Nein, das wusste ich auch so. Ole mit seiner positiven Weltsicht, mit seiner Energie, mit seinem unglaublichen Allgemeinwissen und seinem mitreißenden Humor. Er fehlte mir mehr, als ich erwartet hatte, das wurde mir in diesem Augenblick bewusst. »Es ist einfach nicht fair, dass er so früh sterben musste«, sagte ich und kippte zur Bekräftigung noch einen Schluck Whisky hinterher. Dabei verschluckte ich mich, und das war in gewisser Weise gut so, denn so fiel es nicht auf, dass mir die Tränen in die Augen getreten waren. Mühsam hustend stellte ich das Glas in Sicherheit.

»Holla«, sagte Tom und klopfte mir auf den Rücken. »Möchtest du ein Glas Wasser?«

»Geht schon«, sagte ich und erhob mich vom Sofa. »Ich geh mal lieber jetzt schlafen. Morgen gibt's noch eine Menge zu tun.«

»In Ordnung«, sagte er und erhob sich ebenfalls. »Soll ich dir heimleuchten? Ich müsste hier eine Taschenlampe haben.«

»Nicht nötig, der Mond ist hell genug. Und danke für den Whisky.«

Er grinste wieder dieses unverschämt attraktive Grinsen. »Ich hatte nicht den Eindruck, dass er dir gutgetan hat. Nächstes Mal biete ich dir lieber einen Kaffee an.«

Mir wurde klar, dass ich mich nicht revanchieren konnte, ohne in Luises Territorium zu geraten. Ich hatte noch nicht mal eine Kaffeemaschine in meinen Räumen. Und auch den Alkohol hätte ich aus ihrer Hausbar nehmen müssen. Während ich die Treppe hinunterstieg und den Hof überquerte, machte ich eine gedankliche Notiz, mir wenigstens wieder eine eigene Flasche Amaretto anzuschaffen. Obwohl der Gedanke, Tom dazu mitten in der Nacht auf ein Glas einzuladen, mir auch nicht wirklich gefiel. Es hatte etwas von einer Minderjährigen, die ihren Freund heimlich zuhause einschmuggelt, während die Eltern schlafen.

Ich putzte mir noch mal die Zähne, ärgerte mich wieder über den ganzen Krempel auf dem Waschtisch und kletterte in mein Bett. Irgendwann schlief ich auch ein. Zum Glück konnte ich mich am nächsten Morgen an keinen Traum erinnern.

7

Ich hatte schon erwartet, dass die nächsten zwei Wochen hektisch werden würden. Ich wurde nicht enttäuscht. Eigentlich erinnere ich mich daran nur in Form von Kurzdialogen.

Ich zu Isabel: »Sag mal, hast du schon mal eine Mammografie machen lassen?«

Isabel: »Nö, das muss man doch erst, wenn man über fünfzig ist. Wieso?«

Ich: »Och, nur so.«

Isabel: »Meine Schwester war da mal. Die hat gesagt, das ist das Schlimmste auf der Welt.«

Ich: »Oh.«

Marita: »Was soll das Schlimmste auf der Welt sein?«

Isabel: »Eine Mammografie, sagt meine Schwester.«

Marita: »Ich hatte mal eine. Es ist noch viel schlimmer. Die hat sich ein spanischer Inquisitor ausgedacht, als ihm die Streckbank zu langweilig wurde.«

Ich: »Oh.«

Isabel: »Aber wo wir gerade von Folter reden: Wer von euch geht denn zum Abiball?«

Ich zu Luise: »Hat Bettina irgendwas gesagt, wann sie wieder auszieht?«

Luise: »Nein, wir haben nicht darüber gesprochen. Wieso?«

Fritz: »Ich vermisse dich. Soll ich am Wochenende herkommen?«

Ich: »Wenn du möchtest. Ich muss aber Zeugnisse schreiben.«

Fritz: »Ich könnte Samstag um halb drei da sein.«

Ich: »Ich sag Luise Bescheid wegen des Zimmers.«

Fritz: »Ich freu mich schon.«

Ich zu mir selbst: Samstag früher aufstehen, damit ich bis halb drei möglichst mit den Zeugnissen fertig bin.

Jochen: »Noch anderthalb Wochen, dann gibt es endlich Ferien. Was macht ihr denn dann?«

Isabel: »Wir fliegen für zwei Wochen nach Portugal in das Haus von meinem Onkel, und danach machen wir noch eine Woche Rafting in der Ardèche.«

Marita: »Ich geh mit Jürgen in den Dolomiten klettern. Und du?«

Jochen: »Zwei Wochen Sardinien. Ich kann's kaum erwarten. Was hast du denn vor, Frida?«

Ich: »Ich hoffe, ich kann endlich meine Wohnung zu Ende einrichten und einen Platz für den Webstuhl finden.«

Jochen: »Wie, du fährst gar nicht weg?«

Ich: »Ich hab noch nichts geplant. Wenn das Wetter schön ist, leg ich mich auf Wernebeck in den Garten und werde braun wie noch nie.«

Marita: »Haha, Rothaarige wie du werden gar nicht braun. Und was machst du, wenn das Wetter schlecht ist?«

Ich: »Du wirst auch nicht braun, ätsch. Wenn das Wetter schlecht ist, kauf ich mir Selbstbräuner und fahr jeden Abend nach Dortmund in die Disco, reiße Männer auf und schick dir die Fotos auf das Handy.«

Marita: »Ich wollte sowieso gerade gehen.«

Fritz: »Ich habe hier ein ganz tolles Angebot für eine Woche Mittelmeerkreuzfahrt Ende September. Was hältst du davon?«

Ich: »Das ist bestimmt toll. Willst du das machen?«

Fritz: »Ich dachte, das könnten wir vielleicht zusammen machen. Ich würde gern mal mit dir verreisen.«

Ich: »Da gibt es nur einen Haken. Ich muss Ende September leider arbeiten.«

Fritz: »Mist, an die Schulferien hatte ich gar nicht gedacht.«

Die letzte Woche vor den Ferien sollte man eigentlich streichen. Die Zensuren stehen fest, also geht es nur noch darum, die Zeit über die Runden zu bringen und zumindest so zu tun, als käme man im Stoff noch ein Stück weiter. Je nach Engagement der Pflegschaftseltern finden nun noch letzte Feiern statt oder auch nicht. In der Oberstufe werden Filme geguckt oder Ausflüge in die Eisdiele gemacht. Natürlich bemühten wir uns auch darum, den Kunstbereich aufzuräumen, was aber wie jedes Jahr Stückwerk blieb, weil wir uns mal wieder verplant hatten und Kollege Edelmann unerwartet einen Bandscheibenvorfall vermelden musste (wie ärgerlich, ausgerechnet vor den Ferien).

Diese allerletzte Phase ist nicht unbedingt weniger anstrengend als alle anderen, weil man mittlerweile ziemlich ausgepowert ist. Deshalb fühlte ich mich auch völlig kaputt an jenem Dienstag, als ich auf den Hof von Wernebeck einbog und meinen Augen kaum traute, weil ein Fahrzeug mit dem Aufdruck »Tischlerei Mörike« vor der Tür stand.

Nachdem ich meinen Wagen geparkt hatte, warf ich noch mal kritische Blicke in Richtung Remise und Scheune. Aber nichts sprach dafür, dass der Tischler mit dem literarisch anmutenden Namen für Tom oder Herrn Biermann tätig war. Konnte es tatsächlich sein, dass Luise ihn bestellt hatte, um endlich meine Etagentür in Angriff zu nehmen? Und würde das auch bedeuten, dass der Auszug ihrer Schwester Bettina zum Greifen nahe war?

Auf der Hecktür des Wagens prangte ein Aufkleber mit der Aufschrift »Nur ein Schreiner kann eine Frau glücklich machen«. Das tendierte schon in die richtige Richtung. Deutlich beschwingter als vorher betrat ich das Haus.

Der Herr Mörike – wenn er's denn selbst war, was ich nicht anzweifelte, weil Luise sich niemals mit einem Gesellen hätte abspeisen lassen – ließ zwar kein blaues Band durch die Lüfte flattern, sondern faltete gerade einen Zollstock wieder zusammen. Aber was ihn mir noch sympathischer machte, er verkündete laut: »Dann komme ich direkt morgen!«

»Wunderbar!«, rief Luise ihm nach, während er zu seinem Wagen ging und den Zollstock in die dafür vorgesehene Tasche seiner Latzhose schob. Ein echter Profi, das sah man gleich.

Ich warf Luise einen dankbaren Blick zu und stellte meine Schultasche im Flur ab, um nach der Post zu schauen. Für mich war mal wieder nichts dabei, während Bettina bereits Werbebriefe von einem Lotto-Tipp-System an diese Adresse bekam. »Kommt der morgen, um die Tür im Flur einzubauen?«

»Nein«, sagte Luise. »Das geht doch noch nicht. Den habe ich bestellt, um die Hundeklappe in die Küchentür zu setzen.«

»Hundeklappe?« Meine ganze gute Laune war wieder auf und davon. Zusammen mit Tischler Mörike und seinem irreführenden Aufkleber. Alles Lüge. Frauen in meiner Situation kann niemand glücklich machen. Höchstens wenn er Bettina samt Hund entführen würde.

»Für Charlie«, erläuterte Luise überflüssigerweise.

»Der wird immer nervöser, weil er nicht ständig seinen Auslauf hat. Und so kann er jetzt rein und raus, wann er will.«

»Du lässt für den Hund eine Öffnung in die Küchentür machen?« Der Gedanke gefiel mir aus verschiedenen Gründen nicht. »Dann können doch auch andere Tiere reinkommen. Und vielleicht nicht nur Tiere.«

»Nein, nein!«, belehrte sie mich. »Das ist eine total geniale Sache, die hat Bettina bei sich zuhause auch. Charlie hat eine Art Sender an seinem Halsband, und nur der lässt diese Klappe aufgehen. Das heißt, er kann sich frei bewegen ohne Risiko. Ist das nicht toll?«

»Toll«, brummte ich. »Aber das tut er doch jetzt auch schon.«

»Aber nur, wenn wir dabei sind. Aber jetzt kann Bettina ihn auch nachts laufen lassen und muss nicht extra aufstehen, wenn er rausmuss.«

»Ganz toll«, wiederholte ich und floh in mein Zimmer. So ungefähr wie vor dreißig Jahren, wenn ich keine Lust auf Gespräche mit meiner Mutter hatte. Und das Schlimmste war, ich hatte mich auch noch freiwillig in diese Situation begeben. Nach so vielen schönen Jahren in einer eigenen Wohnung. Es war zum Mäusemelken.

Jetzt ging auch noch mein Handy. Das konnte eigentlich nur Fritz sein – meine Kollegen hatte ich gerade noch gesehen. Ich angelte das Telefon aus der Jackentasche. Gleichzeitig versuchte ich, meine Tasche hinter den Schreibtisch zu schieben mit dem Erfolg, dass ich mir den Ellbogen an der Schreibtischecke stieß, genau am Kribbelknochen. Ich versuchte, die Luft anzuhalten, bis der erste Schmerz vorbei war, während mein Handy unbeeindruckt weiterdudelte.

Natürlich war es Fritz. »Ich wollte mal hören, wie es dir geht«, sagte er.

»Nicht so gut«, sagte ich und rieb meinen Arm. »Ich

hab mich gerade schon wieder gestoßen. Noch zwei Wochen in diesem überfüllten Zimmer, und ich bin ein Totalschaden.«

»Deshalb rufe ich an«, sagte er. »Sag mir doch noch mal genau, wie dein Zeitplan aussieht. Wann gibt es Ferien?«

»Diese Woche Donnerstag. Und das ist keinen Tag zu früh.«

»Allerdings. Wie wär's denn dann, wenn du am Freitag für ein verlängertes Wochenende herkommst?«

»Freitag kann ich noch nicht. Da hab ich mich vormittags mit ein paar Kollegen zum Aufräumen in der Lehrerbibliothek verabredet und abends bin ich zu einem Geburtstag eingeladen.«

»Oh«, sagte Fritz. Es hörte sich so enttäuscht an, dass ich rasch hinterherschob: »Aber am Samstag würde es gehen.«

»Dann komm aber so früh wie möglich«, sagte er. »Ich habe nämlich das Geschäft noch voll besetzt, dann kann ich mich da rausziehen, und wir könnten zusammen was unternehmen. Das Wetter soll schön werden.«

»Hört sich gut an. Dann komme ich so gegen zehn.«

»Früher kannst du nicht?«

»Fritz, hab ein wenig Mitleid mit mir«, bat ich. »Ich bin kein Frühaufsteher, und das Beste an den Ferien ist, dass ich mir den Wecker nicht so früh stellen muss.«

Er zögerte einen Moment. »Natürlich, Frida. Dann komm um zehn. Was hältst du davon, als Erstes auf den Golfplatz zu gehen?«

Ich war mir nicht sicher, ob das mein Traumstart ins Wochenende war. »Ich hab noch nie Golf gespielt«, sagte ich. »Vermutlich darf ich doch dann gar nicht auf die Bahn, oder?«

»Ich könnte dir erst mal ein bisschen was beibringen«, schlug er vor. »Und wenn es dir Spaß macht, dann nimmst du ein paar Stunden. Du wirst sehen, die Platzreife hast du in Nullkommanix. Und das wäre ja auch toll, wenn wir zusammen golfen könnten. Ich könnte mir vorstellen, dass dir das Spaß macht. Man ist an der frischen Luft und kriegt eine Menge Bewegung.«

Ich merkte ihm an, dass er immer mehr Gefallen an der Idee fand. Im Gegensatz zu mir. Was ich über Golf wusste, hatte in erster Linie mit hohen Clubbeiträgen zu tun und einer Kleiderordnung, die karierte Hosen erlaubte und Jeans verbot. Das war nicht so meine Welt. Aber wenn ich Fritz näher kennenlernen wollte – und das wollte ich auf jeden Fall –, dann sollte ich diese Vorurteile mal beiseiteschieben.

»Wir können ja kurzfristig entscheiden, was wir machen«, schlug ich vor.

Fritz lachte. »Dass ich das ausgerechnet von dir höre«, sagte er. »Die Frau, die am liebsten alles ganz genau plant.«

»Nicht, wenn ich Ferien habe.«

»Das heißt, du bist in den Ferien ein anderer Mensch?«

»Total anders.« Das war mehr ein Scherz. Ich war eigentlich immer so, wie ich halt bin: weder komplett durchorganisiert noch komplett chaotisch, sondern völlig durchschnittlich. Aber wer will schon Durchschnitt sein? Vor allem dem Mann gegenüber, der gerade am Telefon mit einem flirtet?

»Dann bin ich sehr gespannt«, sagte Fritz. »Werde ich dich am Samstag überhaupt wiedererkennen?«

»Soll ich eine Rose tragen? Oder einen Hut? Oder die Frankfurter mit der Titelseite nach außen?«

»Es reicht, wenn du dein Haar offen trägst«, sagte er jetzt zu meinem Erstaunen. »Das gefällt mir ganz besonders an dir.«

»Wenn's mehr nicht ist …«

»Glaub mir, das ist schon was. Wer hat denn so schöne Haare wie du?«

Nach diesem Gespräch stellte ich mich erst mal vor den Spiegel und nahm die Spange heraus, mit der ich meine Haare tagsüber bändige. Vermutlich hätte ich in der Schule keine ruhige Minute, wenn ich das Gewirr so tragen würde. Aber wenn Fritz das mochte … Vielleicht sollte ich es mal wieder schneiden lassen. Die Spitzen reichten schon in lockigem Zustand bis unter die Achseln, wenn man sie glatt zog, sogar noch länger. Jetzt in den Ferien wäre ein Friseurtermin …

Noch hatte ich jedoch keine Ferien. Und ein leises Stimmchen in meinem Kopf sagte mir, dass ich wohl besser einen Termin beim Gynäkologen machen sollte, bevor ich mich zum Friseur begab. Der Knubbel war nämlich immer noch da, auch wenn ich mich bemühte, ihn nicht zu berühren. Manchmal war die Neugier stärker, und obwohl ich jetzt wieder über einen Vorrat von Duschschwämmen verfügte, stahl sich mein Finger gelegentlich an die Stelle. Um dann jedes Mal frustriert wieder zurückzuzucken, weil sich nichts verändert hatte. Ich würde nicht umhinkommen, mit einem Arzt darüber zu sprechen.

Aber nicht jetzt. Jetzt musste ich erst mal noch Vorbereitungen treffen für meine letzten Stunden in der Fünf und die Kurse in der Oberstufe. Auch wenn nicht mehr der übliche Unterricht stattfand, hieß das nicht, dass man da unvorbereitet hingehen konnte.

Außerdem hatte Isabel sich für ihren Geburtstag was Besonderes ausgedacht: Das Fest stand unter dem Motto »Märchenwald«. Eigentlich eine nette Idee, wenn man seinen Vierzigsten feiert. Aber ich hatte noch keine Ahnung, wie ich das für mich umsetzen sollte. Sich ganz in Grün kleiden und als Frosch kommen? Erstens war das nicht besonders schmeichelhaft, und außerdem würden einen da vermutlich alle küssen wollen. Als Frau mit ein Meter vierundsiebzig war es nicht so angesagt, sich als Zwerg zu verkleiden. Der gestiefelte Kater wäre keine schlechte Idee, aber es sollte ja warm werden, und da bestand die Gefahr, dass ich mich totschwitzen würde. Ähnlich würde es mir ergehen als Hexe oder Frau Holle. Und darüber hinaus hatte ich noch keine Idee, die sich mit meinen vorhandenen Requisiten umsetzen ließ.

Etwas mürrisch startete ich meinen Computer und begann »Märchenwald« zu googeln, bis es Zeit zum Abendessen war. Bettina saß schon im Esszimmer und hackte wie so oft auf ihrem Blackberry herum, neben sich eine aufgeschlagene Zeitschrift.

»Kleinen Moment noch!«, rief Luise aus der Küche. »Bin gleich so weit!«

Ich setzte mich auf meinen Platz. Charlie sprang auf Luises Stuhl, und ich behielt ihn im Auge für den Fall, dass er auch auf den Tisch hüpfen würde. »Was gibt es denn Neues von Kate?«, fragte ich Bettina, um wenigstens ein bisschen guten Willen zu zeigen.

»Oh, ihr Reiss-Kleid ist wieder lieferbar«, antwortete sie wie aus der Pistole geschossen. »Das war ja quasi von jetzt auf gleich ausverkauft.«

»Da hatte wohl jemand die Reiss-Leine gezogen«, sagte ich, und mir war sofort klar, dass dies ein ziemlich lahmer Witz war.

»Wie?«, fragte Bettina irritiert, ohne von ihrem Blackberry aufzublicken. »Ach, interessant. Da bietet jetzt so eine Billigkette eine Kopie ihres Burberry-Trenchcoats an.«

»Das ist doch schön«, sagte Luise, die gerade mit einer Auflaufform an den Tisch kam. »Da können sich auch einfache Leute so einen Mantel leisten.«

»Es ist dann natürlich kein echter Burberry mehr«, gab Bettina zu bedenken.

»Einfache Leute sind ja auch keine Prinzessinnen«, sagte ich. Vor ein paar Jahren hatte ich mal auf einer Klassenfahrt vor einem Schaufenster mit einem Burberry-

Mantel gestanden, der mehr als die Hälfte meines Bruttomonatsgehalts kosten sollte. »Was verdient eigentlich eine englische Prinzessin?«

»Die bekommt kein Gehalt«, meinte Bettina entrüstet.

»Aber von irgendwas muss sie doch leben und ihre Klamotten bezahlen.«

»Darüber hab ich mir noch nie Gedanken gemacht«, sagte Luise. »Aber du hast recht. Das muss ja geregelt sein. Oder kann es sein, dass ihr die Designer die Klamotten schenken?«

»Das wäre ja noch schöner«, schnaufte ich empört. »Da sind die schon so reich und kriegen noch ihre Sachen umsonst!«

»Obwohl das Sinn machen würde«, überlegte Bettina. »Wenn Kate so ein Kleid trägt und es hinterher direkt ausverkauft ist – eine bessere Werbung gibt es doch gar nicht! Da müssen sie noch nicht mal Geld für ein Model oder einen Fotografen bezahlen, das gibt es sozusagen alles kostenlos obendrauf.«

»Aber richtig ist es nicht«, beharrte ich mit der Selbstgerechtigkeit, die meinem Berufsstand manchmal eigen ist. »Was kostet so ein Kleid? Fünfhundert Euro doch sicherlich.«

»Fünfhundert?«, wiederholte Bettina spöttisch. »Dafür bekommst du einen Schal. Vielleicht eine Bluse.«

»Doch, für fünfhundert bekommt man schon eine schöne Bluse«, stimmte Luise mit ein.

»Wenn man Glück hat«, sagte Bettina und griff nach ihrer Zeitschrift. »Ich hatte da doch was gesehen …«

Eigentlich interessierte es mich nicht besonders, was sie gesehen hatte. Blusen für fünfhundert Euro waren jenseits meines Budgets. Aber da Luise sowieso noch mal in die Küche zurückeilte, weil sie was vergessen hatte, griff ich folgsam zu und betrachtete die aufgeschlagene Seite. »Vivienne Westwood«, erklärte Bettina.

Die fragliche Bluse war absolut nicht mein Fall, auch wenn sie mit dreihundertvierzig Euro ein Schnäppchen war. Was mich aber viel mehr interessierte, waren die Schuhe, die das Model trug: von der Form her absolut schlichte Pumps, aber über und über mit Goldglitzer und bunten Steinchen bedeckt. Dolce und Gabbana.

Preis auf Anfrage, stand daneben. Mit diesem unmöglich hohen Absatz hätte ich sie auch für einen Durchschnittspreis nicht gekauft, aber ich fühlte mich spontan an eine Märchenfigur erinnert – Aschenputtel, das beim überstürzten Verlassen des Balls sein Schuhwerk verliert. Schon während des Essens reifte in mir ein Plan, den ich bei der Rückkehr in mein vollgestopftes Zimmer umzusetzen begann.

Als Erstes suchte ich mir die passenden Schuhe. Ich hatte vor dem Umzug noch überlegt, ob ich sie wegwerfen sollte, denn das Lackleder war an einigen Stellen etwas aufgeplatzt. Aber sie waren halt so bequem und sahen von weitem immer noch ganz schick aus. Und das machte sie zu perfekten Kandidaten für die Verwandlung, die ich mir für sie überlegt hatte.

Auch die kleinen Behälter mit unterschiedlichen Glas- und Plastiksteinchen fand ich schnell, genau wie den Leim, mit dem ich schon die unterschiedlichsten Bastelprojekte bestritten hatte. Jetzt fehlte mir nur noch der Glitter, der die Basis für diese total abgedrehten Modelle darstellte, aber den würde ich hoffentlich morgen in meinem Lieblingsbastelgeschäft finden.

Eigentlich war es ja nur eine Kleinigkeit, aber die Idee mit den Schuhen hob meine Laune beträchtlich. In Kombination mit einem knöchellangen Kleid aus rosa Satin, das ich vor Jahren mal als Brautjungfer zu einer Hochzeit tragen musste – stellen Sie sich das vor, meine roten Haare über einem babyrosa Kleid mit Tellerrock! –, war das ein Märchenoutfit, wie es selbst Walt Disney nicht besser hinbekommen hätte. Hoffentlich hatte ich das nicht im Zuge meiner Säuberungsaktionen entsorgt! Weil mir die Frage keine Ruhe ließ, tappte ich wieder mal leise durchs Haus und in die Milchküche.

Mit einer Taschenlampe bewaffnet suchte ich nach der Kiste mit der Aufschrift »Requisiten Theater«. Und tatsächlich, da war es. Mein Märchenkostüm war gerettet.

Leider war es ziemlich verknittert und roch leicht muffig. Es war zu spät, um es noch in die Reinigung zu bringen, also hängte ich es erst mal zum Lüften auf einen Bügel ins Bad. Wenn ich Glück hatte, würde sich auch der Satin durch die Feuchtigkeit beim Duschen etwas glatt hängen, ansonsten müsste ich es sehr vorsichtig bügeln und mit diesem Wundermittel einsprühen, das angeblich alle unangenehmen Gerüche entfernte. Marita hatte mal davon erzählt, und wir hatten überlegt, ob man das nicht als Dauerleihgabe in die Umkleideräume der Schulturnhallen stellen sollte.

Ziemlich guter Dinge ging ich schlafen. Umso erschrockener war ich, als ich durch einen gellenden Schrei wieder aufgeweckt wurde. Spontan schoss ich aus dem Bett und in den Flur, wo Bettina in einem Seidenpyjama stand und sich mit einer dramatischen Geste an die Brust griff.

»Was ist passiert?«

»Das sollte ich dich fragen!«, fauchte sie mich an. »Hast du dieses Ding ins Badezimmer gehängt?«

Ich sah eine Menge rosa Satin auf dem Badezimmerfußboden. »Mein Kleid? Ja sicher. Wer denn sonst?« Fürsorglich eilte ich hin, um es wieder aufzuhängen. Wenn es so da liegenblieb, würde es ja eher noch mehr knittern.

»Was sollte das?«, schimpfte sie. »Wolltest du mich zu Tode erschrecken?«

»Keineswegs«, sagte ich. »Ich wollte nur das Kleid lüften. Gefällt es dir nicht?«

»Ein schreckliches Teil«, meinte sie. »Aber davon mal ganz abgesehen, du müsstest doch wissen, dass es einen ziemlichen Luftzug geben kann, wenn im Badezimmer das Fenster offen steht.«

»Das hatte ich beabsichtigt«, sagte ich. »Wo ist das Problem?«

»Das Problem?«, schnappte sie. »Das Problem ist, dass ich nachts den Hund rauslassen muss, bis diese Klappe eingebaut ist, und wenn du heimlich solche Flattergewänder bei offenem Fenster aufhängst, dann könnte ich mich zu Tode erschrecken!«

Das war zwar nicht mein Plan gewesen, ganz ehrlich, aber ich fand es beinahe bedauerlich, dass es auch nicht funktioniert hatte. Ob man wohl wegen Totschlags belangt werden kann, wenn man so was macht? Egal, Bettina lebte noch, und so würde ich es nie herausfinden.

»Tut mir leid«, sagte ich, ohne es ganz aufrichtig zu meinen. »Ich hänge es wieder hin. Jetzt weißt du es ja.«

»Auf keinen Fall!«, protestierte sie. »Vielleicht vergesse ich ja wieder, dass es da ist, und erschrecke mich noch mal. Was willst du überhaupt mit so einem Fummel?«

»Ich bin am Freitag zu einem Geburtstag eingeladen.«

Wenn sich Bettina vorhin erschrocken hatte, dann verfiel sie jetzt fast in Panik. »Du willst mit diesem Ding …«

»Es ist eine Mottoparty«, beeilte ich mich zu sagen. »Ich gehe als Prinzessin.«

Bettina sah mich abschätzig an. »Eine Prinzessin sieht anders aus. Kate zum Beispiel …«

»Eine Disney-Prinzessin«, konkretisierte ich. »Ich hatte an Cinderella gedacht.«

»Ach so«, sagte sie und musterte mich. »Da würde ich an deiner Stelle aber eine Perücke aufsetzen.«

Auch wenn rotes Haar und rosa Kleid vielleicht nicht die Idealkombination waren, erschien mir das doch etwas zu aufwändig, zumal ich keine Perücke besaß. »Na, ich weiß nicht«, sagte ich. »Vermutlich erkennt mich dann keiner mehr.«

Bettina nickte. »Genau das war doch die Absicht von Cinderella, oder?«

Mein Bastelladen-Inhaber – oder sollte ich ihn einfach meinen Dealer nennen, wenn er mich doch mit allem versorgte, was ich für meine Kreativ-Sucht brauche? – konnte mir Glitter in mehreren Varianten bieten. Ich entschied mich für zwei Sorten, die ich zusammen anmischen konnte, und fuhr mit meiner Beute nach Hause. »Genug Zeit zum Trocknen einplanen«, hatte er mir geraten, »und für alle Fälle noch etwas für Nacharbeiten verwahren.«

Also beschloss ich, die Aktion direkt zu starten. Fast ungeduldig hielt ich noch einige Minuten mit Luise im Treppenhaus aus, bis sie mit mir den Verlauf des Wochenendes durchgesprochen hatte. »Wann fährst du denn nach Remsede? Freitag?«

»Nein, Samstagmorgen. Ich muss Freitag noch mal in die Schule, und abends feiert meine Kollegin ihren Geburtstag.«

»Ach ja, Samstag. Fritz freut sich schon. Und wie lange wirst du bleiben?«

»Ich weiß noch nicht genau. Vielleicht Mittwoch. Kommt darauf an, wie das so läuft, er muss ja auch arbeiten.« Für den Fall hatte ich mir zwar Bücher eingepackt, und mobil war ich durch mein eigenes Auto schließlich auch, aber ich wollte mir lieber alle Optionen offenhalten.

»Mittwoch, ja. Ist gut.«

Ich musterte Luise kritisch. Irgendwas war da, merkte ich. So fahrig und unkonzentriert war sie sonst nicht. »Hast du was, Luise?«

Sie zuckte hilflos mit den Achseln. »Ich weiß nicht recht ... Ich habe eine Einladung bekommen zu einer großen Vernissage in Köln am Sonntag.«

»Na super!«, sagte ich. »Das tust du doch gern. Oder hat das Ganze einen Haken?«

»Einen Haken nicht«, sagte sie zögerlich. »Aber ... meinst du, da kann ich hingehen?«

»Natürlich, warum denn nicht?«

»Na, wegen der Trauerzeit. Ich weiß gar nicht, ab wann man wieder an solchen Dingen teilnehmen kann.«

Du liebe Zeit, in welchem Jahrhundert lebten wir denn? »Ich glaube, das kann jeder für sich entscheiden«, sagte ich vorsichtig. »Wenn dir das Freude macht, dann fahr nach Köln.«

Ihr Gesichtsausdruck wurde sofort etwas hoffnungsvoller. »Meinst du? Du glaubst nicht, das sähe aus, als würde ich um meinen Mann nicht trauern?«

Erst jetzt wurde mir bewusst, dass Luise seit Oles Tod eigentlich nichts Besonderes mehr unternommen hatte. Wenn sie Wernebeck verließ, dann nur zum Einkaufen und für Friedhofsbesuche. Mag sein, das das für viele Leute normal ist – ich beispielsweise verlasse manchmal wochenlang das Haus nur, um zur Arbeit zu gehen und meine Grundversorgung aufrechtzuerhalten –, aber wenn man weiß, was Ole und Luise alles draufhatten, dann musste meiner Schwägerin das Witwenleben vorkommen wie Hausarrest. Keine Besuche, kein Ausgehen zum Abendessen, keine Oper, kein Kino, noch nicht mal ein Vortrag in der Stadtbücherei. Vielleicht hingen schon Spinnweben an ihren Hüten?

»Wer das glaubt«, sagte ich mit der nachdrücklichsten Stimme der Welt, »der kennt dich aber auch kein bisschen. Und der kann dir dann auch egal sein.«

»Da hast du eigentlich recht«, sagte sie und warf schon wieder ganz selbstsicher den Kopf in den Nacken.

Warum brauchen wir oft so dringend die Bestätigung anderer für Dinge, die wir eigentlich auch selbst wissen sollten?

»Also fahr zu dieser Vernissage«, wiederholte ich noch einmal, damit das ganz klar war. Immerhin sagte mir die Tüte mit dem Bastelmaterial in meiner Hand, dass ich endlich nach oben gehen und mit dem Projekt Cinderella-Schuh anfangen wollte. »Nimm Bettina mit. Macht euch einen schönen Tag in Köln.«

»Bettina? Ich kann sie ja mal fragen. Aber sie wollte irgendwann wegen ihrer Bauarbeiten nach Hause.«

Ach, tatsächlich? Solange ich mich auf Wernebeck aufhielt, war keine Rede davon, und jetzt auf einmal wollte die Gnädigste sich um ihren Umbau kümmern? Ach, ich wollte mich gar nicht darüber aufregen. »Dann fragst du halt Tom.«

»Das könnte ich«, sagte Luise. »Vielleicht mache ich das gleich, wenn er kommt.«

Beschwingt begab ich mich in mein Erkerzimmer und suchte mir ein flaches Gefäß aus meinem Fundus, in dem ich meinen Glitter mischen konnte. Ich stopfte die Schuhe mit Zeitungspapier aus und klebte die Kanten mit Kreppband ab. Dann trug ich großzügig Leim auf und stäubte den Glitter darüber.

Ich muss sagen, das Ergebnis sah von Anfang an toll aus. Zumindest für Leute wie mich, die für Experimente was übrig haben und sich nicht nur fragen, ob so etwas alltagstauglich ist. Es muss auch nicht für die Ewigkeit halten. Aber es war total motivierend zu sehen, dass mit so einfachen Mitteln eine solche Veränderung möglich war.

Ich stellte die Schuhe zum Trocknen auf den Schrank und die Schale mit der Glimmermischung auf den Schreibtisch. Wenn das so einfach ging, vielleicht fand ich ja noch etwas, das ich auf diese Weise bearbeiten konnte? Ich ließ meine Blicke schweifen, aber vermutlich befand sich alles, was sich nur im Entferntesten dafür geeignet hätte, in den Kisten im Stall. Egal, ich hatte ja Zeit. Sechseinhalb lange Wochen lagen wie ein großes Geschenk vor mir.

Lassen Sie es mich gleich sagen: Die Schuhe waren ein großer Erfolg. Im Gegensatz zu dem Kleid, das allem Lüften und Einsprühen zum Trotz immer noch ein bisschen muffig roch und nach all den Jahren auch nicht mehr so perfekt saß. Aber das war alles nicht so wichtig, denn die Hauptsache war doch, dass Isabel mit ihrer Feier zufrieden war. Und ihre Begeisterung, als ich die Schuhe in der Garderobe aus der Tüte zog (zum Autofahren hatte ich ein Paar flachere Sandaletten vorgezogen), war eindeutig. »Wow, die sind ja rattenscharf! Wo hast du die her?«

»Selbst gemacht«, erklärte ich und schlüpfte in die Glitzerpumps.

»Fehlt nur noch der Prinz«, meinte Marita, die sich mit ihrem dirndlartigen Rotkäppchen-Outfit nicht wirklich einen Gefallen getan hatte.

»Den trifft sie ja morgen«, sagte Isabel mit einem Augenzwinkern. »Oder?«

»Mal sehen«, sagte ich abwehrend. Ich wollte jetzt nicht über Fritz reden. Damals, als ich meine kurze und erfolglose Beziehung mit Jochen begann, hatte ich den Fehler gemacht, alle Einzelheiten mit meinen Freundinnen zu besprechen. So wie das die Frauen in den Filmen immer tun. Aber meine Erfahrungen hatten gezeigt, dass das ein Fehler war: Wenn es gut lief, hatte man es nicht mehr für sich und war praktisch verpflichtet, alles in Echtzeit weiterzugeben. Und wenn nicht, dann bekam man es quasi wie ein Alpen-Echo immer wieder um die Ohren gehauen. Mit Fritz wollte ich diesen Fehler nicht wiederholen. Schlimm genug, dass Isabel überhaupt aus mir rausbekommen hatte, dass ich mich mit einem Mann traf.

»Tatsächlich?«, fragte Marita neugierig. »Hast du etwa ein Date mit dem Physiotherapeuten, der deinen Couchtisch alleine tragen konnte?«

»Tom?« Ich wippte mit meinen Schuhen. Schade, dass ich nicht so ein »It-Girl« war und diese Pumps noch häufiger ausführen konnte. »Oh nein, der steht nicht auf Frauen wie mich.« Sondern auf Luise, fuhr ich in Gedanken weiter fort. Ob er wohl mit ihr auf diese Vernissage gehen würde? Ich stellte ihn mir mit seiner Motorradkluft zwischen all diesen Künstlertypen vor. Vielleicht wäre er da der volle Erfolg, wenn er sich nur cool genug gab.

»Steht er überhaupt auf Frauen?«, bohrte sie weiter. »Meistens sind solche Männer, die zu schön sind, um wahr zu sein, ja schwul.«

»So schön finde ich ihn nun auch wieder nicht«, sagte Isabel. »Irgendwie ist der komisch.«

»Wieso komisch?«, wollte Marita wissen.

Isabel zuckte mit den Achseln. »So genau beschreiben kann ich es auch nicht. Ich kenn den ja auch nur von Fridas Umzug. Aber irgendwie war der eine komische Mischung aus freundlich und zugeknöpft.«

»Hat er nicht auf deine Flirtversuche reagiert?«, stichelte Marita.

»Ich hab nicht mit dem geflirtet!«, wehrte Isabel sich. »Ich habe nur versucht, mit ihm ein Gespräch anzufangen über Ole. Angeblich waren die doch so eng befreundet. Aber der ist darauf überhaupt nicht eingestiegen. Seltsam irgendwie.«

»Nicht jeder ist seltsam, der lieber arbeitet, als mit dir zu quatschen«, sagte Marita grinsend.

»Ach nee!«, sagte Isabel. »Und ich hätte dich beinahe

gefragt, ob du einen Cocktail möchtest. Jetzt frage ich lieber Frida.«

»Einen gern«, sagte ich. »Ansonsten muss ich leider bei Wasser bleiben. Ich fahre ja noch nach Wernebeck zurück.«

»Tja, da kann ich dir auch nicht helfen, wenn du dich lieber auf deinen Landsitz zurückziehst«, sagte sie und nahm mich mit an die Bar. »Was soll's denn sein? Cai Pirinha?«

Wenn man nur einen Drink haben darf, muss man sich den besten aussuchen. Ich studierte den Anschlag an der Getränkebar, wo zwei junge Männer sehr emsig mit Mixen und Schütteln beschäftigt waren. »Ich möchte Sex on the Beach.«

»Seit wann das denn?«, sagte eine Stimme hinter mir. Natürlich war Jochen auch eingeladen. »Aber klar, bei den Schuhen.«

Das Beste an den Schuhen war, dass die Absätze mich auf Augenhöhe mit ihm brachten. Ich drehte mich zu ihm um. Seine Verkleidung bestand aus einem T-Shirt mit einem riesigen Fragezeichen drauf. »Immerhin hab ich mir etwas mehr Mühe gegeben als du«, sagte ich. »Was stellst du dar? Rumpelstilzchen? Ach wie gut, dass niemand weiß ...«

»Quatsch«, sagte er. »Ich bin eins der drei Fragezeichen.« Immerhin machte er den Eindruck, als hätte er sich den kleinen Bauch wieder abtrainiert, der mir noch um Weihnachten herum bei ihm aufgefallen war.

»Ich wusste nicht, dass das ein Märchen ist.«

»Das könnte es ja werden«, sagte er. Sein seelenvoller Blick verriet mir, dass dies nicht sein erster Cocktail war. »Möchtest du einen Versuch wagen?«

»Ich geh mal lieber«, sagte Isabel und verdrehte die Augen.

Er wandte sich an einen der Barkeeper. »Ich nehme dasselbe wie die Dame hier.«

»Das Gleiche«, korrigierte ich automatisch. »Und wenn du denkst, ich lasse mich noch mal auf so was ein, dann kennst du mich aber schlecht.«

»Und ich dachte, mit diesen Schuhen kann dir alles passieren«, sagte er grinsend. »Denk doch mal nach. Es sind Ferien, du siehst aus wie ein Catwalk-Model und suchst dir den Cocktail mit dem verruchtesten Namen auf der Karte aus. Das ist Karma, Frida. Heute könnte sich dein Leben verändern.«

»Mit dir?«, fragte ich spöttisch. »Der aus Erfahrung weiß, dass es mit uns niemals klappen würde?«

»Wieso weißt du das so genau?«, fragte er, jetzt ganz ernst. »Menschen ändern sich. Situationen ändern sich. Das weißt du doch selbst am besten. Aber du lässt ja niemanden an dich heran.«

»Jochen …«

»Nein, jetzt mal ganz ernsthaft«, sagte er. »Weißt du eigentlich, was für eine Erscheinung du bist mit diesen Schuhen und deinen Haaren und diesem Lächeln? Wie du so wirkst?«

»Nun übertreib mal nicht«, sagte ich etwas unbehaglich. Das Gespräch hatte eine Wendung genommen, die mir nicht gefiel.

»Tu ich nicht«, sagte er und griff an mir vorbei zu den Gläsern, die der Mixer hingestellt hatte. Er reichte mir eins und fügte hinzu: »An dem Kleid könntest du noch arbeiten.«

»Werde ich«, sagte ich mit minimaler Erleichterung. »Ich bin noch auf dem Weg zur Perfektion.«

»Nun übertreib mal nicht«, meinte er. »Warum bleibst du nicht einfach so, wie du bist?«

»Weil niemand so bleibt, wie er ist«, schoss ich zurück. »Und wer das versucht, ist, glaube ich, ein bisschen weltfremd. Außerdem hast du doch selbst gerade verkündet, dass Menschen sich ändern.«

Jochen rollte mit den Augen, während er den ersten Schluck seines Cocktails durch den Trinkhalm saugte. »Dass du immer gleich so philosophisch werden und jedes Wort auf die Goldwaage legen musst!«

»Woran du siehst, dass es mit uns nicht klappen kann«, sagte ich nicht ohne eine gewisse Selbstgefälligkeit und wanderte davon, um mich woanders besser zu amüsieren.

8

Insgesamt war es eine lustige Feier gewesen, und ich kam recht zufrieden nach Hause. Und recht spät. Luise und Bettina waren offensichtlich schon ins Bett gegangen, und das hatte ich auch vor. Schließlich sollte ich morgen um zehn ja schon in Remsede sein, um mit Fritz ins Wochenende aufzubrechen. Also nur noch schnell meine Sachen packen und ab in die Kiste.

Leider versaute ich mir diesen Plan durch eine ungeheure Leichtfertigkeit. Und weil ich übersehen hatte, dass Bettina ihre Tür einen Spalt breit offen stehen gelassen hatte, damit Charlie sich nun überall im Haus und durch die Hundeklappe auch nach draußen bewegen konnte. Hätte ich wenigstens meine Türen ordentlich zugemacht! Aber im Bemühen, möglichst leise zu sein, hatte ich sie nur angelehnt und war ins Bad gegangen.

Als ich nach der Abschminkprozedur, die natürlich wesentlich länger dauerte als normal, weil ja auch das Schminken wesentlich aufwändiger gewesen war, wieder aus dem Badezimmer kam, sah ich auf dem Fußboden eine Spur aus Glimmer, die vorher noch nicht da gewesen war. Von meinen Schuhen konnte das nicht stammen, die lagen noch in ihrer Tüte im Auto auf dem Rücksitz.

Voll böser Vorahnung folgte ich der Spur zunächst zurück in mein Erkerzimmer und fand – wie befürchtet – mein Gefäß mit der Glittermischung umgekippt vor dem Schreibtisch wieder. Bettinas unerzogener Köter hatte die Gelegenheit der offenen Tür genutzt, um sich nicht nur in mein Zimmer zu begeben, sondern auch vom Stuhl auf den Schreibtisch zu springen und dort diese Schweinerei anzurichten. Vermutlich hatte ihn das so erschreckt, dass er schnurstracks abgehauen und die Treppe runtergerannt war. Ich konnte seine glitzernde Spur bis zur Hundeklappe verfolgen.

Was tun? Ich konnte schließlich nachts um Viertel nach zwei nicht mehr mit dem Staubsauger hantieren. Andererseits war es aber auch undenkbar, diese glimmerige Sauerei einfach so liegen zu lassen. Das taten gedankenlose Teenager. Luise wollte ich das nicht antun. Trotzdem hatte ich aber auch nicht vor, früh um sechs wieder aufzustehen und Treppe und Flur komplett zu wischen, bevor sie wach würde.

Also bewaffnete ich mich mit Handfeger und Dreckschüppe und begann, den Glimmer aufzukehren. Was ziemlich anstrengend war und ziemlich lange dauerte. Gut, dass ich wenigstens nüchtern geblieben war – betrunken hätte ich das nie geschafft. Zähneknirschend fegte ich Glitzerzeug vom Flurfußboden. So musste sich Aschenbrödel gefühlt haben, als sie vom Ball nach Hause kam.

Eine echte Herausforderung war der Teppich auf den Treppenstufen. Dort musste ich außerdem noch einen von diesen Fusselkleberollern einsetzen, der schließlich aussah wie eine brasilianische Karnevalsrassel. Den Glimmer in Eingangshalle und Küche wischte ich mit einem Feudel auf, und ich hatte kaum das ganze Gerät wieder im Putzschrank verstaut, als Charlie durch seine Klappe zurückkehrte.

»Na warte«, zischte ich ihm zu und versuchte, ihn einzufangen, um sein Fell auf weitere Glitzerreste zu untersuchen. Aber so einfach ließ Charlie sich nicht schnappen. Lieber schnappte er nach mir, was meine Laune nicht verbesserte, und sauste einmal quer durch das Esszimmer, bevor ich ihn hatte und mit einem alten Küchenhandtuch abreiben konnte. Danach war nochmals Wischen angesagt. Ich hatte dabei die Gelegenheit, alle Flüche vor mich hinzuzischen, die ich jemals in meinem Lehrerdasein aufgeschnappt hatte.

Es war schätzungsweise halb vier, als ich endlich mit der Beseitigung aller Spuren fertig war und in mein Bett stieg. Aber auch dann schlief ich nicht auf der Stelle ein, sondern lag noch eine ganze Weile wach und ärgerte mich über Bettina, ihren Hund und natürlich auch mich selbst.

»War's schön gestern?«, fragte Luise munter, als ich am nächsten Morgen schlecht gelaunt und unausgeschlafen erschien. Statt planvoll zu packen, hatte ich rasch ein paar Sachen in meine Tasche geworfen und kaum noch Zeit, um ein halbes Brötchen mit einer Tasse Kaffee hinunterzuspülen, bevor ich nach Remsede aufbrach.

»Doch, ja«, erwiderte ich knapp.

»Wie schön!«, strahlte sie. »Ich sage dir, das wird ein wundervolles Wochenende.«

»Was macht dich da so sicher?«

»Der Sternenstaub zum Beispiel.«

Ich setzte irritiert meine Tasse ab. »Sternenstaub?«

Luise lächelte verträumt. »Das war früher immer so eine Sache zwischen Ole und mir, weißt du. Er hat gesagt, eines Tages würde er für mich einen Stern vom Himmel holen und Sternenstaub auf meine Wege streuen. Und jetzt hat er es tatsächlich getan.«

Mir dämmerte etwas. »Du meinst …«

»Sieh doch selbst!«, sagte sie und wies auf die Treppe. »Man muss schon genau hinschauen, aber er ist tatsächlich da.«

Es war schwer zu verdauen, dass Luise tatsächlich bereit war, die letzten Glimmerreste, die ich gestern Nacht nicht erwischt hatte, für Sternenstaub zu halten. Jeder rational denkende Mensch würde sich fragen: »Was ist das und wo kommt das her?«, aber so tickte sie offensichtlich nicht, wenn es um Ole ging.

Ich brachte es wieder mal nicht fertig, sie aus ihren Träumen zu reißen und ihr die Wahrheit zu sagen. Sie wirkte so glücklich. Und das war doch wohl wichtiger als pedantische Richtigstellungen, oder?

Und so ließ ich mich von ihr umarmen und mit guten Wünschen für das Wochenende zum Auto begleiten, wo immer noch meine sternenstaubbedeckten Prinzessinnenpumps in der Tüte auf dem Rücksitz ruhten. Ich warf meine Reisetasche daneben und brauste davon.

Die Wohnung von Fritz – das gemeinsame Haus war im Zuge der Scheidung verkauft worden – lag in einem modernen Apartmentkomplex am Ortsrand von Remsede. Sie war gediegen möbliert, angenehm groß und total unpersönlich. Ich fragte mich, woran das lag. Es gab keine Blumen, und die Bilder an der Wand waren nichtssagende Drucke aus dem Möbelhaus. Nur an zwei Stellen konnte man deutliche Spuren von Fritz entdecken: auf seinem Schreibtisch, auf dem er einige Fotos seiner Kinder stehen hatte, und im Bad. Dorthin durfte ich nämlich noch rasch gehen, bevor er mich wieder nach draußen komplimentierte. Offensichtlich hatte er eine bestimmte Zeit auf dem Putting Green für uns reserviert.

Ich war noch nie auf einem Golfplatz gewesen, und schon die Ansammlung von Nobelkarossen auf dem Parkplatz war beeindruckend. Ganz eindeutig war Weiß die Farbe der Saison. Das Auto von Fritz, das mir vorher so gewaltig vorgekommen war, wirkte hier eher durchschnittlich und mit der silbernen Lackierung geradezu unauffällig.

Fritz stellte mich einigen Bekannten vor. Sie hießen Georg und Hans-Friedrich und Doktor Oberwiener (oder so ähnlich) und hatten gemeinsam, dass sie alle schon etwas bedenklich gen Himmel schauten. Dort zogen sich dunkle Wolken zusammen, und man konnte das berühmte ›dumpfe Grollen‹ vernehmen. Mit etwas Glück konnte ich immerhin noch für etwa zehn Minuten das Einlochen üben, bevor ein heftiges Gewitter alle weiteren Versuche unmöglich machte.

»Wie ärgerlich«, sagte Fritz bekümmert. »Du hattest gerade den Kniff raus.«

»Ich hab zwei Bälle eingelocht«, schränkte ich ein. Das war meiner Ansicht nach noch nicht die Qualifikation, die ich brauchte.

»Immerhin«, sagte er und legte mir fast beiläufig den Arm um die Taille, während wir bei den ersten dicken Tropfen den Platz verließen. »Ich bin mir sicher, du hast Talent.«

Zusammen mit anderen enttäuschten Golfern – die zu meiner Erleichterung ziemlich normal aussahen und keine karierten Hosen trugen – warteten wir im Clubhaus auf Wetterbesserung. Und weil wir schon mal da waren und es auf die Mittagszeit zuging, bestellten wir das angebotene Lunchmenü und setzten uns an einen freien Tisch.

»Tja, das Golfen können wir wohl für heute abhaken«, befand Fritz etwas enttäuscht. »Schade, ich bin am Wochenende so gern an der frischen Luft.«

»Das wird bestimmt gleich besser«, versuchte ich, ihn zu trösten. »Vielleicht können wir ja ein bisschen laufen.«

»Wir könnten nach Münster fahren«, meinte er. Und sah direkt etwas besser gelaunt aus. Offensichtlich ist Fritz einer von den Menschen, die immer einen Plan brauchen, um sich wohlzufühlen.

In diesem Moment näherte sich ein Paar unserem

Tisch, das ihn gut zu kennen schien. »Fritz, altes Haus«, sagte der Mann jovial. »Wir dürfen uns doch sicher zu euch setzen?«

»Natürlich«, sagte Fritz und stand eilig auf, um die Frau mit Küsschen links, Küsschen rechts zu begrüßen. »Darf ich vorstellen? Rita und Alfred Lumbach, Mitgründer unseres Golfclubs. Und das ist Frida Baker.«

Er rückte Rita ihren Stuhl zurecht, während Alfred mir sehr herzlich die Hand schüttelte. »Schön, Sie kennenzulernen. Sie sind die Dame aus Tegernsee? Dann sollte ich besser Grüß Gott sagen?«

Tegernsee? Ich musste erst Fritz' verlegenen Gesichtsausdruck bemerken, bis mir klar wurde, für wen Alfred mich hielt: den ehezerstörenden Fehltritt. »Nein, nein«, sagte er hastig. »Frida kommt aus Kappenhagen. Sie ist die Schwägerin meiner Schwester Luise.«

»Ah«, machte Alfred mit verschwörerischem Lächeln. »Dann sind Sie schon die Schwägerin. Und ich dachte, Sie wollten es vielleicht noch werden.«

Rita verzog unzufrieden das Gesicht. »Fredi, was redest du denn da?« Sie lächelte mich entschuldigend an. »Mein Mann neigt manchmal zu voreiligen Schlüssen, wissen Sie.«

»Wie voreilig das ist, werden wir ja sehen«, sagte Alfred unbeeindruckt und schaute prüfend über den Tisch. »Ihr habt auch das Menü bestellt?«

Ja, leider, dachte ich. Denn wir hatten erst die Suppe hinter uns und würden nun zweifellos Hauptgang und Dessert in Alfreds und Ritas Gesellschaft verbringen müssen. Dabei war ich doch dieses Wochenende extra nach Remsede aufgebrochen, um ein wenig mehr Zeit mit Fritz allein zu haben. Um ihn mal näher kennenlernen zu können. Aber statt Luise und Bettina hatten wir nun Alfred und Rita am Hacken. Und zwar nicht nur zum Mittagessen, wie sich zeigte.

Alfred winkte den Kellner herbei und trug ihm auf, ihnen schnell die Suppe zu bringen und mit unserem Hauptgang zu warten, bis sie auch so weit waren. Ich spürte, wie Fritz unter dem Tisch nach meiner Hand suchte. Natürlich verstand ich sein Dilemma: Er wollte auch gern mit mir allein sein, aber er konnte ja wohl schlecht seine Freunde bitten, sich anderswo hinzusetzen.

Aber es kam noch dicker. »Ich hörte gerade das Stichwort Münster«, sagte Alfred. Er musste Ohren haben wie ein Luchs. »Und da dachte ich, es wäre doch eine fabelhafte Idee, wenn wir gemeinsam deiner neuen Flamme die Stadt zeigen, findest du nicht auch?«

Rita legte ihrem Mann die Hand auf den Arm. »Aber Alfred«, mahnte sie sanft. »Du weißt doch gar nicht ...«

»Na hör mal«, unterbrach Alfred sie. »Kaum jemand kennt Münster so gut wie wir. Du könntest Frida deine ganzen Shopping-Geheimnisse verraten, und Fritz und ich warten dann bei Pinkus Müller auf euch.« Er zwinkerte mir zu. »Das Lokal muss man einfach gesehen haben.« Glaubte er wirklich, ich hätte noch nie was von Pinkus Müller gehört?

Ich warf Fritz einen hilfesuchenden Blick zu, aber es war zu spät. Die Sache war entschieden, bevor wir es wirklich realisiert hatten, und beinahe hätte Alfred auch noch ein weiteres Paar zu der Tour eingeladen, nur weil sie zufällig an unserem Tisch vorbeikamen. Aber die beiden kannten entweder Alfred gut oder hatten tatsächlich schon eine andere Einladung, weshalb sie mit mittlerem Bedauern ablehnen mussten.

Immerhin war Rita ganz sympathisch. Von ihr erfuhr ich nicht nur die wichtigsten Eckdaten über sich und ihren Mann sowie einige andere Anwesende, sondern sie bot auch an, ins Picasso-Museum zu gehen, nachdem sie erfahren hatte, dass ich Kunstlehrerin war.

Alfred trug es mit Fassung. »Eigentlich sind ja Modegeschäfte schon anstrengend genug, da braucht man keine Museen«, sagte er. »Aber wenn wir schon eine Expertin dabeihaben, schadet es ja nicht, auch ein bisschen in Kultur zu machen.«

Das konnte ja heiter werden. Fritz lotste mich aus dem Clubhaus, bevor Alfred mit dem Bezahlen seiner Rechnung und dem dazugehörigen Palaver mit dem Wirt fertig war. »Tut mir leid«, sagte er. »Aber du merkst ja, er ist ein Naturereignis.«

»So schlimm wird's schon nicht werden«, sagte ich optimistisch. Ich grinste ihn an. »Wir könnten sie ja unterwegs … verlieren.«

Fritz grinste zurück und strich mit einem Finger über meine Wange. »Gute Idee. Ich sehe schon, wie wir uns in einer Umkleidekabine verstecken und dann davonschleichen.«

In diesem Moment heimlicher Komplizenschaft fühlte ich mich ihm sehr nahe. Der Gedanke daran, mit ihm in einem engen Kämmerchen auszuharren, bis Alfred seine Suche nach uns abblasen und seiner Wege ziehen würde, erschien geradezu erotisch. Ich hätte ihn gern geküsst, aber der Augenblick wurde jäh unterbrochen.

»Wir sind leider mit Ritas kleinem Cabrio da«, polterte Alfred hinter uns. »Deshalb müssen wir mit euch fahren.« Und ehe wir's uns versahen, saßen wir zu viert in dem Mercedes und fuhren nach Münster.

Nichts war's mit Sich-unterwegs-Verlieren oder Verstecken in der Umkleidekabine. Stattdessen latschten wir in der üblichen Formation – Männer voran, Frauen hinterdrein – durch die Stadt. Wir besichtigten drei Schuhgeschäfte, diverse Boutiquen und das Picasso-Museum, tranken zwischendurch in einem Weinladen einen Schoppen und landeten schließlich in einem französischen Restaurant. Es hätte alles ganz nett sein können, wenn Alfred nicht so ein dominanter Gesprächspartner gewesen wäre. Am Ende des Abends wusste ich ziemlich viel über Leute, die ich gar nicht kannte, und sehr viel weniger über Fritz, als ich gehofft hatte.

Es war kurz vor elf, als wir die beiden wieder am Golfclub vor Ritas Cabrio absetzten. »Und was macht ihr morgen?«, fragte Alfred uns, bevor er die Autotür öffnete.

Fritz zuckte mit den Achseln. »Tjaaa«, machte ich, während er sagte: »Wir haben noch nichts Konkretes überlegt.«

»Wir sind vermutlich wieder hier auf dem Platz«, verkündete Alfred. Er stieg aus und beugte sich zu uns. »Vielleicht sieht man sich dann?«

»Vielleicht«, sagte Fritz vage. Und ich fügte hinzu: »Mal sehen.«

»Dann Gute Nacht euch beiden«, sagte Alfred und zwinkerte. »Treibt es nicht zu doll.« Damit knallte er die Tür zu.

Wir sahen uns an. »Nimm's mir nicht übel«, sagte ich. »Aber ich glaube, dann möchte ich morgen lieber nicht auf den Golfplatz.«

Fritz lachte. »Frida, da bin ich ganz bei dir.«

Zurück in seiner Wohnung beschlossen wir, noch ein Glas Wein zu trinken. »Endlich allein!«, sagte er spöttisch, als wir zusammen auf seiner Couch saßen. »Tut mir leid, Frida. Diese Zeit hätte ich lieber nur mit dir verbracht.«

»Ich auch.« Ich streifte meine Schuhe ab und machte es mir bequemer, indem ich die Beine unterschlug.

Fritz sah mich an. »Komm her«, sagte er und legte mir den Arm um die Schulter, so dass ich meinen Kopf gegen seine Schulter lehnen konnte. »Gut so?«

Ich nickte. »Erzähl mir von dir«, forderte ich ihn auf. »Ich will mehr über dich wissen.«

»Über mich? Was soll ich dir erzählen, was du noch nicht weißt?«

»Keine Ahnung! Aber ich kann dir ja mal ein paar Fragen stellen. Zum Beispiel was das Verrückteste ist, was du je gemacht hast?«

»Hm.« Fritz musste sich kurz vorbeugen, um an sein Glas zu kommen. »So viel Verrücktes ist in meinem Leben nicht passiert, glaube ich. Aber ich hab mal ein paar Wochen bei der Müllabfuhr gearbeitet, wenn du das meinst.«

Wenn man den seriösen Herrn von Staaden kannte, klang das tatsächlich ein wenig verrückt. »Wie kam das denn?«

»Tja, das habe ich meinem Onkel Ernst zu verdanken. Der war damals der Erfolgreichste in der Familie, hatte sich nach und nach eine ansehnliche Unternehmensgruppe aufgebaut. Und ich wollte in den Semesterferien arbeiten, da hab ich ihn nach einem Job gefragt, bei dem man was mit Autos zu tun hat. An Müllwagen hatte ich dabei nicht so gedacht.«

»Auweia!« Ich musste kichern. »Bist du da tatsächlich mit diesen Neonwesten rumgelaufen und hast Tonnen an die Straße gerollt?«

»Schlimmer noch, ich war beim Sperrmüll. Den ganzen Tag Klamotten hochwuchten und in den Container werfen, da spürt man abends jeden Knochen. Seitdem hab ich einen Mordsrespekt vor den Leuten, die das tagtäglich machen, und gebe mir alle Mühe, mich fit zu halten.«

»Ich musste in den Semesterferien immer am Montageband arbeiten. Da denkt man nie wieder ernsthaft daran, sein Studium aufzugeben.«

»Ich hab damals mein Studium aufgegeben«, sagte Fritz nachdenklich.

Überrascht sah ich ihn an. »Aber doch nicht wegen der Müllabfuhr!«

Er schüttelte lachend den Kopf. »Nein, wegen Margret. Wir kannten uns schon so lange und wollten endlich heiraten. Ich hatte eigentlich vor, Maschinenbau zu studieren und mich auf Bergwerkstechnik zu spezialisieren, aber das hätte ewig lange gedauert. Nun ja.«

»Bergwerkstechnik? Wie kamst du denn darauf? Das ist doch sicher nichts, wovon man als Abiturient träumt.« Vor meinem geistigen Auge tauchten sofort kohlegeschwärzte Kumpels im Ruhrgebiet auf.

»Tja ...« Fritz starrte nachdenklich auf sein Weinglas. »Daran war wiederum ein anderer Onkel schuld. Der Bruder meiner Mutter ist als junger Mann nach Mexiko gegangen und hat dann im Lauf der Zeit dort einige Silberminen erworben. Wenn er ab und zu nach Deutschland kam, sprach er immer davon, dass ich ihn beerben könnte, weil er keine Kinder hatte. Und der Gedanke gefiel mir gut.«

»Denkst du manchmal darüber nach, wie anders dein Leben aussähe, wenn du dich damals dazu entschlossen hättest? Du könntest jetzt in Cancun residieren oder so.«

»Und dir Silberschmuck mit riesigen Türkisen schenken«, flüsterte er und küsste mich auf die Schläfe. »Aber wahrscheinlich hätten wir uns dann nie getroffen.«

»Wahrscheinlich nicht. Hast du ihn mal besucht?«

»Nein, leider nicht. Es ist halt alles ganz anders gekommen. Ich hab nach dem dritten Semester die Uni verlassen und bei meinem Schwiegervater im Autohaus angefangen. Ich bedaure das auch nicht, es war eine gute Zeit. Die Arbeit liegt mir. Ich liebe Autos und hab gern mit Menschen zu tun. Es hätte wahrlich schlimmer kommen können.«

»Das ist gut, wenn man das so sagen kann«, meinte ich nachdenklich. »Vor allem, wenn man solche Alternativen hatte. Ich ärgere mich heute, dass ich nicht nach dem Abitur erst mal ins Ausland gegangen bin.«

»Und woran lag das? Auch an der Liebe?«

»Nee, Jonathan kam erst später. Aber bei uns zuhause hatten sie nicht viel Sinn für solche Faxen, wie mein Vater zu sagen pflegte.«

»Ole sagte mal, er wäre ziemlich streng gewesen«, erinnerte Fritz sich.

Ich dachte über meinen Vater nach. »Vielleicht war er einfach vom Leben enttäuscht. Er hatte sich für zwölf Jahre beim Bund verpflichtet mit der Erwartung, Kampfpilot zu werden. Aber dann gab's ein medizinisches Problem, und er musste die meiste Zeit im Innendienst verbringen. Meine Mutter war viel jünger als er; sie haben erst geheiratet, nachdem er den Dienst um hatte und einen Job bei der Bahn bekam. Ich glaube, er hat sich vorgestellt, dass seine Kinder den Erfolg haben sollen, den er selbst nicht hatte. Bei Ole hat das ja auch geklappt. Er hat noch mitbekommen, wie sein Sohn in den Vorstand aufgenommen wurde.«

»Da war er bestimmt stolz«, sagte Fritz. »Ich hoffe schließlich auch, dass meine Kinder ihren Weg machen.«

»War er auch«, sagte ich. Und merkte, dass die Erinnerung für mich plötzlich schmerzlicher wurde. »Mit meinem Bruder Sören und mir hingegen ... Ich glaube, er hatte auf mehr gehofft als einen Versicherungskaufmann im Außendienst und eine geschiedene Lehrerin. Irgendwie kam da immer ein bisschen Unzufriedenheit rüber.«

Fritz sah mich empört an. »Dafür gibt es überhaupt keinen Grund! Ich hoffe, das ist dir bewusst.«

»Ich sag mir das immer wieder«, gestand ich. »Aber es wäre halt schön gewesen, wenn er es auch mal signalisiert hätte.« Nun ging das nicht mehr, mein Vater war schon seit acht Jahren tot. Ich wollte auch nicht weiter darüber nachdenken. Das brachte schließlich nichts. »Du, es ist spät ... Ich denke, wir sollten mal schlafen gehen.«

»Vermutlich hast du recht«, sagte Fritz und leerte sein Glas. »Morgen ist auch noch ein Tag.«

Hätte ich gewusst, was das für ein Tag werden sollte, ich wäre vielleicht gar nicht erst aufgestanden. Nachdem wir den Golfplatz meiden wollten, um nicht wieder dem übergriffigen Alfred in die Hände zu fallen, hatte Fritz sich nämlich etwas anderes überlegt.

»Sag mal, fährst du gerne Fahrrad?«

»Ich bin schon länger nicht gefahren«, sagte ich, während ich ein Aufback-Brötchen mit Marmelade bestrich. »Ich habe im Moment kein eigenes Rad.«

»Das wäre kein Problem«, sagte er. »Ich habe das von Vicky im Keller. Solange sie für ihr Gastsemester in Kapstadt ist, braucht sie dafür einen Platz zum Unterstellen. Und weil ihr beide ungefähr gleich groß seid, müsstest du eigentlich damit zurechtkommen.«

»Ich könnte es ja mal ausprobieren«, sagte ich. »Gibt es hier schöne Fahrradwege?«

»Auf jeden Fall. Ich denke, ich hole dafür den Transporter, dann können wir noch ein Stück ins Münsterland reinfahren und von da aus starten.«

Gesagt, getan – in Ermangelung planerischer Alternativen stimmte ich zu. Das Wetter versprach Sonne und Fritz ein Mittagessen in einem idyllisch gelegenen Ausflugslokal. »Und die Tour ist wirklich nicht zu weit, das schaffst du auch ohne Übung locker.«

Vor kurzem hatte ich mich mit Isabel über selten ausgeübte Tätigkeiten unterhalten, und dabei war auch der Satz gefallen: »Das ist wie Fahrradfahren – das verlernt man nicht.« Im Prinzip stimmte das auch, ich hatte das Radfahren nicht verlernt, und doch merkte ich nach kurzer Zeit, dass ich gewisse Muskeln länger nicht auf diese Weise bewegt hatte. Zum Glück war die Route ohne Steigungen, aber Fritz radelte mit einer Bombenkondition vorweg, und ich musste mich schon mühen, mit seinem Tempo mitzuhalten.

Mit großer Erleichterung nahm ich nach anderthalb

Stunden zur Kenntnis, dass wir endlich das ersehnte Lokal erreicht hatten. Meine Oberschenkel schmerzten von der ungewohnten Anstrengung, mein Hintern protestierte gegen den Fahrradsattel, und der Rest meines Körpers lechzte nach Erfrischung.

Fritz hingegen stieg vom Rad, als sei er nur eben um die Ecke gefahren. »Was für ein schöner Tag!«, schwärmte er und sah sich nach mir um. »Und, gefällt dir unsere Tour?«

Ich wollte mich natürlich nicht als unsportliches Weichei outen. »Doch, es ist schon schön. Aber jetzt freue ich mich auf eine Pause!«

»Die sollst du haben«, sagte er. »Möchtest du drinnen oder draußen sitzen?«

Weil ich ziemlich verschwitzt war, entschied ich mich für draußen. Wir wählten einen Tisch, und ich entschuldigte mich rasch zur Toilette, um mich – wie schon meine Oma immer sagte – »frisch« zu machen. Dazu gehörten unter anderem ein Kamm und viel kaltes Wasser für Gesicht, Nacken und Handgelenke. Leider fiel mir nichts ein, womit ich meiner schmerzenden unteren Körperhälfte eine Freude hätte machen können. Aber vielleicht reichte es ja schon, hier eine Stunde zu sitzen und sich zu regenerieren und anschließend Fritz zu bitten, in etwas gemächlicherem Tempo zurückzufahren.

Allerdings war er nicht mehr allein, als ich zurückkam. Zwei Frauen unseres Alters hatten die übrigen Plätze an unserem Tisch eingenommen, und da es noch freie Tische gab, vermutete ich, dass sie das getan hatten, weil sie Fritz kannten.

»Nanu?«, sagte ich. »Du hast Damenbesuch?«

Er lächelte etwas gequält. »Frida! Das sind Lotti und Gabi. Sie machen die gleiche Radtour wie wir.«

»Na so was!«, sagte ich und schüttelte die Hände von Lotti und Gabi. »Du hast ja eine Menge Bekannte.«

»Den Fritz kennt hier in der Gegend jedes Kind!«, teilte Lotti mir mit. Offensichtlich war sie die Kommunikationsbeauftragte der beiden. Im Gegensatz zu Gabi, die sich schweigend in ihrem Stuhl zurücklehnte und alle anderen Gäste des Lokals unter die Lupe nahm.

»Ich habe dir schon mal ein Glas Wein bestellt«, sagte Fritz zu mir. »Sie haben hier einen sehr ordentlichen Silvaner, ähnlich wie der, den wir gestern hatten.«

»Dazu brauche ich aber unbedingt ein Wasser.«

»Sie können welches von uns kriegen«, entschied Lotti. »Wir haben eine große Flasche bestellt.«

Super. Das bedeutete also, die Damen waren nicht nur mal eben zur Begrüßung vorbeigekommen. Eine Art von Déjà-vu machte sich in mir breit.

»Sie sind das ganze Wochenende bei Fritz?«, nahm Lotti jetzt ihre Befragung auf. Ich hatte es kommen sehen. »Woher kennt ihr euch denn?«

Ich überließ das Antworten hauptsächlich Fritz. Für eine so anstrengende Konversation war ich zu erschöpft. Lieber studierte ich intensivst die Speisekarte und entschied mich schließlich für den Flammkuchen in der Hoffnung, die Kohlehydrate würden mir wieder Energie für die Rückfahrt geben, ohne mich zu müde zu machen.

Lotti wollte alles wissen. Wo ich wohnte. Was ich beruflich machte. Ob ich auch einen Mercedes fuhr. Ob meine Haarfarbe Natur wäre und die Locken auch. Wie es Luise ginge – die hätte sie ja mal kennengelernt, es hätte sie total schockiert, von Oles Unfall zu hören, wo das denn passiert wäre und ob Luise auch anständig abgesichert sei?

Das Gespräch war so anstrengend, dass ich mich schließlich auf die Weiterfahrt freute, allein schon, um mal wieder etwas Ruhe zu haben. Aber dann sagte Lotti zu meinem Entsetzen: »Ich nehme an, ihr wollt jetzt auch wieder zum Parkplatz zurück? Dann könnten wir doch zusammen fahren. Ganz in der Nähe davon ist ein Café, da trinken wir dann noch einen Kaffee. Die Windbeutel dort sind ein Gedicht.«

Nein!, schrie alles in mir. Nicht noch mehr Lotti! Da hätte ich ja fast lieber Alfred zurück.

Aber an dieser Stelle schaltete Fritz sich ein. Mein Held. »Ein anderes Mal, Lotti. Wir wollten noch einen kleinen Abstecher zum See machen. Frida war da noch nie.«

»Zum See«, wiederholte Lotti. »Tja, da kann man nichts machen, das ist für Gabi zu weit.«

Wir bestiegen unsere Fahrräder, und ich merkte schnell, dass sich meine Muskeln noch nicht wirklich erholt hatten. Etwa einen Kilometer radelten wir gemeinsam bis zu einer Gabelung. »Hier geht's dann für euch ab!«, jubelte Lotti. »Viel Spaß noch!«

Fritz und ich bogen also ab für unseren Abstecher, während Lotti und die schweigsame Gabi den direkten Weg zum Parkplatz weiterverfolgten. »Ich hoffe, das war dir recht«, sagte Fritz.

»Sehr recht«, sagte ich. »Wenn Alfred gestern der Regen war, dann war Lotti wohl heute die Traufe. Kennst du noch mehr so Leute?«

»Ach, ich kenne alle möglichen Leute«, erwiderte er. »Das bringt der Beruf so mit sich. Und Gabi ist ja zum Beispiel nicht so.«

»Gabi hat keinen Ton gesagt«, bemerkte ich. »Was ist mit der? Warum ist die Strecke zum See für sie zu anstrengend?«

»Gabi hat eine Krebsoperation hinter sich. Sie muss sich schonen.«

Das erschreckte mich etwas und rückte die schweigsame Gabi in ein ganz anderes Licht. »Was denn für ein Krebs? Ist das schon länger her?«

»Ich weiß es nicht«, sagte Fritz und verzog das Gesicht.

»Ich hör da meistens nicht so genau hin. Krankheiten und solche Geschichten sind nichts für mich.«

»Aha.« Ich sagte dazu nichts mehr, weil ich gerade ein Schild erspäht hatte. »Hör mal, sind das tatsächlich noch sieben Kilometer bis zum See?«

»Ja sicher«, rief Fritz über die Schulter, weil er wieder etwas Tempo zugelegt hatte. »Ist dir das zu weit?«

»Definitiv«, stellte ich klar. Sieben Kilometer bis zum See hieß, dass ich mindestens vierzehn zusätzliche Kilometer zurücklegen müsste, und mir reichte eigentlich schon der Rückweg bis zum Auto.

Fritz hielt an. »Aber wenn wir jetzt umkehren, dann holen wir die beiden vermutlich wieder ein. Und dann musst du mit Lotti Kaffee trinken.« Es klang wie eine schreckliche Drohung.

»Dann fahren wir einfach bis zur nächsten Bank«, schlug ich vor. »Und da bleiben wir mindestens eine halbe Stunde sitzen. Das sollte ihnen genügend Vorsprung geben.«

Fritz war damit nicht so glücklich. »Aber der See ist wirklich schön«, versicherte er mir. »Und es gibt dort ein Restaurant mit einer netten Weinkarte.«

»Das glaube ich dir«, sagte ich. »Aber ich kann nicht mehr. Ich könnte aber auch einfach hier auf dich warten.«

Der Gedanke missfiel ihm ebenfalls. »Ich lass dich doch bei einer gemeinsamen Tour nicht allein irgendwo sitzen!« Also saßen wir gemeinsam. Aber ich merkte, wie unruhig er dabei war. Einfach nur rumsitzen war nicht sein Ding. Für Fritz musste alles einen Zweck haben. Wenigstens ein Viertel Grauburgunder.

Nach einer halben Stunde erlöste ich ihn aus seinem Elend. Das hob seine Stimmung. Er schlug sogar vor, dass ich vor ihm fahren und das Tempo bestimmen sollte, und so kamen wir relativ gemächlich voran und erreichten den Transporter, ohne Lotti und Gabi noch mal zu treffen.

Als wir endlich wieder in seiner Wohnung aufschlugen, ließ ich mich in ganzer Länge auf das Sofa fallen. »Ich bin völlig aus der Übung«, klagte ich. »Vor allem meine Kehrseite.«

»Du Arme«, sagte Fritz mitfühlend. »Tut mir so leid, ich hatte die Strecke wohl unterschätzt.«

»Du hast mich überschätzt«, murmelte ich. Es tat gut, hier zu liegen. Ich konnte kaum die Augen offen halten.

Als ich sie wieder aufmachte, war es etwas dunkler geworden. Fritz saß mir gegenüber in einem Sessel und las eine Zeitschrift. »Habe ich geschlafen?«, fragte ich etwas desorientiert.

»Mindestens eine Stunde«, sagte er und legte das Magazin beiseite. »Und, bist du wieder munter? Was unternehmen wir jetzt?«

Ich versuchte, mich aufzurichten, und war erschrocken über den Schmerz, den das verursachte. »Ich glaube nicht, dass ich noch was unternehme heute. Das wird ein ausgewachsener Muskelkater. Ich bin nichts mehr gewohnt.«

»Das wird wieder«, tröstete er mich. »Nächstes Mal gehen wir es langsamer an. Versprochen.«

Nächstes Mal. Ich mochte gar nicht daran denken.

Letztlich endete der Abend damit, dass Fritz etwas zu essen beim Italiener bestellte, damit ich mich nicht noch mal aus der Wohnung quälen musste, und wir uns dann den ›Tatort‹ ansahen wie ein altes Ehepaar. Von wegen gesundheitsfördernde Wirkung des Sports!

»Arme Frida«, sagte er bedauernd zu mir, als er mich vor dem Schlafengehen noch einmal küsste. »Morgen schläfst du dich erst einmal aus. Dann geht es dir hoffentlich wieder besser. Ich versuche, schon mittags nach

Hause zu kommen, und wir schauen mal, was wir machen.«

In diesem Moment konnte ich mir absolut nichts vorstellen, was ich freiwillig machen wollte. Ich kam mir vor wie eine Greisin. Stöhnend schleppte ich mich ins Bett und suchte längere Zeit nach einer schmerzfreien Position auf der ungewohnten Matratze.

Immerhin musste ich mir keinen Wecker stellen. Das war ebenso angenehm wie die Tatsache, dass Fritz nicht zugegen war, als ich am nächsten Morgen steif und muskelkatergeschädigt durch die Wohnung humpelte. Nach einem ersten Kaffee beschloss ich, es mit einem heißen Bad zu versuchen – vielleicht würde das die schmerzenden Muskeln ein wenig lockern. Es war auch sehr wohltuend, nur leider wurde die Entspannung durch die Tatsache beeinträchtigt, dass ich mehrmals mein Handy klingeln hörte. Ich nahm an, das sei Fritz, zumal kurz darauf auch das Festnetztelefon auf seinem Schreibtisch läutete. Ich ignorierte beides; ich wäre sowieso nicht in der Lage gewesen, schnell genug aus der Wanne zu kommen.

Als ich es schließlich aus der Wanne geschafft hatte und gerade meinen geschundenen Körper abtrocknete, kam Fritz zurück. »Frida?«, hörte ich ihn besorgt rufen. »Wo bist du? Was ist mit dir?«

Tja, was war mit mir? Ich hatte gerade mal wieder meinen lange ignorierten Knoten ertastet und war dementsprechend ratlos. Fritz schien jetzt mit steigender Unruhe die Wohnung abzusuchen. »Frida? So antworte doch!«

Ich lieh mir seinen voluminösen Bademantel aus und öffnete die Badezimmertür. »Ich bin hier. Was ist denn los?«

»Bettina hat schon bei mir im Büro angerufen, weil du nirgendwo zu erreichen bist.«

»Bettina sucht mich?« Das war schier unglaublich. Was käme wohl als Nächstes?

»Ja, du sollst sie zurückrufen. Irgendwas ist mit Luise.«

Mir wurde heiß und kalt zugleich. Luise? »Was ist denn passiert?«

»Ich weiß nicht genau, sie war ziemlich aufgeregt und rief aus dem Krankenhaus an.«

»Und da fragst du nicht nach?« Ich hastete an ihm vorbei ins Gästezimmer, zu meinem Handy. Bettinas Nummer war viermal zu sehen.

Fritz folgte mir schulterzuckend. »Sie wollte dich sprechen.« Und Krankheiten, daran konnte ich mich von gestern erinnern, waren ja nicht so seine Sache.

Ich drückte hektisch die Rückruftaste. Bettina meldete sich sofort. »Frida? Mein Gott, wo steckst du, wenn man dich braucht?«

»Ich war in der Badewanne«, verteidigte ich mich. »Was ist denn los?«

»Luise ist ausgerutscht und hat sich den Arm gebrochen. Du musst unbedingt nach Hause kommen, sie kann so nicht allein in der Wohnung bleiben.«

»Was heißt allein? Was ist denn mit dir?«

»Ich muss dringend nach Hause zurück wegen der Handwerker, das hatte ich dir doch schon gesagt«, rief sie etwas ungehalten. »Also, kommst du?«

»Natürlich komme ich«, antwortete ich. »Bin fast schon unterwegs.«

Fritz hatte unsere kurze Konversation von der Zimmertür aus verfolgt. »Du musst also wieder weg?«, folgerte er.

»Luise braucht mich«, erklärte ich ihm. »Sie hat sich den Arm gebrochen, und Bettina muss zu ihren Handwerkern.«

»Natürlich«, sagte er resigniert. »Schade, ich hatte gehofft, wir hätten etwas mehr Zeit.« Er legte mir einen Arm um die Schulter und zog mich näher.

»Ich auch«, sagte ich. »Glaub mir, ich hatte mir das auch anders vorgestellt.«

»Na ja, es ist wohl nicht zu ändern«, sagte er mit einem bedauernden Lächeln.

Es war das Lächeln, das mich an ihm faszinierte. Immer, wenn ich dachte ›Nee, er ist es nicht‹, machte es mich wieder schwach. Es löste in mir die Vorstellung aus, dass ich mit diesem Lächeln ganz gut alt werden könnte; ich konnte uns an netten Orten sitzen sehen, zufrieden nebeneinander, mit behaglichen Gesprächsthemen aus der Sonntagszeitung.

Aber jetzt war da Luise, die mit gebrochenem Arm auf meine Rückkehr wartete. Ich machte mir Sorgen. Dagegen kam selbst das Kribbeln nicht an, das seine zärtlichen Berührungen bei mir auslösten. Der Geist war nicht willig, sondern dachte in erster Linie an Luise in der Notaufnahme. »Fritz, ich muss mich jetzt anziehen«, murmelte ich und floh ins Gästezimmer.

Zehn Minuten später war ich abreisefertig. »Soll ich dich fahren?«, bot Fritz mir an, als er sah, wie mühsam ich mich nach wie vor bewegte, aber es klang eher halbherzig, und deswegen behauptete ich: »Ach was, das schaffe ich schon.« Aber ich nahm gern in Anspruch, dass er meine Tasche die Treppe hinuntertrug und in den Kofferraum packte, denn schon das Einsteigen ins Auto war mit meinem Mords-Muskelkater kein Spaß.

Voller Sorge kam ich im Bredenscheider Krankenhaus an. Dummerweise hatte ich Bettina nicht gefragt, wo ich Luise finden konnte, deshalb musste ich bei der Information zwischenlanden.

»Andersen?«, fragte die Mitarbeiterin und klickte auf ihrem Computer herum. »Haben wir hier nicht.«

»Könnte sie vielleicht noch in der Notaufnahme sein?«, fragte ich. »Sie hat sich den Arm gebrochen.«

»Ich schau mal eben bei der Ambulanz nach.« Die Frau rief eine andere Liste auf. »Nein, da hab ich auch nichts. Es sei denn, sie ist so frisch reingekommen, dass die Kollegen sie noch nicht eingetragen haben.«

»Also ein paar Stunden muss das schon her sein.« Wie lahm war denn das Personal hier, dass die das nicht gebacken kriegten? Es erhöhte nicht unbedingt mein Vertrauen in das Krankenhaus.

»Moment, da seh ich was«, sagte sie. »Luise Andersen?«

»Genau.«

»Die war vorgestern schon hier«, teilte sie mir mit. »Wurde auch nur ambulant behandelt. Ist sie denn nicht zuhause?«

»Das weiß ich nicht«, sagte ich grimmig und zückte mein Handy, um auf Wernebeck anzurufen.

Bettina war beim zweiten Klingeln dran. »Meine Güte, Frida! Wann kommst du denn endlich?«

»Ich bin gerade in der Klinik«, sagte ich mit mühsamer Beherrschung. »Ich dachte, ich würde Luise hier antreffen. Und jetzt erfahre ich, dass sie den Unfall schon vor zwei Tagen hatte.«

»Ja natürlich! Ich habe mich ja bisher allein um sie gekümmert. Aber jetzt muss ich wirklich weg. Würdest du dich bitte auf den Weg machen?«

»Keine Sorge!«, sagte ich ärgerlich. »Aber Fritz sagte, du hättest heute aus dem Krankenhaus angerufen.«

»Ja, das hab ich auch«, sagte sie. »Ich hatte versehentlich mein Brillenetui im Wartebereich liegen lassen und musste es eben abholen, das ist schließlich von Aigner. Dann kannst du gleich hier sein?«

»Ich fahre sofort los.«

»Ach, bring doch bitte einen Kasten Wasser mit, wir haben keins mehr. Aber nicht dieses Billigzeug aus dem Supermarkt.«

Gut, dass sie schon weg war, als ich endlich in Wernebeck aufschlug. Ich hätte sie erwürgen können.

Wenigstens hatte sie den Hund auch mitgenommen, so dass ich nur Luise antraf, die mich etwas deprimiert und mit einem blauen Gips am rechten Unterarm begrüßte. »Was machst du denn für Sachen?«, fragte ich sie möglichst munter, um sie ein wenig aufzuheitern.

»Hör bloß auf«, brummte sie unzufrieden. »Jetzt hab ich dieses blöde Ding für mindestens sechs Wochen, haben die gesagt. Ich kann noch nicht mal Kartoffeln schälen.«

»Das ist ja nicht so schlimm«, sagte ich. »Schließlich hab ich Ferien. Aber ich vermute mal, du warst gestern auch nicht in Köln auf deiner Vernissage?«

»Kein Gedanke dran«, seufzte sie. »Obwohl Tom mich unbedingt fahren wollte. Aber im Augenblick kann ich nur diese blöden T-Shirts anziehen, und da hatte ich keine Lust.«

»Nun ja«, sagte ich etwas ratlos. »Dann lass uns mal planen, was zu tun ist.«

Das war einiges. Ich hatte den Verdacht, dass Luise einen Teil der Aufgaben nur auflistete, um Zeit mit mir zu verbringen – das Auswischen der Küchenschränke hätte sicher auch noch Aufschub geduldet –, aber ich setzte es mal mit auf die Liste. Wir würden dann im Laufe der Zeit schon sehen, wie wir zurechtkamen.

»Ach ja, die Kirschen sind auch bald reif«, fiel Luise ein.

»Hast du in den letzten Jahren auch Kirschen gepflückt?«, fragte ich skeptisch. Das passt eigentlich so gar nicht zu ihr.

»Nein, das hat Ole immer in Auftrag gegeben«, sagte sie und bekam sofort wieder diesen melancholischen Gesichtsausdruck. »Weil wir um die Zeit doch meistens auf Sylt waren.«

Aber dieses Jahr würde es keinen Sylturlaub für sie geben, war die stumme Botschaft, und ich schrieb seufzend

»Kirschen« mit auf die Liste. Über die Details wollte ich jetzt nicht nachdenken.

»Hast du eigentlich Getränke mitgebracht?«, fragte Luise. »Bettina wollte dich noch daran erinnern.«

»Habe ich«, sagte ich und erhob mich mühsam. »Sind noch im Auto.«

»Was hast du eigentlich?«, fragte sie mich. »Du bewegst dich so komisch.«

»Muskelkater. Dein Bruder steht auf anstrengende Fahrradtouren.«

Sie lächelte. »Ja, er ist ziemlich fit für sein Alter, nicht? Wie war's denn überhaupt? Habt ihr euch gut verstanden?«

»Nett war's«, sagte ich in Ermangelung besserer Vokabeln. »Ich geh mal das Wasser holen.«

Ich humpelte auf den Hof und öffnete den Kofferraum. Im Getränkemarkt hatte ich den Verkäufer dazu bewegen können, mir den Sprudelkasten ins Auto zu stellen, denn das war ein Schüler gewesen, der dort einen Ferienjob hatte. Leider war er nicht mitgekommen, um ihn mir auch wieder rauszuheben. Sehr schade. Zum Glück kam aber stattdessen Tom des Weges.

»Hi!«, sagte er. »Schon wieder zurück?«

»Wie du siehst.« Ich beugte mich über den Kofferraum, was irgendwie nicht gut war. Mit einem Stöhnen richtete ich mich wieder auf.

»Ich habe den Eindruck, du brauchst Hilfe«, sagte er und hob ungefragt den Kasten aus dem Auto. »Was hast du verbrochen? Ungewohnte Bewegungen in überhöhter Menge?«

»Ich hab für die Tour de France trainiert«, brummte ich.

»O je«, sagte er mitleidig. »Wohin mit dem Wasser? In die Küche?«

»Ja, bitte«, sagte ich und hinkte ihm hinterher.

Er stellte den Kasten in die Speisekammer, wie Luise ihn anwies. »Na, da habt ihr ja ein Lazarett beieinander«, meinte er amüsiert. »Für Luise kann ich momentan leider nichts tun, aber Frida würde ich ein heißes Bad empfehlen. Danach kommst du eben bei mir vorbei.«

»Willst du ihr eine Massage verpassen?«, fragte Luise ungewohnt scharf.

Er schüttelte den Kopf. »Oh nein, eine Massage wäre in diesem Fall genau das Falsche. Aber eine Abreibung mit Tigerbalsam ist da nützlich.«

»Tigerbalsam«, wiederholte ich. »Was ist das denn?«

»Kennst du das nicht? Dann wirst du es gleich kennenlernen. Das gibt zusätzliche Wärme an die Muskeln ab und hilft deshalb bei Verspannungen. Geh in die Wanne, pack dich gut ein und komm zu mir rüber, wenn du so weit bist.«

»Du willst also Frida mit diesem Zeug einschmieren?«, fragte Luise mit zusammengekniffenen Augen. »Wo genau?«

»Da, wo sie Muskelkater hat«, sagte Tom gelassen. »Ich könnte natürlich das Zeug auch dir geben, aber mit deinem Gips ...«

»Schon gut«, sagte sie knapp. »Ich hoffe nur, das hilft ihr auch.« Ich hörte verwundert ihren ungewohnten Unterton. War sie etwa eifersüchtig?

»Na klar«, sagte er im Brustton der Überzeugung. »Wenn was hilft, dann Wärme und mäßige Bewegung. Aber wo wir gerade von Hilfe sprechen: Hast du schon mit dem Dachdecker telefoniert?«

»Nein. Gut, dass du mich daran erinnerst.« Luise eilte aus der Küche, Tom zog sich mit einem lässigen »Bis gleich!« zurück, und mir blieb nur, seinen Anweisungen zu folgen und mich noch mal dem warmen Wasser anzuvertrauen.

Auch wenn Bettina für ein paar Tage verreist war,

hatte sie immer noch genug Krempel im Badezimmer stehen lassen. Ich betrachtete es missbilligend, während ich darauf wartete, dass genügend Wasser in die kleine Sitzwanne gelaufen war, für die nach dem Umbau noch Platz geblieben war. Die bei Fritz war deutlich größer und luxuriöser gewesen. Deswegen verharrte ich auch nicht lange, sondern quälte mich relativ schnell wieder raus. In Jogginghose und T-Shirt machte ich mich auf den Weg zu Tom und seiner Wundersalbe.

»Na, da bist du ja«, empfing er mich. »Dann zeig mir mal, bis wohin der Muskelkater reicht.«

Ich beschrieb es ihm. Daraufhin griff er nach einem kleinen Tiegel mit asiatisch wirkendem Aufdruck. Er schraubte ihn auf und zeigte mir den Inhalt: eine rötliche, sehr aromatisch duftende Paste.

»Bist du sicher, dass das kein Chiligewürz ist?«, fragte ich verunsichert.

Tom lachte. »Und wenn, davon würde dir sicher auch warm. Da ist Zimtöl drin, da wirst du gleich merken, wie dir das einheizt. Stütz dich hier am Tisch auf. Ich werde dir jetzt die Hose nach unten ziehen und das T-Shirt hochschieben, es geht ganz schnell.«

Man merkte ihm an, dass er so was beruflich machte, weil das Ganze völlig unerotisch ablief. Schade eigentlich. Es könnte ja auch mal spannend sein, sich von einem gut aussehenden Mann einreiben zu lassen. Ich hatte immerhin extra darauf geachtet, nicht gerade meine gammeligste Unterhose anzuziehen. Aber da war gar nichts, nicht die kleinste überflüssige Berührung oder so was. Er schmierte mir routiniert das Zeug auf die Haut und zog die Klamotten wieder drüber. Das war's.

Jedenfalls für die zehn Sekunden, bevor die Wirkung des Tigerbalsams einsetzte. Erst hatte es ja nur intensiv gerochen. Aber dann fing es auch intensiv an zu brennen. »Hui!«, sagte ich etwas atemlos. »Das ist … intensiv.«

Tom war schon zu seiner Küchenzeile gegangen, um sich die Hände zu waschen. »Ist es zu arg?«, fragte er. »Das lässt gleich nach.«

»Geht schon«, versicherte ich. Ich war doch keine Mimose.

»Na also«, meinte er. »Jetzt nicht nur stillsitzen, sondern mäßig bewegen, dann wird es schnell wieder. Muskelkater heißt, dass du minimale Verletzungen im Muskelgewebe hast, die heilen bei Wärme rasch aus.«

»Danke, Onkel Doktor.«

Sein Gesicht verdüsterte sich. »Keine Ursache. Und gute Besserung.«

Das kam einem Rausschmiss nahe. Ich wandte mich zum Gehen. Als ich die Treppe runterstieg, kam er hinter mir her. Ich drehte mich um. Ich merkte jetzt schon, wie mich die Wärme wieder beweglicher machte. »Ist noch was?«

»Nö, alles klar. Ich wollte nur eben die Dachpfannen zusammenräumen.«

»Welche Dachpfannen?« Mir fiel ein, dass er gerade mit Luise über den Dachdecker gesprochen hatte.

»Wir hatten doch am Samstag ein schweres Gewitter mit Sturmböen. Da hat es ein paar Pfannen bei mir vom Dach geweht, und vom Stalldach auch. Das Haupthaus ist zum Glück verschont geblieben. Nur Luise nicht, die ist nämlich gestolpert, als sie später nach dem Rechten sehen wollte.«

»Ach so war das!« Bisher hatte mir ja niemand erzählt, wie es zu ihrem Unfall gekommen war. »Gab's denn irgendwelche Schäden?«

»Bei mir nicht. Und im Stall ist ja nichts, was beschädigt werden könnte.« Dann trafen sich unsere Blicke, und vermutlich fiel uns beiden zeitgleich die Milchküche ein.

»Hat denn jemand mal meine Sachen überprüft?«

Tom wiegte zweifelnd den Kopf. »In dem Durcheinander nach Luises Sturz ... Ich vermute mal, da hat keiner dran gedacht. Komm.« Er schob mich am Ellbogen nach vorn und öffnete das Stalltor. Dort war es klamm und muffig. Wir gingen weiter zur Milchküche, und ich merkte, wie ich nervös wurde.

Er öffnete die Tür, blieb mitten im Durchgang stehen und sagte »Oh.« Und in dem Moment wusste ich, dass hier nicht alles in Ordnung war. Ich schob mich an ihm vorbei und betrat den Raum, um mir selbst ein Bild zu machen. Und was ich sah, war nicht schön.

Meine Pappkartons waren offensichtlich so feucht, dass sie nicht mehr stabil und ordentlich gestapelt standen, sondern teilweise durchhingen und deshalb in eine gefährliche Schieflage geraten waren. Schwarze Spuren führten von meinen Edding-Beschriftungen abwärts wie zerlaufene Wimperntusche. An einem Karton war bereits eine Ecke aufgeplatzt und erlaubte einen Blick auf die Kanten der Bücher, die sich darin befanden.

Einen Augenblick standen wir beide sprach- und bewegungslos. Dann sagte Tom: »Scheiße.« Und ich konnte ihm da nur beipflichten.

»Meine ganzen Sachen«, stieß ich hervor. »Was mache ich denn jetzt?«

Tom machte einen Schritt auf den Kartonstapel zu. Er fühlte vorsichtig an mehreren Stellen. Er hob den Kopf und untersuchte die Decke. »Da oben!«, sagte er und wies in eine Richtung. »Da ist es reingekommen! Wenn du Glück hast, ist nur diese Seite nass geworden.«

»Glück?« Das war eindeutig die falsche Vokabel. »Das schimmelt doch sicher jetzt alles.« Ich zeigte unglücklich auf den Holzstapel, der mal mein Webstuhl sein sollte. »Und das ist bestimmt auch unbrauchbar.«

Tom atmete tief durch. »Wir müssen das zum Trocknen auslegen«, sagte er. Noch einmal begutachtete er die Kartonstapel von allen Seiten, soweit er dran kam. »Es hilft nichts, Frida. Das muss alles ausgepackt werden. Wenn es an der Luft trocknen kann, dann wird vieles zu retten sein.«

»Wo soll ich das denn machen?«, fragte ich fassungslos. Die schiere Menge von Kartons überforderte mein Vorstellungsvermögen. Und der Gedanke an den Inhalt deprimierte mich noch mehr: Papier, Stoff, Wolle, alles Dinge, denen Feuchtigkeit nicht gut bekam.

»Wir bringen die Sachen in die Remise«, entschied er. »Da ist es trocken, und Platz genug haben wir auch.«

»Die Remise«, wiederholte ich etwas schwerfällig.

»Komm, wir schauen uns das mal an.« Er schob mich aus der niederdrückenden Atmosphäre der Milchküche und ging vor mir her bis zu dem Gebäude, in dem sich seine Wohnung befand. Aber statt sich zur Treppe zu wenden, öffnete er das große Tor links davon. Nun standen wir in einer Halle mit einem leicht schadhaften Fußboden. Sie war fast völlig leer, nur auf einer Seite standen ein paar Umzugskisten und einige Möbel – offenbar die Sachen, von denen Tom mal gesprochen hatte.

Platz genug wäre hier, keine Frage. Trotzdem fühlte ich mich völlig hilflos, bis Tom sagte: »Ich schlage vor, du fährst in den Baumarkt und besorgst Folie, um das hier auszulegen. Und ich fange schon mal an, die Sachen rauszubringen. Wäre das in Ordnung?«

Ich nickte etwas benommen. »Hast du denn Zeit? Ich meine, musst du nicht arbeiten oder so?«

Er zuckte mit den Schultern. »Praxisurlaub.«

»Und da fährst du nicht weg?«

Sein Blick wich meinem aus und glitt hinüber zum Haupthaus. »Nein, ich fahre nicht weg.«

Hätte ich doch nicht gefragt. Es war wohl ziemlich eindeutig, dass er hier bei Luise bleiben wollte.

»Na schön«, sagte ich mit falscher Munterkeit, »dann fahre ich mal zum Baumarkt.«

Auch dort traf ich mal wieder auf einen ehemaligen Schüler, der mich in Sachen Folie beriet. Einerseits war das sehr praktisch, weil ich dadurch die Vorzugsbehandlung bekam und nicht das mitleidige Lächeln, das Frauen sonst schon mal auf solchen Männerspielplätzen erleben. Andererseits fühlte ich mich plötzlich alt. Was nicht zuletzt aber auch mit der Einschränkung meiner Beweglichkeit zu tun haben mochte, weshalb mich der liebe Patrick sogar fragte: »Haben Sie was am Rücken, Frau Baker?«

»Nur vorübergehend«, seufzte ich und schob meinen Einkaufswagen Richtung Kasse. Dort stand bereits jemand in der Schlange, der mir bekannt vorkam.

»Nanu, Frida«, sagte Jochen erstaunt. »Was machst du denn hier?«

»Das könnte ich dich auch fragen«, brummte ich. »Ich dachte, du bist in Sizilien?«

»Sardinien«, korrigierte er mich. »Aber das kommt noch, deshalb dachte ich, ich streiche mal mein Arbeitszimmer.« Dem entsprechend befanden sich einige Utensilien wie Farbeimer, Rolle und Abstreichgitter in seinem Wagen.

»Ach ja«, sagte ich. Es gab nun mal Menschen, die hatten Arbeitszimmer und keine mit Möbeln vollgestopften Vielzweckräume. »Schön für dich.«

Er sah sich seinerseits den Inhalt meines Wagens an. »Und bei dir geht es jetzt auch weiter?«

»Schön wär's«, sagte ich und verzog das Gesicht. »Aber ich muss mich leider erst mal um einen Wasserschaden kümmern.«

Seine Miene wurde besorgt. »Wasserschaden? In dem alten Haus?«

»Schlimmer«, jammerte ich. »In meinem Lagerraum.« Und bevor ich mich versah, hatte ich ihm die ganze traurige Geschichte erzählt.

»So ein Pech, Frida«, sagte er mitleidig. »Kann ich dir helfen? Soll ich mitkommen und ausräumen?«

Hilfe anzunehmen ist nicht gerade meine starke Seite. Es reichte schon, dass Tom sich angeboten hatte, meine Kisten zu schleppen. »Du hast dir doch selber was vorgenommen«, sagte ich abwehrend und wies auf seine Malereinkäufe.

»Das kann warten«, sagte er. »Während sich das bei dir wie ein Notfall anhört. Ich komme jedenfalls mal mit.«

Und so kam es, dass ich auf Wernebeck nicht nur mit einem Vorrat an Abdeckfolie aufschlug, sondern auch mit einem zusätzlichen Helfer. Was nicht ungelegen kam, denn ein paar meiner Sachen waren so schwer oder sperrig, dass man sie nur zu zweit tragen konnte. Ohne das weiter zu diskutieren, ließ ich zu, dass Jochen sich ebenfalls an die Arbeit machte.

Natürlich war Luise nicht verborgen geblieben, dass sich zwischen Stall und Remise ein reger Verkehr entwickelte. »Was ist denn hier los?«, fragte sie ratlos, während ich den Inhalt einer Kiste gerade auf der inzwischen ausgebreiteten Folie auspackte.

»Alle meine Sachen sind nass geworden«, erklärte ich mit zusammengebissenen Zähnen. Es tat meiner Stimmung nicht gerade gut zu sehen, wie meine persönlichsten Habseligkeiten jetzt Stück für Stück in der Remise zur Schau gestellt wurden. Es war ziemlich viel. Und ich weiß nicht, wie es anderen kreativen Frauen geht, aber ich habe immer Skrupel, Männern meine Vorräte zu zeigen. Sie können sich einfach nicht vorstellen, was das mal werden soll, bevor sie das fertige Teil sehen. Bis dahin sind all die tollen Sachen für sie eher entbehrlicher Schrott.

Luise sah mich höchst unglücklich an. »Oh Frida, das tut mir so leid«, versicherte sie. »Kann ich dir irgendwie helfen?« Sie griff in meine Kiste und versuchte, zwei Bücher herauszuholen, die ihrer Gipshand aber sofort entglitten.

Tom kam mit der nächsten Kiste. »Ich hatte eigentlich deiner Schwester vorgeschlagen, sie sollte sich die Milchküche auf Schäden hin anschauen«, sagte er zu Luise. »Hat sie das nicht getan?«

»Mir hat sie jedenfalls nichts gesagt«, sagte Luise etwas kläglich. »Das war wohl alles etwas zu viel für sie, auch als ich ins Krankenhaus musste und so. Als sie dann nachkam, war sie völlig durch den Wind.«

»Den Eindruck hatte ich allerdings auch«, brummte er und stapfte wieder davon.

»Moment mal«, sagte ich. »Hat Bettina dich allein ins Krankenhaus fahren lassen?«

»Nein, Tom ist mit mir gefahren«, stellte Luise richtig. »Bettina ist dann später gekommen und hat mich abgeholt. Aber sie musste doch erst mal ihren Hund beruhigen, der war total panisch wegen des Gewitters.«

»Ach so«, murmelte ich. Vielleicht hätte ich besser nicht gefragt.

»Was kann ich denn jetzt machen?«, fragte Luise mit jämmerlichem Gesicht.

Ich warf einen Blick auf die Sachen, die ich bisher ausgepackt hatte. »Vielleicht könntest du rüber zu Herrn Biermann gehen und ihn nach einem Müllcontainer fragen. Ich muss wohl einiges wegschmeißen.«

»Gut, das tue ich«, sagte sie kleinlaut, und ich wandte mich wieder meinen Kisten zu. Es kostete mich alle Kraft, mir die Tränen zu verkneifen. Schließlich waren es nur Sachen, aber es waren meine Sachen, Dinge, an denen ich hing oder die ich für irgendwas brauchte. Ich versuchte, mich an Ole zu erinnern und dass es viel schlimmer war, dass er jetzt nicht mehr da war; aber wäre er noch hier, dann wäre das alles auch nicht passiert, ich säße nach wie vor in meiner schönen intakten Wohnung oder wäre unterwegs zu irgendeinem Urlaubsziel. Das Einzige, was völlig unabhängig von all diesen Entwicklungen zu sein schien, war dieser ominöse Knoten in meiner Brust, und an den wollte ich jetzt schon mal gar nicht denken.

Mit Toms und Jochens Hilfe hatte ich bis zum Abend alle nassen Sachen in der Remise ausgebreitet beziehungsweise trocken untergebracht. Die von Herrn Biermann zur Verfügung gestellte Gitterbox war voll mit verdorbenen Büchern und anderen Dingen, die die zwei Tage Feuchtigkeit nicht überstanden hatten: filzige Wollknäule, matschige Schachteln mit Bastelmaterial, meine diversen Malblöcke und natürlich die Scherben aus der Geschirrkiste, bei der während des Transports der feuchte Boden nachgegeben hatte. Ich hatte nun wirklich nicht mehr alle Tassen im Schrank.

Luise war in der Zeit nicht untätig gewesen. Da sie augenblicklich so eingeschränkt war, dass sie nicht kochen konnte, hatte sie für uns Pizza bestellt und in der Küche den Tisch gedeckt. Nun kam sie in die Remise, um mir Bescheid zu sagen, dass der Pizzabote geliefert hatte. »Wo sind denn die andern beiden?«

»Keine Ahnung«, murmelte ich und riss den Blick mühsam von meinen Klamotten los. Inzwischen sah es hier aus wie auf einem Flohmarkt, es fehlten nur noch die Leute, die kritisch darüber schauten und schließlich Fragen stellten wie »Funktioniert das Radio noch?« oder »Haben Sie diese Vase auch in etwas kleiner?«.

Gut für die Leute, dass sie diese Chance nicht hatten, denn in meiner augenblicklichen Verfassung hätte ich sie vermutlich unbarmherzig angegiftet. Stattdessen versprach ich Luise, die beiden Männer zu suchen, damit sie schnell wieder ging und ich noch eine Minute mit meinem Krempel allein sein konnte.

Ich fand Tom und Jochen dann in der Milchküche, wo

sie versuchten festzustellen, wie groß der Schaden am Dach war. Offensichtlich hatten sie mich nicht kommen gehört, denn sonst hätte Tom bestimmt nicht weiter über mich gesprochen. »... erstaunt, wie ruhig sie das hinnimmt«, sagte er.

»Ja, so ist sie, unsere Frida«, sagte Jochen, als würde er mich schon ein Leben lang kennen. »Die lässt sich von nichts unterkriegen.«

»Jeder hat irgendwas, wovon er sich unterkriegen lässt«, sagte Tom. »Ich glaube eher, dass sie ...«

Leider sprach er nicht mehr aus, was er stattdessen glaubte, und das war schade, denn es hätte mich sehr interessiert. Aber jetzt hatte er mich gesehen und sofort seinen Satz unterbrochen. »Frida! Was macht der Muskelkater?«

Den hatte ich zwischenzeitlich völlig vergessen. »Na, ich hatte jetzt wohl genug mäßige Bewegung«, sagte ich. Hätte ich nicht so schlechte Laune gehabt, hätte es mich total amüsiert zu sehen, wie schuldbewusst die beiden dreinschauten, weil sie über mich geredet hatten und nicht wussten, wie viel ich davon mitbekommen hatte. »Ich soll euch zum Essen rufen, die Pizza wird sonst kalt.«

»Das ist ja ein Service«, sagte Jochen. »Wenn du sonst noch ein Problem hast, Frida, ich komme gern öfter.«

»Vielen Dank«, sagte ich müde. »Ich hoffe eher nicht.«

»Nun ja«, sagte er relativ unbeeindruckt. »Wenn es Pizza gibt, dann würde ich auch kommen, wenn du kein Problem hast.«

»Ich werde es mir merken«, sagte ich und ließ dabei offen, ob das positiv gemeint war oder eher nicht.

Jochen innerhalb des Kollegiums ist eine Sache – da kann ich gut mit ihm umgehen, er ist ein geschätzter Kollege, der genug Humor hat, um zu unserem engeren Kreis zu gehören. Aber wenn wir uns anderswo treffen, bin ich immer ein wenig auf der Hut, weil er dann regelmäßig solche Bemerkungen macht. Und ich weiß doch nun mal nur zu gut, dass das mit uns keinen Sinn hat.

Und dann war da auch noch Tom, der jetzt mit größter Selbstverständlichkeit die Pizza in handliche Stücke schnitt und verteilte. So als wäre er der Hausherr. Klar, Luise war ja nicht in der Lage, das zu tun, und ich hatte in der Zeit Getränke geholt, aber ich fragte mich, warum mir das so viel ausmachte. Da war nichts Übergriffiges in seinem Verhalten, nichts Unangemessenes, im Gegenteil, er war wie meistens eher zurückhaltend und ruhig. Aber genauso wie Bettina offensichtlich nicht mit meiner Beziehung zu Fritz einverstanden war, so wenig passte es mir, dass Tom jede Gelegenheit nutzte, um bei Luise sein zu können.

Ich musste mich wohl damit abfinden, dass wir alle unsere unlogischen, irrationalen Seiten haben.

Während wir noch vor unseren leer gegessenen Pizzatellern saßen und die anderen mir in aller Ausführlichkeit berichteten, was mir bei diesem schauerlichen Gewitter entgangen war, klingelte das Telefon. »Gehst du rasch dran?«, bat mich Luise.

Fritz war am Apparat. Den hatte ich in dem ganzen Chaos total vergessen, und jetzt erreichte er mich ausgerechnet an Luises Küchentelefon, das keinen schnurlosen Hörer hatte, mit dem ich mich in eine ruhigere Ecke hätte verziehen können.

»Warum gehst du nicht an dein Handy?«, fragte er vorwurfsvoll. »So langsam habe ich angefangen, mir Sorgen zu machen.«

»Warum machst du dir Sorgen?«, fragte ich zurück. Ich warf einen Blick auf die drei anderen am Tisch, die jetzt aus Rücksicht auf mich ihr lautes Gespräch unterbrochen hatten. Allerdings waren sie dadurch auch in der Lage, alles mitzuhören, was ich sagte.

»Na hör mal, dir ging es nicht besonders gut, als du heute bei mir aufgebrochen bist«, sagte Fritz. »Und was ist mit Luise? Muss sie im Krankenhaus bleiben?«

»Luise ist längst wieder zuhause«, erklärte ich ihm. »Sämtliche Katastrophen haben sich schon am Samstag ereignet.«

»Na, das würde ich so nicht sagen«, meinte er. »Das mit uns ist doch keine Katastrophe, dachte ich. Oder siehst du das anders?«

Ausgerechnet jetzt musste er so persönlich werden. Das hätte ich lieber mit ihm diskutiert, ohne dass Luise zuhörte, die mich unbedingt mit ihm verkuppeln wollte, und außerdem noch mein Ex plus Tom, der Fritz den Freiherrn nannte. »Nein, natürlich nicht. Aber weißt du, ich habe im Augenblick etwas Stress, weil meine eingelagerten Sachen bei dem Unwetter nass geworden sind.«

»Ach, wie ärgerlich«, sagte er in einem Ton, der meinen Wasserschaden nicht so ernst zu nehmen schien. »Hast du es schon der Versicherung gemeldet?«

»Nein, wir haben erst mal die Kisten rausgetragen und alles zum Trocknen ausgebreitet. Aber ich musste einiges wegschmeißen.«

»Das sind doch nur Sachen, das lässt sich alles ersetzen«, sagte er, was mich nicht fröhlicher stimmte.

»Vielleicht will ich sie aber nicht ersetzen?« Wenn Luise nicht in Hörweite gewesen wäre, hätte ich noch angefügt, dass das alles Bettinas Schuld war. Erst mal überhaupt, weil sie durch ihre Anwesenheit es notwendig gemacht hatte, die Sachen in der Milchküche einzulagern, und dann hatte sie nicht nachgesehen, als das Dach beschädigt worden war.

Fritz interpretierte meine Aussage völlig anders. »Umso besser. Man muss sich auch von Dingen trennen können. Glaub mir, ich habe auch auf vieles verzichtet, als ich zuhause auszog, aber eigentlich vermisse ich es gar nicht mehr. Das wird dir sicher auch so gehen.«

Wenn er dachte, dass er mich damit trösten konnte, dann lag er völlig falsch. Seine Möbelhaus-Musterwohnung war für mich kein Vorbild, was den Verzicht auf persönliche Dinge betraf.

Ich hatte die gezwirbelte Telefonschnur schon so weit gezogen, wie es ging, aber ich befand mich immer noch in Sicht- und Hörweite von Luise und den beiden anderen. Und denen wollte ich nicht vorführen, wie ich Fritz am Telefon die Meinung sagte. Stattdessen seufzte ich einmal und schlug ihm vor, ihn später zurückzurufen. »Wir sitzen hier gerade noch beim Abendessen, weißt du.«

»Oh, dann will ich nicht stören«, sagte er. »Dann ruf mich doch an, wenn es besser passt, und wir reden etwas ausführlicher.«

»Machen wir«, versprach ich und merkte gleichzeitig, dass ich wenig Lust darauf hatte. Ich würde später viel lieber mit Tom in der Laube sitzen und eine Nichtraucherpause machen, statt mir Fritz' Ausführungen zum Verzicht auf die Dinge anzuhören. Leider war es deutlich kühler geworden nach dem Unwetter, so dass es wohl nicht mehr so lauschig sein würde wie letztes Mal. Außerdem konnte es sein, dass ich Tom auf Dauer auf die Nerven ging, wenn ich immer wieder dort auftauchte, also ließ ich das mal.

Tom verließ uns nach einer Weile mit dem Hinweis, er habe noch zu tun. Jochen bot an, beim Aufräumen der Küche zu helfen, aber das lehnten Luise und ich unisono ab, und so machte er sich auch wieder auf den Weg, nicht ohne mir auch seine zukünftige Hilfe anzubieten, wenn es nötig wäre.

»Sieh lieber zu, dass du dein Arbeitszimmer gestrichen kriegst, bevor die Schule wieder losgeht«, sagte ich schlecht gelaunt.

Er grinste mich an. »Keine Sorge, das schaffe ich schon. Sieh du lieber zu, dass du wieder erträglich bist, bevor das neue Schuljahr anfängt.« Er warf seinen Autoschlüssel in die Luft und fing ihn wieder auf.

Ich blickte ihn finster an. »Was meinst du denn damit?«

»Ich meine damit, dass du eine Stinklaune hast.« Sein Schlüsselbund klimperte zwischen seinen Fingern. »Also geh schon und ruf deinen Fritz zurück. Ich finde allein vom Hof.«

9

Nachdem Luise und ich uns eine gute Nacht gewünscht hatten, nutzte ich die Gelegenheit und schlich in das von Bettina okkupierte Gästezimmer. Es machte nicht den Eindruck, als plante sie nur einen kurzfristigen Aufenthalt. Der ganze Kleiderschrank hing voll mit ihren Klamotten, und in den Fächern hatte sie ihre Pullover und T-Shirts nach Farben sortiert. Auf dem alten Waschtisch, den ich gern behalten würde, lagen Ringe und Ohrstecker in kleinen Schälchen. Darüber hatte sie ein Gestell mit mehreren Haken aufgehängt, um ihre Ketten und Armbänder unterzubringen. Neben dem Waschtisch war ein Stapel von mindestens acht Schuhkartons – mal ehrlich, wer nimmt seine Schuhe in den passenden Kartons mit auf Reisen?

Wenn man unsere Zimmer miteinander vergleichen würde, dann sah Bettinas definitiv fertiger aus als meins. So als wäre sie diejenige, die hier auf Dauer wohnte, während ich nur vorübergehend improvisierte.

Deprimiert schleppte ich mich in meinen Teil der Etage. Das winzige Schlafzimmer bedrückte mich. Der große Raum war auch nicht viel besser, weil hier noch so vieles durcheinander stand. An die in der Remise ausgebreiteten Klamotten wollte ich gar nicht denken, aber natürlich beschlich mich gerade deshalb sofort die Vorstellung von Tom, der vielleicht just in diesem Moment kopfschüttelnd das ganze Zeug betrachtete und sich fragte, warum um Himmels willen ich das alles besaß und aufbewahrte.

Eine zarter besaitete Frau hätte jetzt vielleicht geheult, aber was sollte das nutzen? Stattdessen griff ich zum Telefon und rief Fritz an, weil ich es ja nun mal versprochen hatte, und nachdem wir eine Weile gediegene Konversation gemacht hatten, vertagten wir uns auf das folgende Wochenende für einen neuen Anlauf. Er würde nach Wernebeck kommen und mir helfen, die Sachen in der Remise zu sortieren. Das war jedenfalls seine Vorstellung. Ich hingegen würde alles daran setzen, das schon vorher zu tun, weil ich keine Lust hatte, mir auch noch seine Kommentare dazu anzuhören, nachdem nun schon Jochen und Tom das ganze Zeug kennengelernt hatten. Und es gab bestimmt noch andere Möglichkeiten, Zeit mit Fritz zu verbringen.

Nach unserem Gespräch hatte ich das Bedürfnis, noch etwas Sinnvolles zu tun. Die Remise zog mich magisch an, aber ich wollte auf keinen Fall Tom stören, deshalb ging ich nicht hin, sondern nahm einen Bildband über Australien zur Hand, den ich von dankbaren Eltern meiner ehemaligen Klasse geschenkt bekommen und noch gar nicht richtig angeschaut hatte.

Als ich mich damit gemütlich auf meine Couch gesetzt und mir aus meinem versteckten Vorrat ein paar Pralinen gegönnt hatte, ging es mir etwas besser. Die Fotos übten eine ungewöhnlich starke Faszination auf mich aus. Vielleicht sollte ich noch mal ganz neu über Veränderungen nachdenken? War dieses ganze Chaos, in dem ich mich momentan befand, vielleicht nur ein Hinweis darauf, dass ich mein Leben noch viel radikaler umkrempeln sollte, als ich es bisher getan hatte?

Natürlich fand ich an diesem Abend keine Antwort. Ich bin bestimmt nicht der Typ, der wegen ein paar Hindernissen gleich alles hinschmeißt und nach Australien auswandert. Das fände ich eher feige. Außerdem würde ich Luise im Stich lassen, und das ging ja gar nicht. Selbst wenn Bettina sich hier ziemlich häuslich niedergelassen hatte, irgendwann wäre ihr Haus zu Ende renoviert und sie würde wieder abreisen, und dann?

Dann könnte ich endlich meine Wohnung zu Ende einräumen. Ich würde eine Lösung für den Webstuhl finden. Vielleicht würde ich sogar eines Tages Klarheit darüber gewinnen, wie wichtig mir Fritz war. Und ich ihm. Aber nicht heute. Für heute war es genug. Ich rieb mich – so gut es ging – noch mal mit Toms Tigerbalsam ein und ging ins Bett.

»Ich habe vielleicht diese Nacht einen Mist geträumt«, teilte mir Luise beim Frühstück mit. »Irgendwie kam auch Ole darin vor, aber ich weiß überhaupt nicht, was das zu bedeuten hat.«

»Vielleicht hat nicht jeder Traum etwas zu bedeuten«, sagte ich und testete, ob noch genug Müsli in der Packung war. Es reichte gerade für eine Portion.

»Mag sein.« Luise rührte nachdenklich in ihrer Kaffeetasse. »Aber bei all dem, was ich in letzter Zeit erlebt habe, bin ich natürlich besonders sensibilisiert für solche Zeichen. Und du ahnst gar nicht, wie gut mir das tut zu wissen, dass Ole nach wie vor für mich da ist.«

Da irrte sie sich. Mir war sehr bewusst, wie gut ihr das tat. Seitdem diese ganze Sache mit den angeblichen Zeichen angefangen hatte, war Luise regelrecht aufgeblüht. Aber ich wusste ja nun mal, dass zumindest einige dieser Zeichen nicht von Ole aus dem Jenseits stammten, sondern im Prinzip ganz einfach zu erklären waren. Nach wie vor kämpfte ich mit mir, ob ich ihr das nicht eines Tages sagen sollte. Als rational denkender Mensch mochte ich die Vorstellung ganz und gar nicht, dass Luise sich solchen Dingen hingab, die schon ein wenig ins Paranormale reichten. Und das wohl auch nur, weil es momentan einfach Mode war – ständig wurde man in Filmen und Büchern mit Werwölfen, Vampiren und Dämonen konfrontiert, so als reichte das normale Leben nicht mehr aus für alle möglichen Abenteuer. Hätte Luise diesen dusseligen Roman nicht gelesen, wäre sie vielleicht nie auf die Idee gekommen, von Ole Zeichen und Botschaften zu erwarten. Aber nun war es so, und ich konnte nur danebenstehen und zuschauen, wie sie alles Mögliche und Unmögliche in diese Richtung interpretierte.

Mich beunruhigte, dass ich nicht wissen konnte, wie sich die Sache weiterentwickeln würde. Vielleicht normalisierte sie sich nach einiger Zeit, oder die angeblichen Zeichen flauten langsam ab. Dann hätte sie die Chance, ihre Trauer dauerhaft zu verarbeiten, eventuell sogar eine neue Partnerschaft einzugehen oder so. Oder sie behielt diese Erwartung auf Dauer bei und wurde zu einem dieser Sonderlinge, die man manchmal traf und um die ich wenn möglich einen großen Bogen machte. Bei uns im Sauerland nennt man solche Leute »spassig« (mit kurzem ›a‹), und damit ist alles andere als lustig gemeint. Das sind Menschen, die keiner ernst nimmt und die meistens ziemlich einsam sind. Luises einziger Vorteil in diesem Fall wäre, dass sie ein solches Leben nicht als arme Frau führen müsste, aber …

Ich riss mich von diesen Überlegungen los. Jetzt ging es erst mal um ganz praktische Fragen. »Wo wolltest du denn heute überall hin?«, fragte ich Luise. Bettina war ja immer noch mit der Überwachung ihrer Bauarbeiten beschäftigt. Ich hatte den Verdacht, sie sah ihre Hauptaufgabe auf Wernebeck nicht unbedingt darin, sich um Luise zu kümmern, sondern eher zu verhindern, dass ich mich dort zu breitmachte.

»Ich dachte, wir fahren erst mal für die Standardsachen

zum Grünland-Markt«, sagte Luise. »Dann würde ich gern bei dem Italiener vorbei. Wir haben keine Salami mehr. Und wir müssen planen, was wir in den nächsten Tagen essen wollen. Bis Bettina wiederkommt, könnte es ruhig was mit Knoblauch sein.«

Ich angelte in der Küchenschublade nach einem Zettel, um eine Einkaufsliste zu erstellen. Eigentlich war es ja ganz nett mit uns beiden. Wir einigten uns auf einen Speiseplan und machten uns auf den Weg. Es war sehr harmonisch: Luise entschied, ich führte aus. Es ging nur um die praktischen Fragen, von übernatürlichen Botschaften war ebenso wenig die Rede wie von Liebesdingen, auch wenn ich ahnte, dass Luise schon gern mehr über mein Wochenende in Remsede gehört hätte. Aber ich hatte es jetzt bereits mehrere Tage geschafft, ihren Fragen auszuweichen, und das wollte ich auch weiterhin tun.

Das klappte wunderbar, bis wir zum Friedhof kamen. Dort traf Luise auf eine Bekannte, die sie seit längerem nicht gesehen hatte.

»Ich geh schon mal vor«, sagte ich und ergriff die Flucht.

Auf dem Friedhof war es ruhig und beschaulich. Ich erreichte die Grabstelle, die mit den vielen kleinen Begonien an die Beete erinnerte, die oft in der Mitte eines Kreisverkehrs angelegt werden. Inzwischen lag es nicht mehr als Letztes in dieser Reihe; direkt daneben türmten sich die Kränze einer späteren Beerdigung. Offensichtlich war ein gläubiger Mann hier beigesetzt worden, denn seine Witwe mit Namen Elsbeth hatte auf die Schleife schreiben lassen: »Wir sehen uns wieder!«

Bisher hatte ich mich noch nicht wirklich mit der Frage auseinandergesetzt, ob ich Ole oder andere Verstorbene irgendwann in der Ewigkeit wiedersehen würde. Ich bin keine Atheistin, aber auch keine eifrige Kirchgängerin. Wie viele meiner Mitmenschen versuche ich wohl eher, solchen Themen aus dem Weg zu gehen, um mich nicht festlegen zu müssen. Aber jetzt, während ich zum ersten Mal allein an diesem Grab stand, drängte sich die Frage auf.

Bevor ich es verhindern konnte, schlich sich wieder der immer noch deutlich spürbare Knubbel in mein Bewusstsein, den ich gestern wieder mal ertastet hatte. Damit verbunden war die Vorstellung, dass ich meinen Bruder womöglich schneller wiedersehen könnte als gedacht. Zumindest, wenn ich weiterhin untätig blieb. Das war ein Thema, dem ich auf Dauer jedenfalls nicht aus dem Weg gehen konnte.

Ach ja. Sofort war das gesammelte Elend wieder da: meine unerfreuliche Wohnsituation, meine undefinierte Beziehung zu Fritz, mein noch undefinierbareres Interesse an Tom. Waren das typische Symptome einer Midlife-Crisis? War es meine eigene Schuld oder hatte mich eine Kette unerwünschter Ereignisse bis hierhergebracht, ausgelöst durch den Unfalltod meines Bruders?

Auf jeden Fall fühlte ich mich den Dingen ziemlich ausgeliefert. Es wäre schon tröstlich zu wissen, dass da jemand auf mich aufpasste und im Zweifelsfall dafür sorgte, dass alles wieder in Ordnung kam. Insofern hatte Luise es gut.

Ich musste tief seufzen. »Tja, Ole«, murmelte ich, »was sagst du dazu? Wie soll es jetzt weitergehen?«

Und dann sprach Ole zu mir. Auf jeden Fall hörte ich eine Stimme, die beruhigend zu mir sagte: »Keine Sorge, das wird schon wieder!«

Hatte ich jetzt auch übersinnliche Erfahrungen? Ich war beinahe zu Tode erschrocken. Jedenfalls bis ich schräg hinter mir einen Friedhofsgärtner wahrnahm, den ich nicht hatte kommen hören, einen älteren Mann mit einem kleinen Bäuchlein in einer grünen Latzhose.

»Haben Sie mit mir gesprochen?«, fragte ich ihn etwas verunsichert.

Der Mann hatte keine Ahnung, wie hoch bei mir das Adrenalin geschossen war. »Sie gucken so skeptisch auf das Grab neben Ihrem«, sagte er. »Aber glauben Sie mir, nächste Woche räumen wir die Kränze ab und machen die Bepflanzung, dann wird alles wieder schön.«

»Ach ja«, sagte ich etwas unkonzentriert. Ich war mir nicht ganz sicher, ob ich erleichtert oder enttäuscht war, dass es eine logische Erklärung gab und ich keine Stimme aus dem Jenseits gehört hatte.

»Ganz ehrlich, wenn erst mal die nächsten Stellen belegt sind, dann wird das hier eine der schönsten Reihen auf dem ganzen Friedhof«, versicherte er mir. »Ich würde Ihnen raten, da oben auf die Ecke eine kleine Trauerweide zu setzen und daneben ein paar Gartenazaleen, die Lichtverhältnisse wären einfach prima dafür. Dann könnten Sie hier ein paar einjährige ...« Während er mir dezidierte Vorschläge für die Bepflanzung von Oles Grab machte, die deutlich von Luises Vorstellungen abwichen, spürte ich dieser Erfahrung weiter nach. Und ich merkte, dass ich viel Verständnis für Luise hatte. Es wäre so wohltuend zu wissen, dass Ole auch nach seinem Tod noch für uns da wäre. Fast tat es mir leid, dass es nur der Friedhofsgärtner gewesen war, der mit mir sprach.

Als wir zwei Tage später von unserer nächsten Einkaufstour zurückkamen, war gerade Bettina wieder auf Wernebeck eingetroffen. Sie zerrte einen Koffer aus dem Auto, dessen Dimensionen nichts Gutes verhießen, was ihre weitere Aufenthaltsdauer anging. Dass es jetzt keinen Knoblauch mehr geben durfte, war noch das geringste Problem.

»Wie läuft es denn mit deinem Haus?«, fragte Luise, und wie befürchtet zählte Bettina eine ganze Reihe von

Problemen auf, die zu Verzögerungen der Bauarbeiten führten. Charlie hüpfte dabei kläffend über den Hof, als wollte er das Ganze in Ausdruckstanz darstellen.

Man kann nicht immer gewinnen. Es klang so, als würde Bettina uns noch eine Weile erhalten bleiben und damit meine Chancen minimieren, bis zum Ende der Sommerferien meine Wohnung fertig zu bekommen.

Ich trug die Klappkiste mit unseren Einkäufen in die Küche, gefolgt von Luise mit einer Tüte voller Gemüse an der gesunden Hand. Und schließlich kam auch Bettina dazu, die immerhin die Post reingeholt hatte. Während ich die Lebensmittel verstaute, schlitzte sie die Umschläge auf und teilte Luise mit, was sie vorfand. »Eine Einladung zur Vernissage der Städtischen Galerie Bredenscheid ... das klingt ja etwas provinziell.«

»Keineswegs«, sagte Luise. »Die haben da durchaus interessante Künstler. Häng das doch bitte an die Pinnwand und schreib mir den Termin in den großen Kalender.«

Bettina klemmte wie geheißen die Einladung unter einen der Magneten und kritzelte den Termin in einen Dreimonatskalender mit dem Logo von Oles Bank, der direkt danebenhing. Früher war dieser Kalender voller Einträge gewesen, dachte ich. Jetzt sah er ziemlich leer aus. Ich machte mir eine gedankliche Notiz, auf jeden Fall mit Luise zu dieser Vernissage zu gehen.

»Hier ist die Rechnung von dem Schreiner«, fuhr Bettina fort. »Werbung für einen Stromanbieter ... das kann ja weg. Genau wie diese Einladung zu einem Preisausschreiben, ich weiß gar nicht, was die sich dabei denken. Moment, hier ist noch eine Versicherungsrechnung.«

»Die kannst du mir geben«, verlangte Luise, aber Bettina hatte das Schreiben schon auseinandergefaltet.

»Moto Guzzi?«, las sie mit gekrauster Stirn. »Das ist ja wohl ein Irrtum. Ole hatte doch kein Motorrad, oder?«

»Gib her, das ist schon in Ordnung«, sagte Luise mit ungewohnt scharfem Ton.

Das machte Bettina aber erst recht aufmerksam. Und mich natürlich auch. »Hier steht das Kennzeichen ...« Sie sah überrascht hoch. »Das ist doch Toms Maschine!«

»Gib her«, wiederholte Luise unwirsch und schnappte ihr die Rechnung aus der Hand. »Ich regele das.« Sie rannte aus der Küche, aber nicht um mit dem Schreiben zu Tom zu gehen. Stattdessen lief sie die Treppe hinauf in ihr Zimmer.

Bettina und ich sahen uns verblüfft an. »Wieso ist denn Toms Motorrad auf Ole angemeldet?«, fragte sie mich. »Da stimmt doch was nicht.«

»Keine Ahnung«, sagte ich. »Aber vielleicht haben die beiden da irgendwas gekungelt.«

»Genau wie mit der Miete?«, sagte sie. »Der bewohnt diese ganze Remise für einen Appel und ein Ei. Da müsste eher Tom im Gegengeschäft was für Ole bezahlen. Oder für Luise jetzt. Was geht denn da ab?«

Ich zuckte mit den Schultern. »Das darfst du mich nicht fragen. Ich wusste davon gar nichts.« Aber ein wenig neugierig machte mich das schon. Vielleicht wäre es irgendwann möglich, Luise in einem ruhigen Moment zu befragen.

Ruhige Momente mit Luise waren aber echte Mangelware, seitdem Bettina wieder zurück war. Zumal ich eine Menge Zeit in der Remise verbrachte, um nach und nach meine getrockneten Sachen wieder zu verpacken. Und das waren meine kostbaren Sommerferien! Ich hatte das Gefühl, als würde mir die Zeit wie Sand durch die Finger rinnen. Nun waren schon anderthalb Wochen herum, und was hatte ich gehabt? Ein leicht verkorkstes Wochenende mit Fritz, einen Mords-Muskelkater und eine

Gitterbox voll Müll, entstanden aus Dingen, mit denen ich mal große Pläne gehabt hatte.

Am Freitag war es dann endlich so weit, dass ich alles, was trocken war, wieder eingepackt und die Kisten neu beschriftet hatte. Nur die Webstuhlteile lagerten noch in der Remise. Zusammen mit Tom deckte ich den neuen Kistenstapel mit den Folien ab, auf denen vorher mein Zeug ausgebreitet gewesen war. Dieses Mal wollte ich auf alles vorbereitet sein.

»Vermutlich ist das überflüssig«, meinte er zwar, half mir aber trotzdem. »Erstens ist ja das Dach repariert, und so ein Unwetter passiert nur alle Jubeljahre.«

»Das mag sein«, sagte ich mit einem gewissen Trotz. »Aber das Leben lehrt mich immer wieder, dass es nichts gibt, das einem nicht passieren kann.« Ich pappte noch einen letzten Klebstreifen auf die Folie, um sie zu fixieren.

»Wem sagst du das«, sagte Tom, während er seinerseits gegen den Kistenstapel klopfte, um sicherzugehen, dass er stabil gebaut war.

Was für eine Vorlage! »Du hast also auch deine Erfahrungen mit solchen Katastrophen?«

»Katastrophen?«, wiederholte er mit einem bitteren Lachen. »Ich *bin* eine Katastrophe. Aber das willst du sicher gar nicht wissen.«

Ich wollte ihm gerade das Gegenteil versichern, dass ich sehr gern mehr über ihn wissen wollte, vor allem auch die dunkleren Seiten, da wurden wir leider von dem Geräusch klappernder High Heels auf Stahlbeton unterbrochen. »Wir sind wieder zurück!«, ließ Bettina uns wissen. Sie war mit Luise beim Friseur gewesen.

Tom nickte mir mit einem winzigen Lächeln zu. »Gutes Timing!«, sagte er und verließ die Milchküche, bevor ich einen Vorwand fand, um ihn zurückzuhalten. Und was hatte er überhaupt damit gemeint? Vielleicht war er froh, dass Bettina ihn rechtzeitig daran gehindert hatte, mir mehr zu erzählen, als er eigentlich wollte.

Na gut. Dann sollte es so sein. Ich seufzte tief und sah ihm nach. Er hatte einen tollen Körperbau und war nicht ungebildet. Vieles an ihm machte mich wirklich an, aber ich war bisher keinem Mann nachgerannt, und das würde ich auch in fortgeschrittenem Alter nicht anfangen. Schon gar nicht einem, der sich vermutlich viel mehr für eine andere Frau interessierte als für mich. Ich hatte nie die Rolle einer Kummerkasten-Tante ausfüllen wollen, und vielleicht würde es darauf hinauslaufen, wenn Tom mir sein Herz ausschüttete. Das lassen wir mal besser, dachte ich, und folgte stattdessen Bettina ins Haus.

»Ich muss dir was zeigen«, sagte Luise und führte mich aus der Küchentür auf die Terrasse. »Guck mal! Der Herr Arendt war fleißig!«

Herr Arendt war offensichtlich der Mann, der schon seit Jahren für Ole die Obstwiesen abgeerntet hatte. Und mit »fleißig« hatte Luise nicht untertrieben. Zwei mittelgroße Wäschewannen voller Kirschen standen im Schatten des Gartentisches.

»Ui«, sagte ich und griff eine Handvoll davon. Sie sahen wundervoll aus: groß und dunkelglänzend, und sie schmeckten auch so. Auf dem Markt hätten wir dafür ein Vermögen bezahlen müssen.

Auf dem Markt hätte ich aber auch nur ein Tütchen gekauft, das ich bequem an zwei Tagen verspeisen konnte, ohne davon Durchfall zu kriegen. Zwei Wannen voll hingegen … »Die müssen wir so schnell wie möglich verarbeiten«, sagte ich.

Wir? Vor mir standen Luise und Bettina, die eine durch ihren Gips aus dem Verkehr gezogen, die andere zweifellos nicht willens, sich dieser Aufgabe zu verschreiben. Wieder stieß ich einen Seufzer aus. »Ich zieh mir mal alte

Sachen an«, sagte ich. »Luise, hast du so ein Gerät zum Entsteinen? Und genügend Einfriertüten?«

»Tüten ja«, antwortete sie und ging in die Küche zurück, um in ihren Schubläden zu kramen. »Und der Entsteiner ist ... Moment ...« Sie langte in eines der oberen Fächer ihres Hängeschrankes und versuchte, einen Karton herauszuholen. Leider war sie mit der linken Hand nicht so geschickt. Der Karton kam ihr schneller entgegen als erwartet, glitt ihr aus den Fingern, schlug ihr zunächst voll gegen das Gesicht und landete dann mit lautem Krachen auf dem Fliesenboden. Charlie jaulte auf und sauste dann wie ein geölter Blitz nach draußen.

»Luise!«, rief ich erschrocken. »Ist dir was passiert?«

Sie hatte spontan die Hände vors Gesicht geschlagen, aber da war es natürlich schon zu spät. »Ich weiß nicht«, flüsterte sie, noch ein wenig unter Schock.

»Luise, du blutest«, rief Bettina besorgt und zog einen Küchenstuhl herbei. »Setz dich erst mal.«

Gemeinsam begutachteten wir den Schaden. Offensichtlich hatte eine Ecke des Kartons Luise am Wangenknochen getroffen und eine Platzwunde verursacht, die aber schnell zu bluten aufhörte. Schlimmer schien mir, dass es auch ein blaues Auge geben würde – die Stelle begann jetzt schon, sich zu verfärben.

»Du siehst aus wie ein Opfer häuslicher Gewalt«, stellte Bettina wenig zartfühlend fest.

»Wir sollten das kühlen«, meinte ich und suchte im Eisfach nach etwas Brauchbarem. »Hier sind Erbsen. Das ist doch der Klassiker.« Ich reichte Luise die Tüte, und sie legte sie vorsichtig auf ihre Wange.

»Der Klassiker ist ein rohes Steak«, widersprach Bettina. »Luise, hatten wir nicht beim Metzger ...«

»Auf keinen Fall!«, protestierte Luise. »Ich versaue doch nicht eins von den guten Steaks damit!«

»Du hast recht«, stimmte ihre Schwester ihr zu. »Das könnte noch nicht mal Charlie hinterher fressen.«

Luise rückte die Tüte mit den Tiefkühlerbsen zurecht. »Jetzt seht euch das an!«, jammerte sie und zeigte auf den Fußboden. »Das ist ja wohl hinüber!«

Das Gerät zum Kirschen-Entsteinen hatte den Aufprall nicht gut überstanden. Einzelne Kunststoffsplitter sprachen eine eindeutige Sprache: Hier war nichts mehr zu retten. »Hast du vielleicht auch so eins in deinen Beständen?«, fragte sie mich hoffnungsvoll.

Ich schüttelte den Kopf. »Wenn ich bisher Kirschen verarbeitet habe, dann immer mit so einem altmodischen Ding mit einer Metallschlinge. Meine Oma hat die früher aus einem Korken und einer Haarnadel gebastelt.«

»Wie ekelhaft!«, meinte Bettina. Ich verzichtete darauf, ihr zu erklären, dass es sich nicht um eine gebrauchte Haarnadel gehandelt hatte.

»Ich weiß, was du meinst«, sagte Luise. »So was habe ich auch.« Sie fischte die WMF-Variante aus ihrer Schublade. »Aber solche Mengen ... das dauert ja ewig.«

Bettina schaute auf die Uhr. »Halb drei«, verkündete sie. »Noch reichlich Zeit, um nach Bredenscheid zu fahren und ein neues Gerät zu kaufen. Wär doch schade um die schönen Kirschen.«

Endlich mal eine gute Idee von ihr, dachte ich. »Dann mach das doch«, schlug ich vor. Mit Shopping konnte man sie immer locken. »Ich fange inzwischen schon mal mit dem Handgerät an.«

»In Ordnung.« Sie schulterte bereits ihre Handtasche. »Aber du musst mitkommen«, sagte sie zu Luise. »Ich kenne mich mit den Läden in der Gegend nicht so aus.«

Luise zuckte mit den Schultern. »Wenn du meinst ...«

Die beiden machten sich relativ zügig auf den Weg, Luise immer noch mit ihrer Tiefkühltüte am Gesicht. Nachdem Bettinas Auto vom Hof gerollt war, schleppte ich mich in mein Chaoszimmer, wo es heiß und stickig war. Nach wie vor konnte ich nicht vernünftig durchlüften, weil der blöde Hund jede Chance nutzte, um reinzukommen und überall herumzuspringen, was mich schon aus Prinzip nervte, obwohl er eigentlich nichts anstellen konnte. Ich hatte schon überlegt, ein Kindergitter anzubringen, aber den Gedanken wieder verworfen. Charlie würde trotzdem durch die Sprossen passen, aber ich müsste jedes Mal darüber klettern.

Ich zog mir einen Bikini an und darüber Shorts und ein verblichenes T-Shirt. Ich wusste aus Erfahrung, wie man sich mit Kirschsaft vollspritzen konnte, egal, wie vorsichtig man war. Und bei diesen Mengen war Vorsicht nicht die erste Priorität, sondern Schnelligkeit.

Im Schatten einer großen Linde baute ich meinen Arbeitsplatz auf: Tisch, Stuhl, eine Schüssel für die Kerne, eine Schüssel für die Kirschen, Portionstüten zum Einfrieren. Und dann legte ich los.

Nach einer Viertelstunde waren meine Oberschenkel pinkfarben gesprenkelt und das T-Shirt nicht mehr ganz sauber. Nach einer halben Stunde war es ziemlich eingesaut, und ich schwitzte. Ich machte eine Pause, um einen Eiskaffee zu trinken, und als mir danach immer noch sehr warm war, zog ich das T-Shirt aus. Der Bikini hatte seine besten Zeiten sowieso hinter sich. Und ich würde später auf jeden Fall duschen, so dass es ziemlich egal war, ob Kirschsaft auf meinen Bauch tropfte. Mehr Gedanken machte ich mir allerdings um meine Finger. Eigentlich hatte ich Gummihandschuhe tragen wollen, aber das ging gar nicht bei der Wärme. Kurze Zeit, nachdem ich sie ausgezogen hatte, sahen meine Hände wie die eines Axtmörders aus.

Aber wen störte das schon? Hatte ich irgendwas Besonderes an diesem Wochenende vor? Klar, Fritz wollte kommen, wenn er mittags sein Autohaus geschlossen hatte. Aber der würde damit leben müssen, dass meine Hände vorerst eine leichte Färbung behielten. Ich tat das ja schließlich für seine Schwester.

Leider hatten nach einer Weile auch die Wespen mitbekommen, dass ich Obst in größeren Mengen verarbeitete. Einige vorwitzige Scouts surrten bereits mit diesem unangenehmen Geräusch um mich herum, das jeder kennt und keiner mag.

Nun hatte ich mich bereits vor einiger Zeit schon mal mit dem Thema beschäftigt und auch mit Günter Zerbst gesprochen, unserem dienstältesten Kollegen und seines Zeichens Biologielehrer. Und der wiederum hatte mir erzählt, dass Wespen sich zum Beispiel von der berühmten Kaffeetafel mit Pflaumenkuchen durchaus ablenken lassen. Besonders gern mögen sie Weintrauben, sie freuen sich aber auch über andere Leckerchen bis hin zu einer Scheibe Wurst. Wenn man ihnen also ein Stück entfernt ein lukullisches Angebot macht und gleichzeitig dort, wo man sie nicht haben will, einige Zitronenscheiben auslegt, dann hält es sich mit der Belästigung in Grenzen. Hatte Günter Zerbst gesagt.

Deshalb machte ich mich auf die Suche nach den entsprechenden Lebensmitteln. Etwa fünf Meter von meinem Platz legte ich zwei Scheiben Gelbwurst aus und stellte, um ganz sicherzugehen, noch ein Tellerchen mit Marmelade daneben. An der Tischkante dekorierte ich einige mit Nelken gespickte Zitronenviertel und gab mich wieder an die Arbeit. Es war eine mühsame Sache. Längst war ich total bekleckert, aber das fand ich in diesem Moment nicht schlimm.

Viel schlimmer war, dass die erste Wanne einfach nicht leer werden wollte. Ich hatte schon überlegt, Luise auf dem Handy anzurufen und ihr vorzuschlagen, sie sollte zusätzlich zu dem Entsteiner auch ein Gerät kaufen, in dem man die Kirschen unentsteint entsaften konnte, aber ich vermutete, dass die beiden mittlerweile schon auf dem Rückweg waren, also ließ ich es.

Wobei ich zu optimistisch gerechnet hatte, denn erst nach fast zwei Stunden kamen sie zurück, von Charlie mit wildem Kläffen angekündigt. Ich sah inzwischen aus wie ein ungeschickter Metzger, aber die erste Wanne war fast geschafft, und mithilfe des Entsteiners – so hoffte ich wenigstens – würde der Rest deutlich schneller gehen.

»Du wirst es nicht glauben«, rief mir Luise schon von weitem entgegen, »wir mussten in vier Geschäfte gehen, bis wir so ein Teil gefunden haben!«

»Wobei das vierte Geschäft«, fügte Bettina mit Leidensmiene hinzu, »nicht in Bredenscheid war, sondern in Bockholt. Und das Ganze bei dieser Hitze!« Sie fächelte sich mit einer Zeitschrift Luft zu. Offensichtlich hatte sie die Gelegenheit auch dazu genutzt, sich mit neuem Lesestoff über die royalen Outfits einzudecken.

Ich nahm ihr den Karton mit dem Gerät ab. »Dann wollen wir das mal in Betrieb nehmen.«

Sie musterte mich von oben bis unten. »Wie du aussiehst! Sogar im Gesicht hast du Flecken!«

»Der neue Sommerlook«, sagte ich und zog den Entsteiner aus seiner schützenden Plastiktüte. »Demnächst hat Kate das genauso.« Die Plastiktüte fiel zu Boden. Und dort wurde sie von Charlie geschnappt, der das für ein tolles Spielzeug hielt und direkt damit lossprintete.

»Oh nein, mein Schatz!«, schrie Bettina. »Plastiktüten sind gefährlich! Daran kann man ersticken!« Sie eilte ihrem Hund nach, um ihm das Ding abzunehmen.

»Wenn man sie sich über den Kopf zieht«, brummte ich. »Ich bezweifle, dass Charlie das schafft.«

»Unterschätz Charlie nicht«, sagte Luise mit einem Grinsen. »Eines Tages kann er das auch.«

Ich wollte bemerken, das sei das Respektloseste, das

sie je über den Hund ihrer Schwester gesagt hatte, aber ich wurde davon abgelenkt durch ihr Auge. »Luise«, sagte ich schockiert, »du hast ein Veilchen wie ein Preisboxer.«

»Ich weiß«, erwiderte sie relativ gelassen. »Soll ich erzählen, ich wäre vor eine Tür gelaufen?«

Sie sah wirklich ein wenig verprügelt aus, denn unter dem blauen Auge prangte zusätzlich die inzwischen verkrustete Platzwunde. Ich zuckte mit den Schultern. »Egal, was du erzählst, es glaubt dir sowieso keiner.«

»Wer weiß«, meinte sie gut gelaunt. »Aber sieh mal, so wie du aussiehst, könnte ich dir das in die Schuhe schieben.« Sie zog ihr Handy hervor. »Ich mach mal schnell ein Beweisfoto.«

»Wehe, du zeigst das irgendjemandem!«, drohte ich. Fotos von mir im Bikini würde ich immer zensieren wollen.

Luise lachte. »Mal sehen. Ich könnte es Fritz schicken, dann ist der in einer halben Stunde hier. Oder ...«

Weiter kam sie nicht, denn in diesem Augenblick begann Bettina zu schreien. Ich meine, sie hatte die ganze Zeit hinter Charlie hergerufen, aber dieser Schrei war anders. Ein Blick, und ich wusste auch wieso. Denn Bettina war zusammen mit Charlie mitten in meine Wespen-Ablenkungs-Station geraten.

Luise zuckte genau wie ich zusammen. »Was ist passiert?«

»Vielleicht hat eine Wespe sie gestochen«, schlug ich vor. Nach allen Erfahrungen mit Bettina muss ich zugeben, dass sich mein Mitleid in Grenzen hielt.

Luise hingegen reagierte beinahe hysterisch. »Ach du Scheiße!«, rief sie (und das ruft sie sonst nie). »Sie hat eine schwere Allergie gegen Insektenstiche.«

»Das wusste ich nicht. Was machen wir denn jetzt?« Ich sah Bettina auf uns zustolpern.

»Ich rufe den Notarzt«, sagte Luise mit einer Bestimmtheit, die ich ihr nie zugetraut hätte. Immerhin hatte sie ja ihr Telefon schon in der Hand.

»Zwei Stiche ins Bein«, keuchte Bettina, »und einer am Hals. Notfallpaket ist ... rosa Handtasche ...« Sie verdrehte die Augen.

Das war nicht gespielt. Sie war echt in Panik, weil sie wusste, was sich jetzt abspielte, und mir war klar, dass es sehr ernst war. Ich schob ihr meinen Gartenstuhl entgegen. »Ich suche das Notfallpaket«, sagte ich. »Wo ist die Handtasche? In deinem Zimmer?«

»Küche«, schnappte sie mühsam.

Luise wartete offensichtlich auf eine Verbindung. »Wenn du es hast, geh Tom holen!«, rief sie mir zu.

»Tom?«, fragte ich irritiert. »Wieso denn das?«

»Na, der ist doch Arzt«, versetzte sie, und dann hatte sie offensichtlich jemanden von der Rettung am Apparat.

Tom war Arzt? Ich hatte jetzt leider keine Zeit, dieser Information nachzugehen. Es war überdeutlich, dass es Bettina schlecht ging. Ich rannte los.

Zum Glück prangte nicht nur Bettinas Tasche unübersehbar auf dem Küchentisch, ich fand auch ihr Notfallpaket sofort darin. Vermutlich, weil es das einzige Objekt ohne Designerlabel war. Mit dem Päckchen in der Hand stürzte ich aus der Haustür und hinüber in Richtung Remise.

Tom war gerade dabei, das Geländer seiner Außentreppe zu streichen, und er bemerkte mich nicht sofort, weil er Kopfhörer aufhatte und Musik hörte. Aber irgendwann kriegte er doch etwas mit, bevor ich ihn erreicht hatte, und er zog seine Stöpsel aus den Ohren, als er mich sah.

»Tom! Tom!«, brüllte ich. »Komm schnell! Hilf uns!«

»Frida!«, rief er und kam auf mich zu. »Was ist passiert? Wo bist du verletzt?« Und noch ehe ich ihm erklären konnte, dass es gar nicht um mich ging, hatte er mich schon auf seine Arme gehoben und wollte mich die Treppe hinauf in seine Wohnung tragen. »Frida, Liebes, ganz ruhig«, sagte er. »Sag mir, was los ist.«

Frida, Liebes? Ich hatte keine Zeit darüber nachzudenken. Genauso wenig wie über die Tatsache, dass ich obenrum nur ein Bikinitop anhatte. »Lass mich runter!«, sagte ich. »Mir geht's gut.«

»Aber wieso blutest du?« Er studierte mich genauer. »Das ist gar kein Blut, oder?«

»Nein, das sind Kirschen«, sagte ich ungeduldig. »Du musst sofort mitkommen!«

Er drehte sich um, ohne mich abzusetzen, und erst als ich ziemlich zappelte, ließ er mich runter. Gemeinsam eilten wir zum Haus zurück. Luise kam uns schon entgegen. »Der Notarzt ist unterwegs!« rief sie.

Tom schnappte nach Luft, als er ihr Gesicht sah. »Luise!« Er blieb abrupt stehen. »Was ist dir passiert?«

»Das war nur der Kirschenentsteiner!«, brüllte sie. »Nun komm schon!«

»Was soll das mit diesen Kirschen?«, brüllte er zurück. »Wollt ihr mich verarschen?«

»Auf keinen Fall. Bettina hat einen allergischen Schock.«

Wie auf Knopfdruck wurde er wieder völlig ruhig. »Wo ist sie?«

»Draußen im Garten«, sagte ich und drückte ihm das Notfall-Set in die Hand. »Hier. Sie ist immerhin gut vorbereitet.«

»Hoffen wir's«, murmelte er und eilte mit langen Schritten durch die Küche nach draußen.

Bettina hing inzwischen ziemlich apathisch in ihrem Gartenstuhl und hatte offensichtlich Probleme beim Atmen. Jedenfalls machte sie Geräusche, die ich in dieser Form von einem Menschen noch nie gehört hatte. Bei allem Ärger, den ich immer wieder wegen ihr empfand, machte ich mir in diesem Moment große Sorgen um sie. Sogar ihr schrecklicher Köter tat mir leid, der wohl spürte, dass etwas nicht in Ordnung war, denn er sprang ausnahmsweise nicht wie ein Gummiball in der Gegend herum, sondern lag ganz still neben ihrem Stuhl.

Tom kniete sich vor Bettina und verwendete gefühlte fünf Sekunden, um sie zu untersuchen: Er fühlte ihren Puls und sah ihr in die Augen. »Holt mal eine Decke«, befahl er. Während Luise sich auf den Weg machte, öffnete er das Notfall-Set und nahm eine Art Stift heraus. Er zog die Kappe ab und ihren Rock hoch und rammte den Stift gegen Bettinas Oberschenkel. Ohne die Haut vorher zu desinfizieren. Das hätte ich mich nie getraut.

»Was ist das?«, fragte ich.

»Adrenalin«, antwortete er, ohne den Stift loszulassen.

Luise kam mit der Decke zurück. »Breite sie auf dem Boden aus«, befahl Tom und warf den Stift beiseite. Gemeinsam legten wir Bettina auf die Decke und warteten, bis sich ihre Atmung normalisierte. Charlie kroch winselnd neben sie und begann, ihre Arme abzulecken, was ich ziemlich widerlich fand.

»Soll ich ihn wegnehmen?«, fragte ich.

»Lass ihn ruhig«, sagte Tom. »Das spielt jetzt auch keine Rolle.«

Mir war es unangenehm, einfach hier herumzustehen und nichts zu tun. »Ich bring schon mal die Kirschen weg«, sagte ich. Ich trug die Schüssel in die Küche und stellte sie in den Kühlschrank. Durch das Fenster konnte ich beobachten, wie sich Tom und Luise ansahen. Über dem Ganzen hing eine surreale Atmosphäre – schließlich ging es hier plötzlich um Leben oder Tod. Am liebsten wäre ich in mein Auto gestiegen und einfach abgehauen. Solche Situationen sind nichts für mich.

Aber dann schien Bettina den Kopf zu heben und etwas zu sagen. Hieß das, sie hatte das Schlimmste hinter sich? Ich ging wieder zurück, um es herauszufinden.

»Bleib erst mal noch ruhig liegen«, sagte Tom gerade zu Bettina.

Jetzt war in der Ferne ein Martinshorn zu vernehmen. »Das ist der Notarzt!«, sagte ich erleichtert. »Ich geh denen mal entgegen.«

»So wie du aussiehst, ziehst du dir besser erst mal was an«, schlug Luise vor.

Sie fand es wohl etwas unangemessen, die Sanitäter im Bikini zu empfangen? Ich griff etwas geistesabwesend nach meinem T-Shirt und wollte es über den Kopf ziehen.

»Das macht es auch nicht unbedingt besser«, bemerkte sie.

Ich schaute an mir herunter und musste ihr zustimmen. »Bin gleich wieder da«, sagte ich und ging ins Haus. Ich erwog kurz, mich unter die Dusche zu stellen, aber erstens war ich ja mit den Kirschen noch nicht fertig, und zweitens war es wohl besser abzuwarten, was der Notarzt im Fall Bettina befand. Aber ich nahm mir die Zeit, um mir wenigstens die schlimmsten Flecken abzuwaschen, damit die Sanis mich nicht direkt mitnehmen würden.

Als ich mit einem alten Männerhemd über meinem Outfit wieder zurückkam, wurde Bettina gerade auf einer Trage durch die Küche transportiert. »Ich brauche meine Tasche!«, kommandierte sie. Das klang schon wieder wie die alte Bettina, dachte ich.

Luise nahm die rosa Handtasche vom Küchentisch. »Hier ist sie«, sagte sie beruhigend und drückte sie ihrer Schwester in die Hand. »Ich hol noch eben dein Beautycase.«

»Eigentlich würde ich mich ja lieber noch umziehen«,

sagte Bettina. »Dieser Baumwollrock ist schon total zerknittert.«

»Das stört bei uns niemanden«, erklärte ihr der vordere Sanitäter.

»Aber mich stört es!«, fauchte Bettina ihn an. Ich hatte den Eindruck, sie wäre von der Trage gesprungen, wenn man sie nicht zum Transport darauf festgeschnallt hätte. Sie rief mit ihrer durchdringendsten Stimme nach oben: »Luise? Bringst du mir bitte das taupefarbene Leinenkleid mit? Und die hellen Sandaletten?« Dann sah sie mich. »Frida? Siehst du irgendwo meine Illustrierte?«

»Ihr scheint es ja schon wieder gut zu gehen«, stellte ich fest, während die beiden Männer mit den orangefarbenen Westen sie durch den Flur manövrierten und ich ihr die Zeitschrift zusteckte.

»Sie soll nur vorsichtshalber die Nacht im Krankenhaus verbringen«, informierte mich der Sanitäter.

»Ich hoffe bloß, dass es ein Einzelzimmer gibt«, sagte Bettina. »Ich habe eine Zusatzversicherung.«

Luise kam mit Bettinas Notköfferchen zurück. »Ich fahre mit und nehme mir später ein Taxi zurück.«

»Und ich komme gleich wieder mit, wenn ich kein Einzelzimmer kriege«, setzte Bettina hinzu. Die Sanis kommentierten das nicht. Ich vermutete, sie konnten ruhig darüber hinweggehen, weil solche Probleme nicht in ihren Zuständigkeitsbereich fielen.

»Du kannst mich auch anrufen, dann hole ich dich ab«, sagte ich zu Luise. Durch das Fenster konnte ich sehen, dass Tom jetzt mit dem Rücken zum Haus auf der Decke saß. Ich nahm eine Flasche Wasser und zwei Gläser mit raus und setzte mich neben ihn. Sein Blick hing weit weg an der Obstwiese mit den Kirschbäumen, die irgendwie der Ausgangspunkt für das ganze Drama waren.

»Drink?« Ich hielt ihm ein Glas hin.

Er brauchte eine Sekunde, um sich auf mich einzustellen. »Wie? Ach ja, gute Idee.« Er nahm das Glas und ließ sich von mir einschenken.

»Oder möchtest du nach dem Schreck was Stärkeres?«, fragte ich ein bisschen verspätet.

»Besser nicht«, sagte er.

10

Wir saßen schweigend nebeneinander, bis wir das grelle Rot des Krankenwagens zwischen den Bäumen der Zufahrtstraße verschwinden sahen. Dann konnte ich meine Neugier nicht mehr im Zaum halten.

»Du bist also Arzt«, sagte ich.

»Nein, bin ich nicht«, widersprach er.

»Immerhin hast du das ziemlich professionell gemacht mit dieser Adrenalin-Spritze«, bohrte ich weiter.

»Die kann jeder setzen«, erklärte er. »So sind diese Notfall-Sets ausgelegt.«

»Aber Luise hat gesagt, ich soll dich holen, weil du …«

Tom seufzte tief. »Also gut, Frida. Ja, ich hab Medizin studiert. Ich hab meine Prüfungen abgelegt und danach als Assistenzarzt in einem Krankenhaus gearbeitet. Es hätte alles seinen guten Weg gehen können, wenn nicht …« Er zögerte.

Ich wartete, auch wenn mir in dieser Pause die wildesten Gedanken durch den Kopf schossen. Wieso gab jemand, der schon so weit gekommen war, seine Pläne auf?

»Ich war nicht geduldig genug«, sagte er schließlich. »Oder zu gierig. Egal, wie man es nennen will, ich hatte einfach keine Lust mehr auf diese Sache mit den langen Arbeitszeiten und der schlechten Bezahlung, während der Chef sich auf Karibik-Kreuzfahrten amüsiert oder die Kumpels von früher schicke Häuser kaufen, weil sie in ihren Jobs längst das dicke Geld verdienen. Und da bin ich an die falschen Leute geraten und hab ein paar Sachen gemacht, die … na ja, nicht ganz legal waren. Natürlich hätte ich wissen können, dass das auf Dauer nicht gutgeht, aber man meint ja immer, man wär schlauer als die anderen. Vor allem, wenn es so gut bezahlt wird. Da kommt man sich unangreifbar vor. Aber ich war nicht schlauer. Und irgendwann ist dann die Blase geplatzt.«

Wieder entstand eine Pause. Ich überlegte, ob ich ihn nach Details fragen sollte. Was war das wohl, was er jenseits der Legalität getan hatte? Aber, wurde mir klar, das war für mich nicht die wichtigste Frage.

»Und was ist dann passiert?«

Er lachte bitter. »Man könnte sagen, ich hatte noch Glück im Unglück. Ich musste nicht ins Gefängnis, sondern hab eine Bewährungsstrafe bekommen. Aber mit der Medizin war es natürlich aus. Das hätte ich mir vorher überlegen sollen … all die Jahre für die Tonne. Und pleite war ich noch obendrein. Ich hab ziemlich lange gekämpft, aber irgendwann musste ich private Insolvenz anmelden. Weißt du, was das heißt?«

Ich erinnerte mich dunkel, davon mal was gehört zu haben. Ich hätte aber nie gedacht, mal jemanden zu treffen, der das persönlich erlebt hatte. »So was wie ein Offenbarungseid, und nach sieben Jahren ist man schuldenfrei?«

»So ähnlich«, murmelte er und starrte wieder etwas verloren in die Obstwiesen.

Ich wollte auf diesem Thema nicht herumreiten, obwohl ich natürlich sehr neugierig war, was sonst noch alles dahintersteckte. »Und dann hast du eine Ausbildung zum Masseur gemacht?«

Jetzt zuckten seine Mundwinkel wenigstens ein bisschen. »Physiotherapeut ist der Begriff, den ich lieber höre.«

»Sei froh, dass ich nicht Knetmaus gesagt hab.«

Er grinste schon etwas mehr, was mich erleichterte. »Das solltest du nur tun, wenn du Streit suchst«, meinte er.

»Heute ausnahmsweise nicht«, sagte ich. Wieder verging eine Schweigeminute. Ich wollte aber mehr wissen: »Also Physiotherapeut.«

Tom nickte. »Das klingt alles ganz gut, wenn man es so sachlich zusammenfasst. Aber tatsächlich war es alles andere als lustig.«

»Das glaube ich dir. Wie hat denn deine Familie reagiert? Haben die dich unterstützt?«

Dummerweise hatte ich wohl wieder das falsche Thema angeschnitten, denn sein Gesicht verdüsterte sich. »Meine Familie? Vergiss es. Es war eher deine Familie, die meinen Arsch gerettet hat.«

»Meine Familie?«, wiederholte ich etwas perplex. Bis vor ein paar Monaten hatte ich diesen Mann überhaupt nicht gekannt.

»Genauer gesagt, dein Bruder.« Er hatte inzwischen sein Glas geleert und goss sich etwas Wasser nach. Ich wette, er hätte jetzt auch geraucht, wenn er an eine Zigarette gekommen wäre.

Immerhin gab mir das die Vorlage, um einiges aufzuklären. »Luise hat behauptet, du wärst ein Freund von Ole?«

»Freund wäre wohl etwas hoch gegriffen«, sagte Tom. »Wir kannten uns flüchtig aus der Studienzeit, ein Kommilitone von mir wohnte damals in der WG seiner Freundin.«

»Oles Freundin? Lara? Das muss ja ewig her sein.«

Tom nickte. »Ist es auch. Aber wie es so schön heißt – man trifft sich immer zweimal. Und das zweite Mal trafen wir uns dann, weil ich bei seiner Bank eine Menge Schulden hatte. Er hätte allen Grund gehabt, stinksauer auf mich zu sein. Stattdessen hat er mir seine Hilfe angeboten.«

Ich riss einen Grashalm ab und wickelte ihn um meine Finger. So plötzlich an Ole erinnert zu werden hatte ich nicht einkalkuliert. »So war er halt – nie nachtragend. Er wollte immer das Positive sehen.«

»Ich werde nie verstehen, wie er an mir was Positives sehen konnte«, sagte Tom. »Ich war so ein arrogantes Arschloch. Ich dachte, die Welt ist mir einfach was schuldig, weil ich so toll bin. Dann brach alles zusammen, und ich hatte nichts mehr – noch nicht mal einen Beruf, mit dem ich die Schulden hätte abzahlen können. Und da schlägt Ole mir vor, er würde mich unterstützen. Damit ich wieder auf die Beine komme.«

»Er hat dir Geld gegeben?«

»Nein«, sagte er kopfschüttelnd. »Das wäre ja alles sofort wieder weg gewesen. Aber den Ausbildungsplatz, den hat er mir besorgt. Bei jemandem, der ihm was schuldig war. Ich konnte ganz billig in einer Wohnung wohnen, die der Bank gehörte – in Verbindung mit einem kleinen Hausmeisterjob. Und er hat mir das Motorrad abgekauft und zurückgeliehen, damit ich ein Fortbewegungsmittel habe.«

»Verstehe«, sagte ich. Das erklärte die Versicherungsrechnung. »Luise weiß auch Bescheid?«

Tom nickte. »Es war ihre Idee, dass ich hier einziehe. Ich musste aus der Wohnung raus, weil bei der Bank umgebaut wurde.« Er schnaubte heftig. »Ist das nicht unglaublich, was ich für ein Glück hatte? Menschen, die immer zur passenden Zeit für mich da sind? Verdient hab ich das nicht. Und dann wird ausgerechnet dein Bruder von so einem Idioten umgemäht. Das ist einfach nicht gerecht.«

Das empfand ich ja ähnlich. »Du bist nicht der Einzige, der damit hadert.«

»Ich weiß«, sagte er. »Ehrlich gesagt hat mich das ziemlich beeindruckt, wie ihr als Familie zusammenhaltet.«

»Nun häng das mal nicht zu hoch«, wehrte ich ab. »Ich bin mir jedenfalls nicht sicher, ob ich nicht in der Hinsicht einen großen Fehler gemacht habe.«

»Das musst du wissen«, meinte Tom zögernd. »Aber du tust es doch für deinen Bruder.«

»Ich hab ihm versprochen, mich um Luise zu kümmern.«

»Ich auch«, sagte er.

»Tatsächlich? So grundsätzlich oder …«

»Im Krankenhaus«, sagte er knapp. »Wir wussten beide, dass er's nicht schafft.«

Und dann saßen wir eine ganze Weile da, schweigsam und ratlos, und Luise war irgendwie zwischen uns. Ich hätte ihn so gern gefragt, was sie ihm bedeutete. Wenn ich mir selbst klarer gewesen wäre, hätte ich es vielleicht getan. Aber jedes Mal, wenn er mir begegnete, war ich wieder verunsichert. Ich war ja kein junges Mädchen mehr, das ohne nachzudenken auf ein attraktives Gesicht und einen gut aussehenden Körper abfuhr. Was Tom zweifellos aufweisen konnte. Aber er war offensichtlich ein schwieriger Fall, nicht nur wegen der Vorgeschichte, die er mir gerade in groben Zügen dargelegt hatte.

Außerdem gab es doch Fritz. Oder wo war der eigentlich? In meinem Kopf? In meinem Herzen? Irgendwie seltsam: Wenn ich mit ihm zusammen war, interessierte er mich schon. Aber sonst dachte ich eigentlich relativ wenig an ihn. War das in Ordnung? War das normal?

Aber was war schon normal … und heimlich und ungefragt schlich sich wieder das unerwünschte Thema an, hinterrücks, nicht eingeladen. Ein kleiner Knubbel, nicht viel größer als ein Pickel. So oft hatte ich ihn schon aus meinen Gedanken ausgesperrt: Du bist jetzt nicht dran, geh weg, du störst. Aber er kam immer wieder, wie Staub auf den Möbeln.

Vielleicht sollte ich jetzt die Chance nutzen. Neben mir saß ein studierter Mediziner, der würde mir immerhin einen Rat geben können. Die Gelegenheit war günstig, solange Luise und Bettina auf dem Weg ins Krankenhaus waren.

Ich holte tief Luft, so wie ich das tue, bevor ich mich in kaltes Wasser stürze. Also los. »Tom? Kann ich dich mal was fragen?«

Er sah mit einem kleinen Lächeln zu mir herüber. »Klar. Das tust du doch schon die ganze Zeit.«

»Na ja ... jetzt geht's um was anderes.« Ich knöpfte mein Hemd auf und streifte es ab.

Augenblicklich wurde er wachsamer. »Frida? Was hast du vor?«

»Ich muss dir was zeigen«, sagte ich hastig und öffnete auch das Bikinioberteil. Leider blieb es nicht wie sonst schon mal auf meinen Schultern hängen, sondern rutschte direkt meine Arme hinunter, so dass ich obenrum quasi nackt war. Bis auf ein paar Spritzer Kirschsaft, die ich bei meiner Reinigungsaktion übersehen hatte.

Toms Gesichtsausdruck war schwer zu deuten. Vermutlich zogen sich in seiner Praxis schon genügend Leute vor ihm aus, das brauchte er nicht noch in seiner Freizeit. Aber für mich gab es kein Zurück mehr.

»Fühl mal hier entlang«, forderte ich ihn auf. »Was ist das?«

Ich schloss die Augen, während er die Region rund um den Knubbel gründlich abtastete. Ich hätte mir gern vorgestellt, dass die Situation eine andere wäre: Er hätte mir das Oberteil selbst ausgezogen und mich berührt, weil er sich zu mir hingezogen fühlte. Immerhin war es warm und still, wir saßen auf einer Sommerwiese, es roch nach Gras und Blumen. Aber es war nun mal anders. Ich machte die Augen wieder auf und sah seine konzentrierte Miene.

»Seit wann hast du das?«, fragte er mit rauer Stimme. »Wann hast du das zum ersten Mal bemerkt?«

»Ein paar Wochen vielleicht?«

»Und du hast noch nichts unternommen?« Sein Ton wurde schärfer.

»Na ja, es war so viel los, und ich wusste nicht, ob ... ich meine ... ich hatte noch nie ...«

»Herrgott noch mal, Frida«, polterte er los. »Du bist doch sonst eine vernünftige Frau. Und jetzt kommst du mit solchen pflaumenweichen Ausflüchten? Komm schon, es ist allgemein bekannt, dass man in solchen Fällen nicht zögert, sondern das so schnell wie möglich untersuchen lässt.«

»Du meinst also, das ist ein Tumor?« So, jetzt hatte ich es ausgesprochen. Jetzt war ich doch wieder vernünftig und erwachsen, oder? Deshalb streifte ich auch das Hemd wieder über, ohne Bikinioberteil, weil das so schwierig zuzumachen war, und ich wollte so schnell wie möglich wieder angezogen sein.

»Ich habe keine Ahnung, was das ist«, sagte er, jetzt wieder etwas ruhiger. »Du solltest das schleunigst untersuchen lassen. Es muss nichts Böses sein – aber es könnte.«

»Es könnte«, wiederholte ich, plötzlich von dem Gedanken schockiert. Bis jetzt hatte ich noch nicht zugelassen, diese Möglichkeit ernsthaft auf mich zu beziehen. Krebs war etwas, das andere Leute bekamen. Aber ich doch nicht. Ich doch nicht!

»Ich glaub das einfach nicht«, sagte er kopfschüttelnd. »Du rennst wochenlang mit einem Knoten in der Brust herum und unternimmst nichts – dachtest du, das geht einfach so wieder weg?«

Ich war es nicht mehr gewohnt, von anderen getadelt zu werden. Ich kam mir wieder vor wie das kleine

Mädchen von damals, dem sein Vater eine Standpauke hält. Und – was wirklich total unmöglich war – genau wie damals schossen mir heiße Tränen in die Augen. »Natürlich habe ich das nicht gedacht«, sagte ich heftig und drückte mir die Finger gegen die Augenlider, damit da bloß nichts raustropfte. »Ich wäre in den nächsten Tagen schon zum Arzt gegangen. Es ist nur …« Und dann wollte leider meine Stimme nicht mehr so recht.

»Ach Frida«, sagte Tom mit weicher Stimme, und ich fühlte, wie er mich an sich zog. »Ich wollte nicht, dass du dich noch schlimmer fühlst. Aber vielleicht kannst du verstehen, dass ich mir auch Sorgen mache?«

»Du machst dir Sorgen?«, murmelte ich, noch nicht ganz sicher, was sich da abspielte. Es fühlte sich einfach zu gut an in seinen Armen, ganz nah an seiner Schulter, und fast hätte ich glauben mögen, er hätte mich auf die Schläfe geküsst. Aber so genau wusste ich es nicht, es könnte auch ein Versehen sein.

»Meine Güte, Frida«, sagte er, und diese ungewohnte Nähe nahm seinen Worten das Vorwurfsvolle und machte sie beinahe zärtlich. »Weißt du, das ist keine Kleinigkeit. Wir müssen so schnell wie möglich klären, worum es sich handelt.«

»Wir?« Ich war weiterhin nicht sicher, ob das hier nur eine kurzfristige Tröstungsaktion war … oder etwas anderes. Jedenfalls lag mein Kopf immer noch an seiner Schulter, und seine Hand strich über mein Haar.

»Ich könnte dir ganz schnell einen Termin besorgen«, erklärte er. »Ich habe immer noch einige Kontakte. Bitte, schieb das nicht länger auf.«

Ich hob meinen Kopf ein Stück, um ihn ansehen zu können. »Ich wusste nicht genau, wo ich hingehen soll«, gestand ich. »Ich kenn mich da gar nicht aus.«

»Aber ich«, erwiderte er mit einem Lächeln. »Ich kümmere mich darum. Wenn du willst.«

»Ja, bitte«, sagte ich, fasziniert von diesem Lächeln. Eigentlich war es absurd. Wir redeten hier über eine Krebsuntersuchung – aber es fühlte sich an wie eine Liebeserklärung. Tom hatte mich schon oft angelächelt, aber noch nie so wie jetzt. Und noch nie hatte er schließlich dabei den Kopf so geneigt, dass er mich küssen konnte.

Du meine Güte! Tom küsste mich. Und zwar nicht wie ein mitleidiger Tröster, sondern wie ein Mann, der mehr will. Wie jemand, der schon lange darauf gewartet hat, dass er das endlich tun kann. Und mir ging es ähnlich, denn ganz heimlich hatte ich mir schon öfter ausgemalt, wie es sein könnte.

Ich schlang meine Arme um seinen Hals, um ihm noch näher zu sein. Ich hatte den Eindruck, noch nie so geküsst worden zu sein, so leidenschaftlich, so intensiv. Ich spürte seine Hände unter meinem Hemd, jetzt nicht mehr vorsichtig tastend, sondern fordernd. Und auch ich wollte mehr von ihm spüren, schob meine Finger unter sein T-Shirt, bis er es mit einer heftigen Bewegung über den Kopf zog und beiseite warf. Zusammen fielen wir auf die Decke, eng umschlungen, mit tausend Küssen.

»Du schmeckst nach Kirschen«, flüsterte er.

»Wieso bloß?«, sagte ich lachend. Es war unglaublich, so unerwartet und doch so unausweichlich, als hätte es einfach passieren müssen.

»Keine Ahnung«, grinste er. »Aber es ist sehr sexy.«

Ich spürte, wie er den Reißverschluss meiner Shorts öffnete. »Das können wir hier nicht machen«, flüsterte ich.

»Dann gehen wir zu mir«, sagte er ganz sachlich. Ich fand es toll, dass er sich weder davon unterbrechen ließ noch die Tatsache infrage stellte, dass ich mich nicht im Freien von ihm ausziehen lassen wollte. Stattdessen zog er mich hoch und nahm mich bei der Hand. Mit eiligen

Schritten erreichten wir seine Wohnung, sein Bett, und dann gab es kein Halten mehr.

Noch nie hatte ich so spontan mit jemandem geschlafen, aber das hier war in jeder Beziehung anders. Ich fühlte mich in jeder Sekunde wohl und sicher und begehrt, sogar die Verhütungsfrage war nicht peinlich, alles fügte sich zusammen, als hätte es einfach so kommen müssen. Keine Vorbehalte, keine Zweifel, nur Zärtlichkeit und Lust und eine geradezu magische Anziehungskraft.

Tom lachte, als ich mich über ihn beugte. »Das ist es«, sagte er.

»Das ist was?«

Er schlang sich eine meiner Haarsträhnen um den Finger und zog mich noch ein Stück näher. »Das, was ich seit Wochen wollte.«

»Seit Wochen?«, wiederholte ich verblüfft.

Er lachte immer noch. »Du hast wohl keine Ahnung, wie aufregend du bist.«

Hatte ich tatsächlich nicht. Vielleicht, weil ich selbst viel zu aufgeregt war. Ich würde es mir später erklären lassen. Aber nicht jetzt. Jetzt war was anderes dran.

Vielleicht haben wir danach ein bisschen geschlafen. Oder zumindest gedöst. Jedenfalls lagen wir schweigend nebeneinander, ab und zu spürte ich seine zärtlichen Finger auf meiner Haut, und alles fühlte sich total gut an.

Bis ich Luise hörte. »Frida?«, rief sie mit leicht schriller Stimme. »Frida, wo bist du?«

Ich schoss mit einem Ruck hoch. »Heiliger Bimbam! Luise ist zurück!« Fast panisch schwang ich mich aus dem Bett.

Tom setzte sich langsamer auf. »Was hast du denn, Frida?«

»Luise ist auf dem Hof! Was denkt die bloß jetzt von

mir?« Hektisch suchte ich meine Sachen zusammen – zum Glück war Toms Wohnung ja sehr übersichtlich, sodass ich Bikinihöschen, Shorts und Hemd in Rekordzeit anziehen konnte – und stürzte aus der Tür.

Ich weiß nicht, ob ich wirklich geglaubt hatte, ich könnte Luise täuschen. Aber spätestens als ich sie auf dem Hof stehen sah, mit meinem Bikinitop und Toms T-Shirt in der Hand, war mir klar, dass sie genau wusste, was sich hier abgespielt hatte. Ihr schockierter Gesichtsausdruck sprach Bände.

In diesem Moment hinterfragte ich überhaupt nicht, warum ich mich so schuldig fühlte wie eine Minderjährige, die von ihren Eltern erwischt wird. (Und nur um das klarzustellen, das war mir nie passiert. Damals hatte ich viel zu viel Respekt vor meinen Eltern, um auch nur einen Hauch von Risiko einzugehen.)

Luise sah das jedenfalls ähnlich. »Du und Tom? Frida, wie kannst du nur?«

Statt ihr zu sagen, dass das ja wohl meine Sache sei, dass ich alt genug und ungebunden und es vielleicht längst überfällig wäre, dass ich ein Mal spontan handelte und mich von einem attraktiven Mann verführen ließ, zuckte ich nur hilflos mit den Schultern. »Luise, ich weiß auch nicht ...«

Luise spielte die Rolle der empörten Erziehungsberechtigten perfekt. Vielleicht hatte sie schon lange darauf gewartet, das mal tun zu können, weil ihr eigene Kinder ja versagt geblieben waren. »Ich hab dich angerufen, aber du bist nicht an dein Handy gegangen. Kannst du dir vorstellen, was in mir vorgeht, wenn ich nach Hause komme und niemanden mehr vorfinde? Da steht eine Wanne mit Kirschen, und du bist verschwunden? Und dann sehe ich dein Oberteil und ... und ...«

»Mach dir keine Sorgen wegen der Kirschen«, sagte ich, froh über die erstbeste Chance, von Tom und mir abzulenken. »Das mache ich sofort, ich habe ja nun den Automaten.« Ich spürte mehr, als ich es sah, dass Tom inzwischen auch nach draußen gekommen war. Er wollte mir die Hand um die Hüfte legen, aber ich blieb nicht dort stehen, sondern eilte die Treppe hinunter, riss der verdutzten Luise mein Bikinioberteil aus der Hand und lief Richtung Haus. Ich wollte einfach nur weg aus dieser Situation. Plötzlich konnte ich nachvollziehen, wie sich meine Schüler fühlten, wenn sie sich wegen eines Vergehens eine Strafpredigt von mir anhören mussten.

Luise warf Toms T-Shirt auf die Treppe. »Das ist ja wohl deins«, sagte sie, immer noch mit diesem vorwurfsvollen Ton, und drehte dann würdevoll ab, um mir zu folgen.

So schnell es ging, durchquerte ich die Küche und kehrte an meinen Arbeitsplatz zurück. Der Entsteiner stand halb ausgepackt auf dem Gartentisch. Ich baute ihn eilig zusammen und hatte bereits die erste Handvoll Kirschen durchgejagt, als Luise bei mir ankam.

»Wie geht es Bettina?«, fragte ich schneller, als sie mit ihrer Brandrede anfangen konnte.

»Bettina geht es gut«, sagte sie und ließ sich auf dem Gartenstuhl neben mir nieder. »Sie hat bereits angefangen, sich durch Sonderwünsche unbeliebt zu machen, und morgen Vormittag können wir sie abholen.«

»Schön«, sagte ich, ganz konzentriert auf den nächsten Schwung Kirschen, damit ich sie nicht anschauen musste.

»Ja, schön«, sagte Luise. »Und wie geht es dir?«

»Auch gut«, erwiderte ich. »Setz dich lieber ein Stückchen weiter weg, es könnte trotz allem noch spritzen.«

Sie rückte ihren Gartenstuhl ein wenig zur Seite, um ihr schickes Sommerkleid nicht zu gefährden. »Frida, ich kann das nicht fassen«, fuhr sie fort. »Was hast du dir bloß dabei gedacht? Morgen kommt Fritz, was soll ich dem nur sagen?«

›Was hast du dir dabei gedacht?‹ ist eine Frage, die ich bestimmt auch schon oft gestellt hatte. Ich nahm mir vor, das nie wieder zu tun. In den meisten Fällen konnte man darauf keine vernünftige Antwort finden – entweder, weil man sich dabei gar nichts gedacht hatte, oder, weil man das, was man wirklich gedacht hatte, auf keinen Fall jemandem erzählen würde, der gerade empört vor einem steht.

»Erstens«, sagte ich, während ich Kirschen entsteinte, als gäbe es eine Akkordvorgabe dafür, »wäre ich dir dankbar, wenn du ihm gar nichts sagst, sondern mich das selbst regeln lässt.«

Ich hörte sie tief einatmen, bevor sie darauf antwortete. »Na gut. Aber ich verlange von dir, dass du kurzfristig mit ihm sprichst, Frida. Ich werde nicht zulassen, dass mein Bruder dir nichtsahnend weiter den Hof macht, nachdem du ihn betrogen hast.« Den Hof machen! Nur jemand wie Luise konnte das in aller Ernsthaftigkeit sagen, ohne absolut lächerlich zu klingen.

»Damit kommen wir zu zweitens«, sagte ich, inzwischen ein wenig selbstsicherer. Mir war endlich wieder bewusst geworden, dass ich eine erwachsene Frau war und Luise in keiner Weise das Recht hatte, mich zu erziehen. »Ich bin weder verlobt noch verheiratet mit Fritz. Wir sind noch nicht mal offiziell ein Paar oder haben uns gegenseitig die Treue versprochen. Weshalb mir die Formulierung ›betrügen‹ ein wenig übertrieben erscheint.«

Wieder zögerte Luise einen Moment, bevor sie sagte: »Wenn du das so siehst ... Ich bin mir ziemlich sicher, Fritz würde das anders bewerten. Aber lassen wir das dahingestellt. Trotzdem bleibt es Betrügen.«

Man konnte sagen, was man wollte, Luise und Bettina hatten ein tolles Maschinchen gekauft. Die Kirschen flutschten nur so durch, so dass ich ganz begeistert darüber war, wie schnell sich die Schüssel mit den entsteinten Früchten füllte. Ich wünschte, ich hätte mich vollkommen darauf konzentrieren können. »Was meinst du damit? Wen habe ich betrogen?«

»Es geht mehr um Tom. Und um seine Frau.«

Es war, als hätte man mir den Boden unter den Füßen weggezogen. Ich ließ den Entsteiner los. »Tom hat eine Frau?«

»Das wusstest du wohl nicht, was?«, fragte Luise mit sarkastischem Unterton. »Du steigst einfach mit ihm ins Bett, dabei weißt du nichts über ihn. Das hätte ich von dir nicht erwartet, Frida. Es passt einfach nicht zu dir.«

»Nein, das wusste ich nicht«, sagte ich völlig entgeistert. Er hatte mir so viel über sich erzählt – auf mein Drängen, wohlgemerkt –, dass ich nicht darauf geachtet hatte, dass es nur ausgewählte Stücke waren und wichtige Details dabei ganz offensichtlich gefehlt hatten.

Äußerlich riss ich mich zusammen und füllte die nächste Ladung Kirschen in das Gerät. Für jede Frucht musste man einmal auf den Hebel hauen, und das kanalisierte meinen Frust zu einem gewissen Grad. Aber in mir tobte das Chaos. Noch nie in meinem Leben hatte mich jemand so reingelegt. Ich hatte angenommen, er hätte mir sein ganzes schwieriges Leben anvertraut, und auf dieser Basis wären wir uns nähergekommen, so nach dem Prinzip »jetzt weiß sie eh das Schlimmste von mir und ist nicht schreiend davongelaufen, vielleicht mag sie mich ja wirklich«. Tatsächlich hatte er wohl eher meinen schwachen Moment ausgenutzt. Immerhin hatte ich mich ihm schon quasi auf dem Silbertablett präsentiert, er brauchte im wahrsten Sinne des Wortes nur noch zuzugreifen. Und das hatte er getan.

Schlimm genug. Noch schlimmer, dass Luise das mitgekriegt hatte. Natürlich würde auch Bettina davon hören, und dass ich es Fritz beichten musste, hatte ich Luise überdies versprochen. Ich hatte mich selbst in einen richtig tiefen Mist hineingeritten. Und gerade jetzt konnte ich das am wenigsten brauchen, denn nichts von all dem änderte etwas an der Tatsache, dass ich unter Umständen einen bösartigen Knoten in der Brust hatte. Vielleicht so groß wie die Kirschkerne, die ich nach wie vor in den Sammelbehälter klopfte, als wäre es das Wichtigste auf der Welt.

Tom war verheiratet. Nicht, dass die Tatsache an sich eine solche Katastrophe war. Wäre es eine Beziehung, in denen sich die Partner lieben und ehren, wie wir es alle in irgendeiner Form vor dem Altar oder dem Standesamtsschreibtisch geloben, dann wäre seine Frau ja längst mal hier aufgetaucht. Oder er hätte von ihr erzählt. Also, folgerte ich, musste es sich etwas anders verhalten. Aber egal, wie gescheitert die Beziehung war, ich hatte nichts davon gewusst, und das schmerzte mehr als erwartet.

Was sollte ich jetzt tun? Auf keinen Fall würde ich mich verhalten wie die Menschen in den albernen Fernsehfilmen, die alles noch schlimmer machten, weil sie nicht miteinander redeten. Nachdem mir Luise irgendwann das Weiterarbeiten verbot, weil sie Angst hatte, ich könnte von der ganzen Hebelklopperei eine Sehnenscheidenentzündung bekommen, entschloss ich mich, mit Tom zu sprechen.

Natürlich hatte er mit dem Streichen längst aufgehört, so dass ich an seine Tür klopfen musste. Ich glaube, er musste sich erst mal überlegen, ob er aufmachen sollte, denn ich stand ziemlich lange draußen.

»Wir müssen reden«, sagte ich, als er schließlich öffnete.

Sein Gesichtsausdruck war verschlossen. »Müssen wir das?«, fragte er zurück. Aber dann trat er doch einen Schritt zurück und ließ mich rein.

Das Erste, was mir in seiner sowieso schon übersichtlichen Wohnung auffiel, war, dass sein Bett nicht mehr dort stand, wo es heute Nachmittag noch gewesen war. Ich konnte nicht erkennen, wo er es hingeräumt hatte, aber das war auch nicht die wichtigste Frage, die wir zu klären hatten.

Tom wies sehr förmlich auf seine Couch. »Setz dich. Soll ich Tee machen? Oder Kaffee?«

»Gib mir einfach ein Glas Wasser. Aus der Leitung.« Ich ließ mich auf dem Sofa nieder. Er stellte mir das gewünschte Wasser hin und blieb dann gegen den Küchentresen gelehnt stehen, was die Gesprächsatmosphäre nicht verbesserte. Aber offensichtlich wollte er sich nicht zu mir auf die Couch setzen.

»Du wolltest mit mir sprechen?«, fragte er in kühlem Ton. Ich war ganz irritiert, weil ich ihn noch nie so distanziert erlebt hatte. Sein Verhalten nahm mir viel von der Energie, mit der ich mich zu ihm auf den Weg gemacht hatte.

»Ich muss dich was fragen.«

Er nickte. »Bitte.«

»Luise hat gesagt, du wärst verheiratet.«

Eine Sekunde lang starrte er mich reglos an. Dann nickte er wieder leicht mit dem Kopf. »Wenn sie das sagt, dann wird es ja wohl stimmen. Was hat sie sonst noch gesagt?«

»Das tut jetzt nichts zur Sache«, erwiderte ich.

Tom kniff die Lippen zusammen. »Offensichtlich entscheidet Luise hier, was etwas zur Sache tut?«

Ich wurde immer unruhiger. »Also ist es so? Du bist verheiratet? Warum hast du mir davon nichts erzählt?«

»Weil es unerheblich ist«, sagte er.

»Unerheblich?«, wiederholte ich ungläubig.

»Du bist geschieden, ja?«

Ich nickte.

»Wie lange hattest du keinen Kontakt mehr zu deinem Ex?«

Ich zuckte mit den Schultern. »Keine Ahnung. Ein halbes Jahr vielleicht. Wir schreiben uns ab und zu eine E-Mail – zu Weihnachten oder zum Geburtstag.«

Tom ging zu seinem Küchenschrank und holte ein Glas heraus. Er beugte sich zu einem anderen Schrank und holte den Whisky hervor, von dem er sich eine kleine Portion eingoss. »Ich habe seit fünf Jahren nichts mehr von Martina gehört. Wo ist da der Unterschied?«

»Vielleicht da, wo ihr euch nicht habt scheiden lassen?«

»Ist das so wichtig? Als sie mitbekommen hat, was ich für ein Idiot war, hat sie ihre Sachen gepackt und ist gegangen. Sie ist auch Medizinerin und wollte auf keinen Fall da mit reingezogen werden. Monatelang hatte ich keine Ahnung, wo sie war. Unsere Verbindung ist seitdem so gut wie tot. Es hat nur keiner von uns die Initiative ergriffen und die Scheidung beantragt. Ihr kann es wegen der Gütertrennung egal sein. Ich hatte weiß Gott andere Probleme. Warum sie es nicht getan hat, weiß ich nicht. Beantwortet das deine Frage?«

Er klang gleichzeitig aggressiv und verletzt. Ich hätte in diesem Moment nicht versucht, ihm in irgendeiner Form näherzukommen. »Meine Frage war eigentlich, warum du mir nichts davon gesagt hast. Wir … wir waren uns so nahe. Dachte ich. Und plötzlich habe ich den Eindruck, dass ich dich überhaupt nicht kenne.«

Tom stellte sein Glas hart auf den Tresen. Er lachte freudlos. »Du meine Güte, das merkst du erst jetzt?«

Jetzt fühlte ich mich auch verletzt. »Tut mir leid, wenn ich ein bisschen schwer von Begriff bin. Soll nicht wieder vorkommen.«

»Was soll nicht wieder vorkommen?«, fragte er mit einer Ironie, die wie ein Messer schnitt. »Dass wir Sex haben?«

»Unter diesen Umständen jedenfalls nicht«, gab ich

zurück. »Ich hab mich heute zu etwas hinreißen lassen, das … das hab ich noch nie getan. Eigentlich möchte ich jemanden erst kennenlernen, bevor ich mit ihm ins Bett gehe.«

Tom kniff skeptisch die Augen zusammen. »Ist das nicht eine etwas überzogene Erwartung?«, fragte er. »Ist es nicht eher so, dass man sich erst über Jahre wirklich kennenlernt? Dass es immer ein Risiko bleibt?«

»Mag sein«, sagte ich langsam. Ich erinnerte mich an Momente mit Jonathan, wo ich absolut sprachlos war – ich hatte geglaubt, ihn einschätzen zu können, und hatte plötzlich völlig unbekannte Züge an ihm entdeckt. »Trotzdem, heute – das hat mich total überfahren.«

»Das hab ich gemerkt«, sagte er bitter. »Spätestens als du weggerannt bist wie von der Tarantel gestochen. Ich glaub, ich hab mich schon lange nicht mehr so beschissen gefühlt wie in diesem Moment. So als wäre ich ein … Gigolo oder so. Du hast dich geschämt dafür, dass du mit mir geschlafen hast.«

Ich sah die Situation vor mir: Luise auf dem Hof als personifizierter Vorwurf. Ich hatte mich nur noch schlecht gefühlt und war einfach abgehauen – ohne ein Wort, ohne ihn überhaupt anzusehen. Er hatte mich anfassen wollen, vielleicht auch, um zu mir, zu uns zu stehen, und ich war gegangen. Plötzlich begriff ich: Ich hatte keine Sekunde an ihn gedacht, nur an mich. Und jetzt schämte ich mich wirklich.

»Tom«, sagte ich, »es tut mir leid, ich wollte nicht …«

»Hör bloß auf!«, unterbrach er mich mit einem zornigen Funkeln in den Augen. »Das ist das Letzte, was ich jetzt brauche. Ich habe akzeptiert, dass ich Luises Sozialprojekt bin. Ich kann damit leben, dass Fritz und Bettina mich als eine Art besseren Dienstboten sehen. Aber was ich auf keinen Fall ertragen kann, ist *dein* Mitleid. Schon gar nicht nach all dem, was heute passiert ist. Ich dachte, dass du anders bist. Ich hab's einfach mal riskiert. Ich hätte nicht gedacht, dass es dir so peinlich ist.«

Das schmerzte schon sehr. Ich war so selbstgerecht zu ihm gegangen als dem Mann, der mir seine Ehefrau unterschlagen hatte. Und jetzt saß ich hier als die Frau, die ihn im Stich gelassen hatte, als er ebenso verletzlich war wie ich. Ich konnte noch nicht mal genau sagen, wieso. Was wäre denn passiert, wenn ich Luise kühl die Stirn geboten hätte? Warum konnte ich nicht einfach sagen: »Ja, ich war mit Tom zusammen, und es geht dich überhaupt nichts an!« Was war daran so schwer?

Und wie konnte ich die Situation retten, wenn ich noch nicht mal zum Ausdruck bringen durfte, dass es mir leidtat? Betroffen sah ich zu, wie Tom sich noch einen Whisky einschenkte. Er bemerkte meinen Blick und sagte mit dem gleichen ironischen Tonfall wie eben: »Keine Sorge, das ist das einzige Betäubungsmittel, mit dem ich noch zu tun habe.«

»Darum mache ich mir keine Sorgen.«

»Worum dann?«, fragte er mit provozierendem Blick. »Um Luises Wohlwollen? Um Bettinas Herablassung? Oder darum, dass der noble Freiherr dich jetzt möglicherweise für ein Flittchen hält?«

In diesem Moment gab es wohl nichts, was uns einander wieder nähergebracht hätte. Ich stand auf. »Du weißt, weshalb ich mir Sorgen mache. Ich will das nicht als Entschuldigung anführen für alles, was heute schiefgelaufen ist. Aber ich bedaure es, glaub es mir einfach. Ich würde es ändern, wenn ich könnte.«

Und dann drehte ich ihm den Rücken zu und verließ seine Wohnung, ohne auf seine Reaktion zu warten. Ich hätte heulen mögen. Aber das half mir auch nicht weiter. Also ließ ich es.

11

Als ich den Hof überquerte, erfasste mich eine ungeheure Niedergeschlagenheit. Nichts in meinem Leben war in Ordnung, und an den meisten Sachen war ich selbst schuld – zumindest teilweise. Statt ins Haus zu gehen, begab ich mich deshalb wieder mal in die Laube. Immerhin konnte ich sicher sein, dass Tom da jetzt nicht saß. Und er würde wohl auch nicht mehr herkommen heute Abend. Diese Laube war der Ort, an dem wir uns so viel erzählt hatten, das Symbol unserer besonderen Beziehung. Die es in dieser Form nicht mehr gab, weil ich sie durch meine Gedankenlosigkeit kaputtgemacht hatte.

Ich ließ mich auf die Bank fallen und starrte in den Himmel, der inzwischen ein sattes Blau angenommen hatte. Vielleicht geht es den meisten Menschen so, dass sie in solchen Momenten tiefer Verzweiflung darüber nachdenken, alles hinter sich zu lassen – vom Wegrennen und Auswandern bis zum Selbstmord geht einem da so manches durch den Kopf.

Aber ich bin schließlich keine übersensible Prinzessin. Ich hatte schon andere Krisen überwunden, und auch das hier würde ich überstehen, selbst wenn ich im Augenblick wenig Mutmachendes erkennen konnte.

Was würde ich jemandem raten, der in einer ähnlichen Lage war? Erstens: sich der Situation stellen. Zweitens: die Möglichkeiten sammeln und bewerten. Drittens: einen Plan machen.

Also los. Was war meine Situation?

Ich hatte keine richtige Wohnung mehr. Ein Teil meiner Habseligkeiten war notdürftig eingelagert, ein anderer durch den Wasserschaden unbrauchbar. Aber immerhin hatte ich noch einen Job und damit meine finanzielle Unabhängigkeit.

Dafür war mein Liebesleben im Eimer. Ich hatte mit Tom eine seltene Chance gehabt und sie absolut versaut. Und ich hatte keine Ahnung, was ich Fritz morgen sagen sollte. Aber gerade jetzt, nachdem ich es all die Jahre ganz gut ohne Partner ausgehalten hatte, fühlte ich in mir eine riesige Sehnsucht nach einem Menschen, dem ich mich total anvertrauen konnte. Vielleicht hatte es mit Oles Tod zu tun, der mir vor Augen geführt hatte, wie schnell alles zu Ende sein kann. Wie wichtig Beziehungen sind.

Vielleicht hing es auch mit der Furcht zusammen, die dieser kleine Knubbel immer wieder in mir auslöste. Was war denn, wenn das der Beginn einer schweren Krankheit war? Wer würde es dann mit mir aushalten, wenn es mir schlecht ging und ich meine Haare verlor und wegen der Chemo ständig kotzen musste und ich deswegen unausstehlich wurde? Wäre da jemand, der mich so sehr vermisste, wenn es schiefging, dass er die Schleifen der Trauerkränze verwahren würde?

Jetzt wirst du aber überdramatisch, schalt ich mich selbst. Halt dich an deinen Plan. Jetzt ist zweitens dran: die Möglichkeiten bewerten.

Die Wohnsituation ließe sich ändern. Ich müsste nur mit Luise reden und ihr erklären, dass ich so nicht weitermachen würde. Entweder zog Bettina aus oder ich. So einfach war das.

Theoretisch.

Praktisch war ich mir nicht sicher, ob ich die Kraft zu dieser Konfrontation besaß. Gefühlt hatte Luise gerade eindeutig die Oberhand und ich die sprichwörtliche Arschkarte. Denn ich hatte mich auf eine Art und Weise verhalten, die nicht nur in Luises Moralkodex völlig inakzeptabel war, sondern auch in meinem: spontan, gedankenlos, ohne die Sachlage wirklich einschätzen zu können. Ich hatte mich einfach gehen lassen, ohne vorher nachzudenken. Und dementsprechend hatte ich postwendend die Quittung bekommen. Kleine Sünden bestraft der liebe Gott sofort, heißt es schließlich.

Während das Blau des Himmels immer dunkler wurde und die ersten Sterne hindurchschimmerten, dachte ich über etwas nach, das man immer wieder in klugen Ratgebern und den Autobiografien großer Menschen lesen kann: dass man keine Angst davor haben sollte, Fehler zu machen. Im Gegenteil, man solle dafür dankbar sein, weil sich daraus so viel lernen ließe.

Alles Bullshit. Mag sein, dass das aus der Rückschau zutrifft. Aber in dem Augenblick, in dem der Fehler dick und neongelb leuchtend im Raum steht und stinkt wie ein Misthaufen, gibt es vermutlich keinen auch nur halbwegs normalen Menschen, der dafür dankbar sein kann. Stattdessen wird er sich selbst ohrfeigen mögen für so viel Dummheit. Dafür, dass all das Bemühen und Nachdenken und Beobachten nichts genützt hat, wenn er – oder sie – gerade mühsam die Füße aus dem Fettnapf zieht, während der Rest der Welt schadenfroh dabei zuguckt.

Eigentlich eine interessante Metapher, auch wenn sie nur den kurzen Moment des Fehlverhaltens beschreibt. Aber tatsächlich ist die größere Aufgabe doch, mit dem Desaster weiterzuleben, wenn alles schief und sonst wie beschädigt ist und die anderen unbarmherzig zuschauen, wie man trotzdem weiter durchs Leben zu schlittern versucht, ohne ständig auf die Nase zu fallen.

So musste es Tom gehen, wurde mir bewusst. Er hatte

einmal einen Fehler gemacht – ich wollte den gar nicht entschuldigen, es musste schon etwas Heftiges gewesen sein –, aber er zahlte nach wie vor einen hohen Preis dafür. Seine Ehe war zerbrochen, seine Karriere zerstört, seine Existenz am wirtschaftlichen Minimum, und wenn er sich sarkastisch als Luises Sozialprojekt bezeichnete, dann fühlte sich das für ihn vermutlich auch ziemlich entwürdigend an. Es war eine Sache, freiwillig auf Luxus und Konsum zu verzichten, und eine andere, durch einen Gerichtsbeschluss dazu gezwungen zu werden und auf die Mildtätigkeit anderer angewiesen zu sein.

Kein Wunder, dass er nicht gern über sich redete. Da hatte ich ihm heute Nachmittag mühsam Informationen entlockt, deren Preisgabe ihm bestimmt jedes Mal wieder schwerfiel. Und zum Dank dafür hatte ich ihn stehen lassen wie einen dummen Jungen, als Luise auf der Bildfläche erschien, statt mich mit ihm solidarisch zu zeigen. Vielleicht wüsste ich sonst längst mehr über seine Frau und seine diffusen Vergehen, und wir hätten das allmählich gemeinsam hinter uns lassen können, um vielleicht ein wenig in die Zukunft zu denken.

Etwa an dieser Stelle war ich, als ich jemanden kommen hörte. Einen kurzen Moment hoffte ich, es wäre Tom, der doch noch bereit war, meine Entschuldigung anzunehmen. Aber das wäre ja zu einfach gewesen. Stattdessen erschien Luise.

»Hier bist du!«, stellte sie fest. »Du hast noch gar nichts gegessen!«

»Ich hab keinen Hunger«, behauptete ich. Was nicht stimmte. Spätestens als sie es erwähnte, nahm ich die Leere in meinem Magen wahr. Und das gehörte ja inzwischen auch zu meiner verkorksten Lebenssituation: Ich hatte keine eigene Küche mehr, sondern meine Ernährung wurde größtenteils von Luise organisiert und überwacht.

»Wir müssen reden«, sagte ich zum zweiten Mal an diesem Tag.

»Das glaube ich auch«, antwortete sie. Sie setzte sich auf einen der Teakholzstühle und sah sich um. »Ich war schon lange nicht mehr hier.«

»Dabei ist es einer der schönsten Plätze überhaupt.« Die Glyzinien blühten mit den Rosenbeeten um die Wette, und über allem lag dieser einzigartige Duft von warmen Sommernächten. Alles hätte so toll sein können. War es aber nicht.

»Ich weiß«, seufzte Luise. »Ole hat so gern hier gesessen und gelesen. Und das macht es immer noch schwer.«

»Er würde sich freuen, wenn du hierherkommst und an ihn denkst.«

»Das ist ein schöner Gedanke, Frida.« Er half ihr offensichtlich, denn sie lehnte sich zurück und wirkte ein wenig entspannter.

Ich überlegte, wie ich das Gespräch weiterführen sollte, aber Luise war schneller. »Wegen heute Nachmittag«, sagte sie. »Ich hab noch mal darüber nachgedacht. Natürlich kannst du tun und lassen, was du willst. Aber ich mache mir Sorgen um dich.«

»Brauchst du nicht«, sagte ich. »Das mit Tom ... das hat sich schon erledigt.«

»Oh«, machte Luise. »Das überrascht mich jetzt. Aber es ist wohl besser so. Eigentlich passt es zu euch beiden nicht. Du bist doch sonst so vernünftig ... und Tom kenne ich auch nur als einen eher distanzierten Menschen. Deswegen war ich auch so von der Rolle, als ich merkte ... na, du weißt schon.«

»Ich bin eben nicht immer vernünftig, Luise.«

»Doch, Frida«, beharrte sie. »Sonst bist du das. Das finde ich ja so toll an dir. Du bist so stark, dich kann nichts umhauen. Du weißt immer so gut, was getan werden muss. So wie Ole.«

Ich musste mich schon arg zusammenreißen. Vielleicht war Ole auch nicht immer stark gewesen. Aber er liebte Luise, und deswegen wurde er ihr Held. Nur – diese Schuhe waren mir ein paar Nummern zu groß. »Ich glaube, du überschätzt mich da ein bisschen.«

»Auf jeden Fall hast du alles so viel besser im Griff als ich«, fuhr Luise fort. »Ich denke immer, ich käme allein gar nicht zurecht.«

»Das meinst du nur, Luise. Jeder kann sich entwickeln.«

Luise starrte nachdenklich auf die Rosenbeete. »Vielleicht will ich das aber gar nicht. Es war doch gut so, wie es war.«

»Aber die Dinge verändern sich, und du kannst das nicht aufhalten. Ich kann Ole nicht ersetzen, Luise.«

»Das weiß ich ja. Aber ich hatte mir alles so schön vorgestellt. Du und Fritz, ihr würdet so gut zusammenpassen. Er könnte mittelfristig einen Nachfolger für das Autohaus aufbauen und mehr Zeit hier verbringen ...«

»Und dann, Luise? Ein ewiges Happyend? Wenn sie nicht gestorben sind, dann leben sie noch heute?« Ich erschrak ein wenig über die Grausamkeit, die in diesem Satz steckte, denn Ole war schließlich gestorben. Aber Luise musste begreifen, dass sie hier nicht ihr Disney-Märchen inszenieren konnte. Auch wenn ich die Schuhe hatte, war ich nicht Cinderella.

Zum Glück fiel es ihr wohl nicht so auf. »Was wird denn jetzt aus dir und Fritz? Ich dachte, du magst ihn?«

»Ich mag ihn auch«, versicherte ich. »Aber ich denke, das reicht nicht für eine dauerhafte Beziehung. Vielleicht war einfach diese Tom-Episode nötig, damit ich das kapiere.« Ich war froh, dass es inzwischen so dunkel war, dass sie mein Gesicht nicht so genau sehen konnte. Ich fühlte mich nämlich ziemlich elend, als ich das sagte.

Noch einmal seufzte sie tief auf. »Dann soll es wohl

nicht so sein. Nun ja … Ich hoffe nur, du wirst behutsam mit ihm umgehen. Er ist schon genug verletzt worden.«

Wir werden alle vor Verletzungen nicht verschont, dachte ich, sagte es aber nicht. Luise war einfach eine Frau, die bei mir alle Beißhemmungen auslöste, über die ich verfügte. Ich konnte manchmal so direkt sein, wenn ich mit Schülern oder Eltern redete, und auch im Kollegium hatten sie gelernt, mir möglichst nicht auf die Füße zu treten. Aber mit meiner Schwägerin war das anders.

»Ich werd es ihm schonend beibringen«, gelobte ich.

»Ja, das wirst du«, sagte sie mit Überzeugung. »Und jetzt lass uns reingehen. Ich höre hier Mücken rumschwirren, und du musst noch was essen.«

Am nächsten Morgen fuhr ich mit Luise nach Bredenscheid, Bettina aus dem Krankenhaus abholen. Mir war klar, dass meine Schwägerin bei aller Feinfühligkeit nicht darauf verzichten würde, Bettina über meinen Fehltritt zu informieren, und ich konnte auch genau erkennen, wann sie es ihr gesagt hatte.

»Du und Tom?«, fragte Bettina mich amüsiert bei der ersten Gelegenheit, bei der wir uns allein begegneten, oben vor meinem – oder de facto unserem – Bad. »Das hätte ich ja nie gedacht.«

»Er ist ein attraktiver Mann«, sagte ich, fest entschlossen, mir vor ihr keine Blöße zu geben.

»Geschmacksache«, meinte sie. Vielleicht war mangelnder Adel ein Makel, über den sie nur schwer hinwegsehen konnte. »Und, ist er gut im Bett?«

Mir blieb fast die Luft weg. Aber ich hatte mir vorgenommen, mir von ihr nichts bieten zu lassen, deshalb erwiderte ich so gelassen wie möglich: »Unbeschreiblich. Man ist für den Rest der Welt verdorben.«

»Dumm gelaufen für Fritz«, gab sie spitz zurück und verschwand im Badezimmer.

Ich knirschte mit den Zähnen. Jetzt hatte sie tatsächlich das letzte Wort behalten. Und sich ganz nebenbei auch noch ins Badezimmer vorgedrängelt.

Nachdem nun Bettina wieder völlig hergestellt war und wie üblich das gesamte Haus mit Beschlag belegte, erfasste mich eine große Unzufriedenheit. Ich fand einfach keinen Platz, wo ich meine Ruhe hatte. In meinem Arbeitszimmer war es stickig und warm, in der Schlafkammer geradezu unerträglich. Die restlichen Räume – so großzügig sie auch waren – waren nun mal für alle gedacht. Und der Garten war schwierig, weil er für mich zu eng mit den gestrigen Vorfällen verbunden war.

Schließlich hielt ich es nicht mehr aus. »Ich muss noch mal weg«, rief ich Luise zu und schulterte meine Tasche. »Rechne nicht zum Mittagessen mit mir.«

Sie musterte mich kritisch. »Du weißt, dass Fritz so gegen halb drei hier sein wird?«

»Ja, das weiß ich. Mach dir keine Sorgen, ich werde schon zurückkommen.« Eilig stieg ich in mein Auto. Toms Motorrad stand im Carport, aber von ihm selbst war nichts zu sehen.

Es war eigentlich ein Witz, aber der einzige Ort, der mir als Ziel in den Sinn kam, war die Schule. Ich konnte nur hoffen, dass nicht gerade das Lehrerzimmer renoviert wurde. Ansonsten war das an einem Samstag eine sichere Zuflucht, denn selbst die Mitglieder der Schulleitung würden nicht unbedingt an einem sonnigen Wochenende während der Ferien den Wunsch verspüren, dort ihre Zeit zu verbringen.

Wie erhofft traf ich keinen Menschen. Ich durchquerte die leere Pausenhalle und schloss das Lehrerzimmer auf. Meine Schritte hallten ungewohnt laut durch den leeren Raum. Mein Platz war aufgeräumt wie immer in den Ferien. Ich warf meine Tasche auf den Tisch und ging weiter bis zu der kleinen Sitzecke, in der wir manchmal auf einen Kaffee zusammenhockten.

Ratlos setzte ich mich in einen der Sessel. Sonst habe ich während der Schulzeit immer so viel zu tun, dass damit schon fast automatisch Schuldgefühle verbunden sind, aber jetzt war ich völlig frei. Und konnte es gar nicht richtig genießen, weil mein Leben so in Aufruhr war.

Ich versuchte, dort strukturiert weiterzudenken, wo mich Luise gestern Abend unterbrochen hatte, aber meine Gedanken schweiften immer wieder ab. Ich sah Tom vor mir, seine breiten Schultern, die sich so gut anfühlten, wenn man sich dagegen lehnte. Ich konnte mich lebhaft an das Gefühl erinnern, mit ihm zu verschmelzen, als wären wir einander schon seit Jahren vertraut. Da war so viel Lachen gewesen und Nähe und Zauber (ich weiß, ich weiß, der wohnt jedem Anfang inne, aber ich schwöre, so hatte ich das noch nie gespürt!). Und dann die Erkenntnis bei unserem letzten Gespräch, die Enttäuschung, der Schmerz darüber, etwas so Kostbares kaputtgemacht zu haben.

Ich kämpfte mal wieder mit den Tränen. Es gab so viel zu bedauern, das bisher noch keinen Raum gehabt hatte. Und ich spürte Angst vor der Zukunft, die nicht nur mit meiner unsicheren Gesundheitssituation zu tun hatte. Wo wollte ich eigentlich hin mit meinem Leben?

Plötzlich hörte ich Schritte. Da war offenbar noch jemand, der an einem Samstag nichts Besseres zu tun hatte, als in die Schule zu kommen. Panisch zückte ich mein Paket Tempos. Wer immer es war, musste nicht unbedingt mitkriegen, dass ich hier saß und Trübsal blies.

»Da sitzt du!«, hörte ich Jochens Stimme. »Dann habe ich doch dein Auto auf dem Parkplatz gesehen.«

»Was machst du denn hier?«, fragte ich mit gezwungener Munterkeit. »Ich dachte, du bist auf Sardinien!«

»Der Flieger geht erst heute Abend«, erklärte er. »Und

ich musste noch schnell ein paar Fotokopien machen.« Er kam näher und sah mich kritisch an. »O je! Schon wieder Katastrophen?«

»Nee, ich hab einfach die Schule vermisst.«

»Red keinen Blödsinn«, sagte er und setzte sich neben mich. »Ich seh doch, dass es dir schlecht geht. Soll ich uns einen Kaffee machen?«

»Gerne«, sagte ich, schon allein, um etwas Zeit zu gewinnen. Ich war mir nicht sicher, wie viel ich ihm von meinem Kummer erzählen sollte, aber irgendwo musste ich mal abladen. Und man kann über Jochen sagen, was man will, aber eine Tratschtante ist er nicht.

Er kam mit zwei Tassen unseres fürchterlichen Pulverkaffees zurück, und ich begann zu erzählen. Erst bedächtig, vorsichtig, aber letztlich kam alles zur Sprache. Einen Teil kannte er ja schon: meine unerfreuliche Wohnsituation, den Wasserschaden, den plötzlichen Tod von Ole. Aber dann kam auch Fritz dazu und Tom und natürlich der Knubbel: meine gesamte Misere, ausgebreitet innerhalb einer Viertelstunde.

Jochen schüttelte bekümmert den Kopf. »Du lässt aber auch nichts aus«, sagte er. »Man sagt ja, der Mensch verändert sich alle sieben Jahre komplett. Die letzten sieben Jahre warst du so kühl und sachlich und hast dir alle Schwierigkeiten vom Hals gehalten, die Männer eingeschlossen. Und jetzt bricht plötzlich das chaotische Zeitalter aus?«

»Das wäre eine Erklärung«, sagte ich mit einem wackligen Lächeln. Ehrlich gesagt war ich überrascht. Von Jochen hätte ich so viel Geduld und Verständnis nicht unbedingt erwartet. Vielleicht befand er sich auch in einer neuen Siebenjahres-Phase?

»Zu einem bestimmten Punkt könnte ich dir einen Vorschlag machen«, fuhr er fort. »Nämlich was das Wohnen angeht. Wie du weißt, fliege ich heute in den Urlaub.

Wenn du willst, kannst du mein Apartment hüten. Ich habe zwar keine Blumen oder Tiere zu versorgen, aber ab und zu ein bisschen die Möbel abstauben könnte auch nicht schaden.«

Ich blinzelte überrascht. Das war keine schlechte Idee. Es würde nicht alle meine Probleme lösen, aber es wäre zumindest vorübergehend ein Ruheort, weg von Wernebeck und allem Unerfreulichen, was damit verbunden war. Einen Platz zum Nachdenken, ohne Bettina oder ihren Hund, ohne Luises gut gemeinte, aber doch oft so nervige Begleitung und ohne das ständige Risiko, Tom ungeplant über den Weg zu laufen und nicht zu wissen, wie ich mich dann verhalten sollte.

»Gar nicht so übel, dein Vorschlag«, sagte ich.

»Dann los«, sagte er aufmunternd. »Wir fahren gleich hin. Ich geb dir die Schlüssel und sage meiner Vermieterin Bescheid, damit sie nicht sofort die Polizei ruft.«

Jochens Wohnung lag im Neubaugebiet von Kappenhagen, eine Einliegerwohnung mit direktem Zugang zum Garten. Allerdings war dieser Garten ein ziemlicher Gegensatz zu Wernebeck mit seinem alten Baumbestand und den großzügig angelegten Bereichen: Er bestand in erster Linie aus einer Rasenfläche, hinter der direkt das nächste Grundstück begann, und einigen Staudenbeeten. Schatten wurde nur von der Markise gespendet, die sich über Jochens kleinem Sitzplatz ausfahren ließ. Aber das war mir relativ egal. Wichtiger erschien mir in diesem Moment, dass es weder Hunde gab noch Menschen mit dem Bedürfnis, sich dauernd zu mir zu setzen.

»Wunderbar«, sagte ich zu Jochen, als er mir alles gezeigt hatte. Es gab in seinem Arbeitszimmer sogar eine Schlafcouch, was ich sehr sympathisch fand, denn nach all den Jahren wieder in seinem Bett zu liegen wäre mir etwas schräg vorgekommen. »Das ist wohl genau das, was ich gerade brauche.«

»Du müsstest allerdings noch einkaufen«, stellte er fest. »Der Kühlschrank ist nämlich leer.«

»Kein Problem.« Ich befestigte seinen Zweitschlüssel an meinem Schlüsselbund. Im Flur stand bereits ein großer Koffer. »Wann musst du denn los? Ich halte dich hoffentlich nicht auf?«

»Nein, ich muss so gegen vier Uhr fahren. Wir könnten also noch zusammen Mittag essen, wenn du Lust hast.«

»Ich könnte dich zu einer Pizza einladen«, schlug ich vor. »Als kleines Dankeschön vorab.«

»Deal«, sagte er. »Aber komm nur nicht auf die Idee, du müsstest dich sonst noch irgendwie revanchieren.«

»Du wolltest mir also nicht nahelegen, in der Zeit dein Arbeitszimmer zu streichen?« Die Sachen, bei deren Einkauf ich ihn im Baumarkt getroffen hatte, standen nämlich noch unbenutzt in einer Ecke.

»Untersteh dich«, warnte er. »Du hast schließlich keine Ahnung, was ich mir vorgestellt habe.«

»Na ja, du musst ja auch noch für den Rest der Ferien was zu tun haben«, zog ich ihn auf. Mit einiger Erleichterung, wie ich zugeben muss. Ich hatte in den vergangenen Wochen in meiner Wohnung so viel Zeit mit Packen, Räumen und Renovieren verbracht, dass es mich nicht besonders reizte, bei ihm weiterzumachen.

Wir fuhren zurück in die recht überschaubare Innenstadt von Kappenhagen, bekamen tatsächlich einen schattigen Tisch vor der Pizzeria und verbrachten eine entspannte Stunde bei Salat und italienischen Vorspeisen. Es hätte richtig schön sein können, wenn ich nicht immer auch ein wenig die Uhr im Auge gehabt hätte, denn ich hatte ja Luise versprochen, rechtzeitig zurückzukommen, um mit Fritz zu sprechen. Und das trübte meine Stimmung doch etwas.

So setzte ich Jochen um kurz vor halb drei wieder vor seinem Haus ab und wünschte ihm einen schönen Urlaub. Ich war richtig dankbar, dass er beim Mittagessen mit keinem Wort mehr auf das eingegangen war, was ich ihm in allen jämmerlichen Details im Lehrerzimmer erzählt hatte.

»Schick mal eine SMS, wenn es was Neues gibt«, war alles, was er mir noch mit auf den Weg gab. Übersetzt hieß das wohl: Halt mich über deine Untersuchungsergebnisse auf dem Laufenden. Ich versprach es ihm. Dann umarmten wir uns ein letztes Mal ganz kumpelhaft. »Gute Reise. Und lass dich nicht mit irgendwelchen Sardistinnen ein!«

Er verzog das Gesicht. »Typisch für dich, mir noch auf den letzten Drücker eine Sardinenpredigt zu halten.«

Immerhin konnte ich schon wieder herumblödeln und ihn mit einem Grinsen verlassen.

Natürlich stand das Auto von Fritz schon auf dem Hof, als ich mit ein paar Minuten Verspätung in Wernebeck eintraf. Er hatte sich dieses Mal wieder für den Transporter entschieden, was ich erst mal nicht nachvollziehen konnte. Aber ich wurde schnell aufgeklärt: »Ich habe die Fahrräder mitgebracht!«, rief er mir schon von weitem entgegen. »Ich dachte, wir könnten später eine kleine Tour machen, wenn es nicht mehr ganz so warm ist.«

»Mal sehen«, sagte ich ausweichend. Luise war natürlich auch sofort erschienen, und es fiel mir ein wenig schwer, sie anzuschauen.

»Wie wäre es mit einem Eiskaffee auf der Terrasse?«, schlug sie vor. »Dann könnt ihr in Ruhe planen.«

»Ich würde lieber erst mal kurz mit Fritz allein reden«, sagte ich mit schwerem Herzen. Der Gedanke daran fiel mir nicht leicht, aber ich hatte auch ein wenig Sorge bei der Vorstellung, mit der ganzen Familie Kaffee zu trinken, als wäre nichts gewesen. Wer konnte schon ahnen, was Bettina bei einer solchen Gelegenheit tun würde? Vielleicht wäre es für sie ein Vergnügen, mich vor großem Publikum in die Pfanne zu hauen? Nein, was ich zu sagen hatte, das wollte ich Fritz lieber allein mitteilen, unter eigener Regie.

»Dann decke ich schon mal den Tisch«, sagte Luise und schlenderte davon.

Ich lotste Fritz in die entgegengesetzte Richtung, wo vor der Einfahrt zum Gutshof ein kleiner Waldweg begann.

»Hör mal«, sagte er mit einem zögernden Blick auf seine feine Autohaus-Montur, »wenn du spazieren gehen möchtest, dann würde ich mir lieber andere Schuhe anziehen.«

»Nicht nötig«, versicherte ich. »Wir gehen nicht weit.«

»Aber eigentlich ist das doch keine schlechte Idee«, meinte er daraufhin. »Wenn man diesem Weg folgt, kommt man doch irgendwann zum Aussichtsturm, oder? Wir könnten uns einen Rucksack mit einer Flasche Wein und etwas zu essen packen und dort ein Picknick machen.«

Super. Ein Picknick mit hundert anderen Familien, die an einem Samstag bestimmt auch schon auf diese Idee gekommen waren. »Du, ich möchte jetzt keine Wanderung mit Picknick machen. Ich möchte dir einfach nur etwas sagen.«

»Ja, dann sag es doch endlich«, stieß er etwas ungeduldig hervor.

Also blieb ich mitten auf dem Waldweg stehen. »Fritz, ich weiß nicht, wie du dir das mit uns beiden weiter vorgestellt hast. Wir hatten letztes Wochenende wenig Gelegenheit, darüber zu sprechen.«

»Was wohl ein wenig mit deiner überstürzten Abreise zu tun hat«, warf er ein.

»Sicher, das war ein bisschen unglücklich. Aber darum geht es auch gar nicht. Ich will einfach nicht, dass du dir vielleicht Dinge vorstellst, die … die nicht so sind.«

Er runzelte die Stirn. »Um Himmels willen, Frida, was meinst du eigentlich?«

Ich atmete tief durch. Das hier war wirklich nicht leicht. »In letzter Zeit ist viel passiert«, nahm ich einen neuen Anlauf. »Nicht nur zwischen uns beiden. Gestern zum Beispiel musste Bettina ins Krankenhaus, weil sie von Wespen gestochen worden war.«

Natürlich konnte er mir immer noch nicht folgen. »Wenn du mir das sagen wolltest, kann ich dich beruhigen. Luise hat es mir schon erzählt.« Er legte mir in einer beinahe väterlichen Geste die Hand auf den Arm. »Und auch, weshalb sie das blaue Auge hat. Du musst dir keine Gedanken machen, dass mich das vielleicht aufregt.«

»Nein, da ist noch mehr«, rief ich. Vermutlich würde er sich gleich mehr aufregen, als er erwartet hatte. »Es ist nämlich so ... Luise ist dann mit Bettina ins Krankenhaus gefahren, und ich bin mit Tom hiergeblieben, und da haben wir ... da haben wir miteinander geschlafen.«

Fritz zog seine Hand zurück, als stände ich unter Strom. »Du und ... dieser Tom? Soll das ein Witz sein?«

»Wenn ich einen Witz machen wollte, hätte ich mir bestimmt etwas anderes ausgedacht.« Was sollte ich dazu sagen? Natürlich hatte ich mir eine Reaktion dieser Art vorgestellt. Der Ausdruck »dieser Tom« ärgerte mich allerdings total. Es klang fast, als hätte ich mir einen Penner unter der Brücke an Land gezogen. Aber das hatte ich wohl verdient, nachdem ich Tom in etwa so behandelt hatte.

»Willst du damit sagen, dass du jetzt mit ihm zusammen bist?«, wollte Fritz als Nächstes wissen.

»Nein.« Ich starrte etwas ratlos in sein indigniertes Gesicht.

»Aber was soll das denn dann?«

»Ich weiß es nicht genau, Fritz. Es ist einfach passiert. Luise weiß davon, Bettina auch.«

»Ach du liebe Güte«, meinte er nur. Was sollte das denn wohl heißen? Waren das Dinge, die jemand aus der Familie von Staaden einfach nicht wissen sollte?

»Ich kann verstehen, wenn du jetzt sauer auf mich bist«, sagte ich. Obwohl er überhaupt nicht den Eindruck machte, als ob er sauer wäre. Ich meine: Ich wäre superstinkig, wenn er umgekehrt mir so etwas erzählt hätte. Einfach weil es nicht in Ordnung ist, das Wochenende mit dem einen zu verbringen und dann mit jemand anderem ins Bett zu gehen, oder? Aber er sah höchstens ein wenig verwundert aus.

»Nun ja, ich muss das erst mal verdauen«, sagte Fritz. »Vielleicht ist es besser, wenn ich das in Ruhe sacken lasse. Und heute Abend reden wir noch mal.«

»Heute Abend werde ich nicht mehr hier sein«, sagte ich.

Er schüttelte unwillig den Kopf. »Was soll das denn schon wieder heißen?«

»Ich habe es Luise noch nicht gesagt, aber ich ziehe für die nächsten zwei Wochen in die Wohnung von Jochen.«

»Der von deinem Umzug? Frida, von wie vielen Männern reden wir denn hier?« Er klang etwas erschöpft. Und irgendwie hatte er ja recht. Was ich ihm in den letzten Minuten aufgetischt hatte, war schon allerhand.

»Das ist was anderes, Fritz. Jochen ist in Urlaub, und ich hüte sozusagen sein Apartment. Ich muss einfach mal ein bisschen allein sein.«

»Allein sein«, wiederholte er. »Aber wieso?«

»Es gibt so einiges, worüber ich nachdenken muss«, sagte ich.

»Ja, den Eindruck hat man«, sagte er. »Gehöre ich auch dazu?«

»Du gehörst auch dazu«, bestätigte ich. »Weißt du, in meinem Leben hat sich in letzter Zeit so viel verändert –

das muss ich wohl erst mal unter die Füße kriegen. Im Augenblick bin ich ziemlich verwirrt.«

»Ich auch«, sagte er. Ich konnte es ihm nicht verdenken.

»Und deshalb«, fuhr ich fort, »wollte ich dir die Chance geben, selbst zu entscheiden, inwieweit du überhaupt noch was mit mir zu tun haben möchtest. Nach allem, was passiert ist.«

»Das klingt jetzt etwas kompliziert, findest du nicht auch?«

»Es ist ja auch kompliziert.«

Er nickte gedankenverloren. »Ich weiß nicht, was ich dazu sagen soll, Frida.«

»Ich kann es dir nicht übelnehmen«, sagte ich. »Lass dir alles durch den Kopf gehen. Du hast ja meine Nummer, wenn du mich anrufen möchtest.«

Ich hatte nur noch das Bedürfnis, meine Sachen zu packen und hier zu verschwinden. Aber zuerst musste ich natürlich Luise erklären, was ich vorhatte. Ich fand sie in der Küche, wo sie gerade den Eiskaffee vorbereitete.

»Gut, dass du kommst«, sagte sie. »Ich vergesse immer, dass ich im Moment keine Tabletts tragen kann.«

»Dann wirst du Bettina anlernen müssen«, sagte ich. »Ich ziehe für ein paar Tage aus.«

Luise ließ die Kühlschranktür wieder zufallen. »Was meinst du damit?«

»Ich brauche mal ein bisschen Abstand. Jochen hat mir angeboten, seine Wohnung zu benutzen, solange er in Urlaub ist.«

»Und vielleicht auch darüber hinaus?«, fragte sie scharf.

»Wie jetzt?«

»Das sieht doch ein Blinder mit dem Krückstock, dass der was von dir will«, behauptete sie.

»Ich will jedenfalls nichts von ihm. Ich will nur mal in Ruhe nachdenken.«

»Und das kannst du hier nicht?« Luise sah mich mit diesem Blick an, der mich immer wieder einknicken ließ.

Aber dieses Mal musste ich da durch. »Du weißt doch, was hier los ist. Seit Wochen warte ich darauf, dass ich wieder eine eigene Wohnung habe, aber es hat nicht den Anschein, als ob Bettina in nächster Zeit wieder auszieht. Die Hälfte meiner Sachen ist nicht verwendbar …«

»Das war doch ein Unglücksfall, Frida. Vielleicht kann ich mit meiner Haftpflicht…«

»Darum geht es mir nicht, Luise. Ich möchte einfach mal wieder die Tür hinter mir zumachen können. Ein Bad ganz für mich haben. Selbst entscheiden, wann ich frühstücke. Nicht immer erklären müssen, wo ich hinwill.«

»Und schlafen, mit wem es dir passt?«

Ich wollte das jetzt nicht wieder in diese Kiste von gestern packen. »Ja, genau.« Rein theoretisch natürlich, denn Fritz hatte ich nun auf Abstand, die Sache mit Tom war erledigt, und mit Jochen würde ich definitiv nicht wieder anfangen, wenn er erst mal aus Sardinien zurück war.

Sie sah sehr unglücklich aus, wie sie da mit diesem blöden Gipsarm neben dem Kühlschrank stand und versuchte, das einzuordnen, was ich ihr gerade gesagt hatte. »Und was ist mit mir?«

»Du kannst mich jederzeit anrufen, ich bin ja nicht aus der Welt. Du hast deine Schwester hier, die unterstützt dich doch auch.«

»Aber ich dachte, du bist meine Freundin! Und jetzt haust du einfach ab?«

Seltsam, dachte ich. Diese Argumente hätten eigentlich besser zur Situation von Fritz gepasst. Stattdessen zog jetzt seine Schwester vom Leder.

»Du bist doch auch meine Freundin, Luise. Manchmal muss man sich gegenseitig mal etwas Freiraum zugestehen.«

Sie zuckte resigniert mit den Achseln. »Tja, wenn das so ist ... Möchtest du ein Schweinefilet mitnehmen? Ich hatte das Mittagessen morgen ja für uns alle vier geplant. Oder kommst du dafür rüber?«

»Nein, danke. Ich fahre gleich noch eben einkaufen, aber ich glaube nicht, dass ich groß kochen werde.« Ich wollte mir einfach vorstellen, Jochens Apartment wäre eine Ferienwohnung und ich in Urlaub. Bei diesem Wetter war das kein Problem.

»Dann nimm wenigstens dein Müsli mit, das isst ja hier sonst keiner.« Luise nahm die Packung aus dem Schrank und das Nutellaglas gleich dazu. Am Ende hatte ich eine ganze Tüte voller Lebensmittel, die ich unbedingt mitnehmen musste. So ähnlich ging es wohl Studenten, die nach den Semesterferien wieder von zuhause abreisen.

Ich warf ein paar Sachen in meine Reisetasche und packte eine Kiste mit meinem Laptop, einigen Büchern und dem Malzeug. Seit ich auf Wernebeck wohnte, wurde mir klar, hatte ich meine Farben und Leinwände noch kein einziges Mal angefasst. Vielleicht war das Teil des Problems. Mein ganzer Lebensablauf hatte sich verändert, ohne dass ich so richtig mitbekommen hatte, was für mich gut war und was nicht. Aber ich brauchte diese Dinge, um in Balance zu bleiben.

Ich hievte meine Tasche in den Kofferraum und stellte die Kiste auf den Rücksitz. Ich holte die Lebensmitteltüte aus der Küche – Luise würde mir wirklich übelnehmen, wenn ich die nicht mitnahm – und meine Jacke aus der Garderobe. Als ich damit aus der Haustür kam, rollte gerade der Transporter vom Hof: Fritz hatte beschlossen, mitsamt seinen Fahrrädern erst mal wieder nach

Remsede zu fahren. Luise und Bettina konnten heute eine Menge Eiskaffee trinken.

Ich saß schon am Steuer und wollte gerade den Motor anlassen, als die Beifahrertür aufgerissen wurde und Tom sich neben mich setzte. »Was hast du vor, Frida? Ziehst du jetzt zu ihm?« Er wies mit dem Kopf in die grobe Richtung, in die Fritz entschwunden war.

Also hatte er wohl beobachtet, wie ich mein Auto packte. Ich sah ihn an, aber in seinem Gesicht war nichts zu lesen. »Im Gegenteil. Ich brauche mal eine Auszeit.«

Er nickte. »Und wo wirst du dafür hingehen?«

»Nicht weit. Nur bis nach Kappenhagen.«

Ich hätte so gern gewusst, was in ihm vorging, aber er ließ sich nichts anmerken. »Dann wirst du diese Untersuchungen nicht vor dir herschieben?«, fragte er schließlich.

Ich zuckte mit den Achseln. »Das macht ja wohl keinen Sinn, oder?« Natürlich würde ich das Ganze liebend gern ausblenden. Aber ich musste in dieser Beziehung vernünftig sein.

»Du könntest mir ja deine E-Mail-Adresse geben«, schlug er vor. »Dann kann ich dir wegen der Gynäkologin schreiben.« Er zog ein Smartphone aus der Tasche, das ich bei ihm noch nie gesehen hatte.

Ich diktierte ihm meine Handynummer und die Firemail-Adresse. Er speicherte beides ab und steckte das Gerät wieder weg. »Also mach's gut, Frida. Und pass auf dich auf.«

»Werd ich machen.« Bedauernd sah ich zu, wie er zügig wieder ausstieg und, ohne zu mir zurückzuschauen, in Richtung Remise ging. Und wünschte mir nicht zum ersten Mal, man könnte bestimmte Dinge im Leben einfach rückgängig machen.

12

Der Rest des Wochenendes fühlte sich dann doch endlich wie Urlaub an. Von meinem schlechten Gewissen mal abgesehen. Ich hatte mir noch eine Notration Lebensmittel besorgt und spontan ein schickes neues Nachthemd gekauft, das zurzeit zum Wochenangebot am Stand eines großen Kaffeerösters gehörte – eine Anschaffung, die an sich völlig überflüssig war und gerade deshalb ein lange vermisstes Gefühl von Luxus auslöste.

Dann machte ich es mir mit einem Roman auf Jochens Gartenliege bequem, bis es zu dunkel zum Lesen war. Es war wundervoll, mal wieder ganz allein zu sein. Oder es wäre ziemlich wundervoll gewesen, wenn ich nicht noch den Laptop hochgefahren und Toms E-Mail vorgefunden hätte. Er schickte mir den Namen und die Telefonnummer einer Ärztin am Bredenscheider Klinikum, wo ich mich möglichst gleich am Montagmorgen melden sollte. Zum Schluss hatte er noch geschrieben: »Gibst du mir zum Ergebnis Bescheid?«

Den Sonntag verbrachte ich in ähnlicher Form, möglichst bemüht, nicht an die anstehende Untersuchung zu denken, sondern nur an den Roman und das Bild, das ich angefangen hatte. Die wichtigste Frage des Tages war, ob ich mir lieber einen Döner oder eine Pizza holen sollte, und ich erwog sie bedächtig, während ich mir einen Amaretto gönnte, an den ich zum Glück gestern noch rechtzeitig gedacht hatte.

Gegen Abend rief Luise an. »Wie geht es dir?«

»Gut«, sagte ich. »Vielleicht haben meine Schultern ein bisschen viel Sonne abbekommen, aber sonst ist alles bestens.«

»Schön«, sagte sie. »Was hast du morgen vor? Hättest du Lust, mit mir mal nach Dortmund zu fahren? Charlie hat Durchfall, deswegen muss Bettina mit ihm zum Tierarzt.«

»Tut mir leid«, sagte ich, »aber ich habe morgen auch einen Arzttermin.« Wobei ich den am liebsten einfach vergessen hätte, um mit Luise zum Shoppen zu fahren, aber das wäre ja nun mal sehr unvernünftig.

»Na so was«, sagte sie. »Davon wusste ich ja gar nichts! Hast du was? Zu wem gehst du denn?«

»Gynäkologin«, sagte ich lahm. Nach wie vor war Tom der Einzige, der von meinem Knubbel wusste. (Außer Jochen, aber der war ja jetzt sehr weit weg.)

»Ach so«, sagte Luise mit hörbarer Erleichterung. »Na, dann sieh zu, dass du das schnell hinter dich bringst. Ich hasse diese Vorsorgen, die sind einfach nur lästig.«

»Ja, ich find's auch nicht so toll.« Das war die Untertreibung der Saison. Wann würde ich Luise sagen, was tatsächlich los war? Aber vielleicht musste ich ihr ja auch gar nichts sagen? Könnte doch sein, dass die Ärztin morgen herausfand, dass mein Knubbel völlig harmlos war ... und dann hätte sie sich völlig umsonst aufgeregt. Nein, das konnte ich ihr immer noch erzählen, wenn ich mehr wusste. »Aber du weißt ja ... ab und zu muss so was sein.«

»Tja, dann verschieben wir das mal mit Dortmund«, sagte Luise. Sie klang etwas unzufrieden. Klar, ihr Plan, mich auf irgendeine Weise wieder einzubinden, hatte nicht geklappt. »Du kannst ja Bescheid sagen, wenn es dir passt.«

»Mach ich«, sagte ich und wusste genau, dass ich das vorläufig nicht tun würde. Oder höchstens, wenn ich morgen mit hundertprozentiger Sicherheit bestätigt bekam, dass ich völlig gesund war. Dann hätte ich immerhin einen Grund, zu feiern und mir was zu gönnen. Aber wenn ich ehrlich war, gab es noch andere Dinge, die mich trotzdem davon abhielten.

Mein Blick fiel auf einen Teller in Jochens Küche, auf dem eine einsame Banane lag. Die hatte ich nicht gekauft – offenbar hatte er sie übersehen, als er seine verderblichen Lebensmittel entsorgt hatte.

Oder nicht? Denn als ich jetzt genauer hinschaute, konnte ich eine Botschaft darauf entdecken. Wir wussten ja dank Tim-Robin jetzt alle, wie das funktionierte. »Alles Gute!«, hatte Jochen in die Schale geritzt.

Fast hätte ich deshalb geheult. Stattdessen fotografierte ich das Kunstwerk und schickte eine MMS an Jochens Handy. »Vielen Dank!«

Spät am Abend schrieb er eine Antwort. »Nichts zu danken. Das wollte ich immer schon mal ausprobieren.«

Eine Liebeserklärung war das nicht. Ich fühlte mich erleichtert.

Also fuhr ich am Montag in die gynäkologische Ambulanz, ohne dass sich Luise oder sonst wer darüber Sorgen machen musste. Bis auf mich selbst, natürlich, und – na ja, Tom vielleicht. Mit etwas Herzklopfen meldete ich mich an. »Frida Baker. Ich hatte angerufen.«

»Nehmen Sie doch einen Moment Platz, Frau Baker. Frau Doktor Volland ruft Sie gleich auf.«

Ich hatte viel Gelegenheit an diesem Vormittag, irgendwo Platz zu nehmen, mein Buch aufzuschlagen und einige Seiten zu lesen. Frau Doktor Volland nahm sich immerhin zehn Minuten Zeit für mich – »Herr Opterberg hat mich am Wochenende schon Ihretwegen angerufen!« – und tastete sorgfältig meinen Knubbel und die angrenzenden Gebiete ab. Dann kamen diverse Untersuchungen, vom Blutabnehmen bis zur Mammografie (die in der Tat sehr unangenehm war), bis ich schließlich wieder vor ihrem Schreibtisch landete.

Ich sah sie gespannt an, während sie irgendwelche Ausdrucke studierte. »Und? Ist es schlimm?« Ich wollte doch gar nicht erst so tun, als würde ich das Ganze nicht ernst nehmen.

»Das kann ich noch nicht genau sagen, Frau Baker. Sie wissen vermutlich, dass längst nicht alle Knoten in der weiblichen Brust bösartig sind. Aber ich würde gern eine Biopsie vornehmen, um mehr Klarheit zu gewinnen. Können wir das direkt morgen früh machen?«

»Wenn es sein muss«, seufzte ich. »Was ist denn eine Biopsie?«

»Dabei entnehmen wir Ihnen einige Gewebeproben zur Untersuchung. Kommen Sie bitte nüchtern und lassen Sie sich abholen. Sie bekommen dafür eine örtliche Betäubung. Da ist es besser, wenn Sie hinterher nicht Auto fahren.«

Natürlich war ich nicht begeistert von der Aussicht, morgen wieder ins Krankenhaus zu müssen. Ich hatte gehofft, mit den Untersuchungen heute wäre es erst mal geschafft. Wie könnte ich mir die Zeit bis dahin möglichst angenehm gestalten?

Möglichst ohne weitere Verpflichtungen. Also schrieb ich rasch eine E-Mail an Tom: »Bin wieder zurück. So weit alles o.k., Biopsie kommt morgen dran.«

Eine Minute später war er am Telefon. Was mich überraschte. »Hat sie irgendwas gesagt?«

»Na, was Ärzte so sagen. Rhabarber, Rhabarber. Und Biopsie eben. Ist das üblich oder eher schlimm?«

»Ich denke, das ist Standard«, meinte er. »Machst du dir Sorgen?«

»Möglichst nicht. Dazu ist immer noch Zeit, wenn ich das Wort ›Karzinom‹ gehört habe.«

»Allerdings«, sagte er. Tom war nie ein Vielredner gewesen, aber so kurz angebunden wie heute war er auch nicht immer. Es stand genug zwischen uns. Und es war schon nett von ihm gewesen, direkt zurückzurufen. »Du meldest dich wieder, ja?«

»Natürlich. Du bist schließlich mein Telefonjoker.«

»Ich bin was?«

Vermutlich kannte er ›Wer wird Millionär?‹ gar nicht. In seiner Wohnung stand jedenfalls kein Fernseher. »Du bist derjenige, den ich anrufe, wenn ich eine Fachfrage habe.«

»Hoffen wir, dass es bald wieder aufhört mit diesen Fachfragen«, sagte Tom.

»Ja, hoffen wir's.« Ich hatte verstanden. Zu intensiv wollte er es auch wieder nicht werden lassen. Ich verabschiedete mich und wandte mich wieder meinem Buch und dem Amaretto zu.

Mit etwas wackligen Knien stieg ich am nächsten Morgen aus dem Taxi. Vermutlich hassen wir alle solche Situationen, in denen nicht klar ist, was auf uns zukommt. Wieder musste ich ein Weilchen warten, und ich wusste nicht, ob ich das gut finden sollte oder nicht. Einerseits war mir jeder Aufschub recht, und dann wollte ich es auch wieder möglichst sofort hinter mich bringen.

Ich weiß nicht, wie lange der Eingriff tatsächlich gedauert hat. Gemerkt habe ich nicht viel davon, dafür hatten sie mir ja die Narkose gegeben. Aber mit allem, was sie hier mit mir machten, wurde die Situation realistischer. Niemand würde sich so viel Zeit für solche Sachen nehmen, wenn es nicht einen begründeten Verdacht gäbe. Aus einem begründeten Verdacht konnte sich durchaus eine klare Diagnose entwickeln. Und mit dieser Diagnose finge das Elend erst richtig an.

Ich fragte mich, wie Luise damit umgehen würde. Sie

war immerhin eine meiner engsten Verwandten. Klar, da gab es noch meinen Bruder Sören in diesem Kaff in Baden-Württemberg, aber im Gegensatz zu Ole hatte mich mit ihm nie viel verbunden. Und auch mein Ex Jonathan mochte mir vielleicht eine freundliche »Kopf Hoch«-E-Mail schreiben, aber wirklich trösten würde er mich nicht. Das hatte er schon damals nicht gekonnt, als wir noch zusammen waren. Vielleicht war das Teil unserer Schwierigkeiten gewesen? Dass er sich immer so sehr darauf verlassen hatte, dass ich ihn nicht brauchte? Und er gleichzeitig auch sehr viel Wert darauf gelegt hatte, dass er mich nicht brauchte? So eine Beziehung war vermutlich von vornherein zum Scheitern verurteilt.

Aber es half mir nicht weiter, über die Vergangenheit zu grübeln. Das hatte noch nie etwas genützt.

»Wie geht es jetzt weiter?«, fragte ich die Mitarbeiterin, nachdem ich mich wieder präsentabel angezogen hatte.

»Frau Doktor Volland ist erst am Montag wieder im Haus«, sagte sie. »Am besten rufen Sie dann an, bis dahin sollte der histologische Befund zurück sein.«

»Montag also«, wiederholte ich. Fast eine Woche. Ich merkte, dass ich das gar nicht so schlecht fand. Fast eine Woche konnte ich noch mal so tun, als ob ich Urlaub machte, bevor ich mich wieder mit dem Thema beschäftigen musste. »Gut, ich melde mich dann am Montag. Und jetzt will ich mal schauen, ob ich draußen irgendwo ein Taxi finde.«

»Wieso brauchen Sie ein Taxi?«, fragte sie überrascht zurück. »Ich dachte, Sie werden abgeholt?«

»Abgeholt?« Ich folgte ihrem Blick hinüber zum Wartebereich und sah unter der Sichtblende ein paar große Turnschuhe. Und einen Motorradhelm.

»Der Herr hat jedenfalls nach Ihnen gefragt«, sagte sie mit einem verschwörerischen Lächeln.

»Danke«, sagte ich, packte meine Handtasche fester und ging zu ihm hinüber. »Wartest du schon lange?«

Tom stand eilig auf. »Ich dachte, ich schau mal vorbei.«

»Ah ja.« Ich stellte fest, dass wir das Interesse einiger anderer Leute im Wartebereich geweckt hatten. Es gab ja auch sonst nicht viel zu sehen. »Sollen wir nach draußen gehen? Vielleicht gibt es da eine Nichtraucherecke.«

»Klingt gut«, sagte er mit einem Grinsen. Es war nicht so strahlend wie sonst schon mal, aber immerhin ein Anfang. Er hob seinen Helm auf und griff einen zweiten von dem Sitz neben sich. »Ich kann dich auch nach Hause fahren, wenn du dich traust.«

»Ich werde drüber nachdenken.«

Wir durchquerten eilig den Flur und die Eingangshalle. Draußen war es schon wieder ziemlich warm. Die Sonne blendete mich, sodass ich fast gegen einen Poller gerannt wäre, der den Eingangsbereich von der Zufahrt trennte. Im letzten Moment zog Tom mich beiseite. »Vorsicht, sonst muss ich dich da gleich wieder reinbringen!« Er ließ mich rasch wieder los.

»Bloß nicht«, sagte ich. »Bis Montag habe ich jetzt erst mal Ruhe.«

»Wie war's denn?«

Ich zuckte mit den Schultern. »Na ja … So wirklich toll sind diese Untersuchungen ja alle nicht.«

»Frida, du musst hier nicht den Helden spielen.«

»Muss ich nicht? Ich hab gestern den ganzen Abend geübt.«

»Na, wenn das so ist«, murmelte er, und dann sagte er nichts mehr, bis wir auf dem Parkplatz vor seinem Motorrad standen. »Also – fährst du mit?«

»Klar fahre ich mit. Sonst hättest du den Helm ja für nichts und wieder nichts mitgeschleppt.«

»Und wo soll's hingehen?« Er stülpte mir den Helm

über und reichte mir außerdem einen Nierengurt aus dem Seitenfach.

»Nach Kappenhagen bitte. Kleiberweg vierzehn.« Ich schnallte mir den Nierengurt um und stieg hinter ihm auf. Nach einer Sekunde des Zögerns schlang ich wie beim letzten Mal die Arme um ihn. Immerhin trug er eine Nylonjacke, da war noch genug Material zwischen uns. Und ich klammerte mich ja nicht aus Verzweiflung an ihn, sondern nur wegen der Sicherheit.

Dieses Mal fragte er nicht nach der touristischen Route, sondern bretterte geradewegs durch bis zu dem Haus, in dem Jochen wohnte. »Da wären wir.« Er klappte sein Visier nach oben, stellte aber den Motor nicht ab.

Ich stieg ab. Und wagte eine spontanen Vorstoß. »Willst du noch auf einen Kaffee mit reinkommen?«

»Ach, weißt du«, sagte er gedehnt, »ich finde Jochen ja nicht unsympathisch, aber ich möchte euch doch lieber nicht stören. Er wartet sicher schon auf dich.«

»Jochen ist auf Sardinien«, sagte ich. »Ich hüte nur die Wohnung.«

Tom schwieg einen Moment und schaltete dann die Zündung aus. »Davon hat Luise nichts gesagt.«

»Sieh mal an«, sagte ich. »Luise hat dir erzählt, dass ich jetzt bei Jochen wohne?« Ich hatte mich schon gewundert, woher er das wusste, denn ich war mir ziemlich sicher, dass ich es nicht erwähnt hatte.

Immer noch zögerte er, das Motorrad aufzubocken. »Nun komm schon«, drängte ich ihn. »Es ist nur ein Kaffee.«

Schließlich nickte er und stieg von der Maschine. »Wenn du meinst.«

Ich führte ihn geradewegs auf die Terrasse, wo er sich auf einem der Gartenstühle ausstreckte, und warf Jochens schicke Kaffeemaschine an. Mit einer Auswahl unterschiedlicher Kapseln kam ich zurück. »Was darf's denn sein?«

Tom rollte mit den Augen. »Irgendwas, das einfach wie Kaffee schmeckt und nicht nach Curry oder Stachelbeeren oder Meeresalgen mit Kokosflocken.«

»Also den Espresso Classic«, entschied ich und montierte das Ding in die Halterung. Fauchend und zischend lieferte das Gerät die gewünschten Getränke.

»Sitzplatzmäßig hast du dich nicht verbessert«, bemerkte Tom, als ich zurückkam. »Das ist der langweiligste Garten, den ich seit langem gesehen habe.«

»Aber ich habe ihn ganz für mich«, widersprach ich. »Kein Hund, keine Diskussionen über königliche Handtaschen und niemand, der mir vorschreibt, wann ich was essen soll.«

»Bei Luise klang das etwas anders«, sagte er. »So als hättest du eine Art Midlife-Crisis und tobst dich auf diese Weise aus.«

»Sie nimmt mir vermutlich übel, dass ich Fritz vertrieben habe.«

»Man sollte meinen, sie müsste etwas mehr Verständnis aufbringen für deine Situation«, meinte er. »Ich könnte unter diesen Umständen jedenfalls auch nicht so weitermachen wie normal.«

Ich rührte in meiner Tasse. »Das weiß sie nicht.«

Er hob ruckartig den Kopf. »Sie weiß nicht, dass du diese Untersuchungen machen lassen musst? Warum hast du ihr nichts gesagt?«

»Ich wollte sie damit nicht belasten«, erklärte ich ihm. »Oles Tod war schon schwer genug für sie.«

»Natürlich war das hart. Aber glaubst du nicht, dass sie das würde wissen wollen? Du bist doch ihre Freundin.«

Genau das hatte Luise auch gesagt, als ich ihr meinen Auszug zu erklären versuchte. Und hatte so enttäuscht reagiert. Ich mochte mir nicht vorstellen, wie sie sich verhalten würde, wenn sie das Stichwort »Brustkrebs« hörte. »Du kennst sie doch. Sie ist so sensibel.«

»Ja, ich kenne Luise«, sagte Tom. »Und ich glaube, dass du sie unterschätzt. Natürlich ist sie eine Prinzessin und mag es am liebsten, wenn sich alle für sie doppelt schlagen. Aber sie ist kein hilfloses Wesen, das man immer nur in Watte packen muss. Vielleicht würde es ihr mal ganz guttun zu sehen, dass auch andere Leute Probleme haben.«

»Aber das muss sie nicht an mir demonstriert bekommen!«, warf ich ein. »Ich hatte schon genug Drama mit ihr. Mir reicht es, wie sie bisher mein Leben umgekrempelt hat.«

»Aber es war doch deine Entscheidung, deine Wohnung aufzugeben und zu Luise zu ziehen!«

»Mir blieb doch gar nichts anderes übrig«, verteidigte ich mich.

»Ach komm, Frida«, erwiderte er kopfschüttelnd, »jetzt machst du es dir aber ein bisschen zu einfach. Da hätte es sicher auch andere Möglichkeiten gegeben.«

»Ach ja?«, rief ich. »Welche denn? Du weißt doch selbst, wie das war. Ich hatte Ole versprochen, mich um Luise zu kümmern. Ich konnte sie nicht im Stich lassen.«

»Darum geht es auch nicht«, sagte er mit einem Ton, der mich ein wenig provozierte. »Aber ich war wirklich erstaunt, als ich mitbekam, auf was du dich da eingelassen hast. Ich frage mich die ganze Zeit, warum du dir das alles gefallen lässt.«

»Man muss halt wissen, wann es sich lohnt, sich zu wehren, und wann nicht. Ich muss schon in der Schule immer aufpassen, dass mir niemand auf der Nase herumtanzt. Da will ich wenigstens im Privaten meinen Frieden.«

»Du musst es wissen«, sagte er und trank mit nachdenklicher Miene seinen Kaffee. »Aber ich hätte dich ursprünglich nicht für jemanden gehalten, der so schnell klein beigibt.«

»Das lernt man doch im Leben«, sagte ich. »Man sollte nicht zu viel erwarten. Sonst wird man umso mehr enttäuscht.«

»Wie meinst du das?«, wollte er wissen.

»Nimm zum Beispiel meinen Webstuhl. Seit Jahren habe ich danach gegiert, so ein Ding zu haben. Und jetzt liegt er nur rum, und ich kann ihn nicht aufstellen. Was würde es mir bringen, wenn ich darum jetzt ein Riesentheater machte? Ich würde nur noch deprimierter. Das muss doch nicht sein.«

»Klar, du hast momentan andere Probleme«, räumte er ein. »Aber das ist doch nur eine Frage der Zeit. Den Webstuhl kannst du doch sicher irgendwann nutzen.«

»Da sehe ich schwarz«, sagte ich düster. »Denn ich hab noch nicht mal mehr die Bedienungsanleitung. Die lag in einer der Kisten, die nur noch Matsch waren. Und das meine ich damit. Es bringt nichts, sich zu sehr darüber aufzuregen. Man ist nur umso frustrierter. Da finde ich mich lieber damit ab, dass das nichts wird, und hake es ab. Schwamm drüber, fertig.«

»Nee, Frida«, sagte Tom mit unzufriedenem Blick, »das klingt mir doch eher nach sich selbsterfüllender Prophezeiung.«

»Nenn es, wie du willst. Was ist denn deine Philosophie?«

Er schob nachdenklich die Unterlippe vor. »Puh … ich weiß nicht, ob ich eine Philosophie habe.«

Ich musste lachen. »Auf jeden Fall gehört wohl dazu, so wenig Fragen wie möglich zu beantworten.«

Jetzt grinste er auch. »Könnte sein. Und immer rechtzeitig zu gehen, bevor noch mehr Fragen gestellt werden.« Er stand auf und nickte mir zu. »Danke für den Kaffee. Und genieß die Zeit bis Montag.«

»Ich werde mir Mühe geben«, versprach ich und begleitete ihn zur Tür.

Schade, dass er schon ging. Ich hätte ihn gern noch eine Weile dabehalten. Aber so war das eben mit allem, was ich gern wollte – es entzog sich mir. Da konnte Tom sagen, was er wollte.

13

Leider blieb das Wetter nicht die ganze Woche so schön. Was schade war, aber keine Katastrophe, denn lesen und malen und morgens lange schlafen konnte ich auch bei Regen.

Am Freitag rief Luise an. »Wie geht es dir, Frida?«

»Mir geht's gut«, sagte ich und merkte, dass es einigermaßen zutraf. Wenn ich nicht an Montag und das Ergebnis der Biopsie dachte, war ich wirklich in Urlaubsstimmung. »Und wie ist es mit dir? Kein blaues Auge mehr?«

»Zum Glück nicht«, lachte sie. »Hör mal, weshalb ich anrufe – heute ist der Grabstein gesetzt worden.«

»Oh«, sagte ich überrascht. »Ich wusste gar nicht, dass du tatsächlich einen bestellt hattest.«

»Natürlich habe ich das!«, rief sie aus. »Ich wollte doch einen haben! Nur nachdem Bettina schon so beleidigt war wegen der Danksagungen, habe ich das ganz allein entschieden. Schließlich ist es ja meine Grabstelle. Und mein Mann.«

Sieh mal an, dachte ich beeindruckt. Das hatte ich ihr gar nicht zugetraut. »Ich hätte nicht gedacht, dass man so schnell einen Grabstein kriegt.«

»Na ja, normalerweise dauert das auch länger. Aber ich habe dir doch von Herrn Danilovic erzählt.«

»Der Bekannte von Ole«, erinnerte ich mich.

»Genau. Und der kennt einen Steinmetz in Boddenberg, der meinen Auftrag ein bisschen vorgezogen hat.«

»Sieh mal an.« Beziehungen, heißt es schließlich, schaden nur dem, der keine hat. Ole kannte ja auch immer Leute, die ihm gern mal einen Gefallen taten.

»Auf jeden Fall steht der Stein jetzt«, fuhr Luise fort. »Und auch wenn ich weiß, dass das nicht allgemein üblich ist, würde ich ihn gern offiziell einweihen. So im Kreis der Familie und der engsten Freunde. Passt dir Montagnachmittag um fünf?«

Montag. Der Tag der Wahrheit. Aber, überlegte ich, wenn ich morgens bei Frau Dr. Volland anrief, dann könnte ich mir ja wohl für nachmittags etwas vornehmen. Egal, wie das Ergebnis ausfiel, Ablenkung würde nicht schaden. »Klar. Wie hattest du dir das denn gedacht?«

»Ich stelle mir vor, dass wir uns erst mal auf dem Friedhof treffen und den Stein ansehen. Der Herr Danilovic würde gern noch ein paar Sätze sagen, er war so enttäuscht, dass er an der Beerdigung nicht teilnehmen konnte.«

Schon wieder Herr Danilovic. »Hattest du nicht gerade gesagt, nur Familie und die engsten Freunde?«

»Ja, schon, aber wenn es ihm doch so wichtig ist … Wir hatten in letzter Zeit deswegen häufiger miteinander zu tun, weißt du, und er würde halt gern dabei sein.«

»Wenn du meinst – mir soll es recht sein.«

»Schön«, sagte Luise. »Dann wäre das ja geklärt. Und danach fahren wir dann zu mir auf ein Glas Wein und ein paar Häppchen. Ganz zwanglos.«

Was bei Luise so zwanglos war. Auf jeden Fall würde sie erwarten, dass ich ein schwarzes Kleid und hochhackige Schuhe trug. Aber das würde ich natürlich für sie tun.

»In Ordnung«, sagte ich. »Das machen wir so. Wird Fritz auch kommen?«

»Natürlich!«, antwortete sie. »Aber mach dir keine Gedanken. Er trägt es mit Fassung.«

»Ah ja.« Vielleicht war er auch erleichtert, dass Luise ihm nicht länger meinetwegen im Nacken saß.

»Hier liegt übrigens Post für dich«, sagte sie. »Ich würde sie dir ja bringen, aber ich kann immer noch nicht fahren. Und Bettina ist heute noch mal zuhause, nach den Handwerkern schauen. Ich hatte erst gedacht, ich gebe sie Tom mit, wenn ich ihn sehe. Aber der scheint momentan nur noch in der Remise beschäftigt zu sein. Neuerdings kommt häufiger so eine merkwürdige Frau zu ihm, da gehe ich natürlich nicht rein.«

Genial, wie du mir das noch eben reingewürgt hast, dachte ich. »Zur Not hat das bis Montag Zeit«, schlug ich vor.

»Ja, vermutlich hat es das«, meinte Luise. »Dann sehen wir uns auf dem Friedhof.«

Hoffentlich war das kein schlechtes Omen.

Bei meinem Auszug auf Zeit hatte ich nur einen Teil meiner Klamotten mitgenommen, und mein schwarzes Kleid und die passenden Pumps waren natürlich nicht dabei. Deshalb beschloss ich, am Samstagvormittag noch rasch in Wernebeck vorbeizufahren und die Sachen zu holen.

Charlie begrüßte mich schon auf dem Hof, aber ich hätte auch ohne ihn gewusst, dass Bettina noch da war, weil ihr Auto im Carport stand. Immerhin. Es widersprach meiner Theorie, dass sie nur deshalb so lange bei Luise wohnte, weil ich auch da war. Aber vielleicht wollte sie das gesellige Zusammensein rund um den Grabstein nicht verpassen.

Ich gelangte ohne Zwischenfälle in mein Zimmer, griff meine Korbtasche und suchte mir zusammen, was ich mitnehmen wollte. Aber als ich die Treppe wieder runterging, packte mich das schlechte Gewissen. So ganz ohne mich zu melden wollte ich dann doch den Hof nicht wieder verlassen.

»Luise?« Ich ging in die Küche, wo mir auch meine Post begegnete. Ich überflog die Briefe – wirklich wichtig war nichts. Nur zwei Ansichtskarten von meinen Kolleginnen – eine aus Portugal, eine aus der Bretagne – machten mir mal wieder deutlich, dass ich dieses Jahr nicht in Urlaub gefahren war. Eigentlich hatte ich mich damit trösten wollen, dass ich in den Herbstferien nach Teneriffa fliegen könnte, aber wer wusste denn, wie das mit meinem Knubbel weiterging?

»Frida?« Luise kam aus dem Wohnzimmer. »Schön, dass du wieder da bist.«

»Ich habe nur ein paar Sachen geholt.« Dass sie bloß nicht glaubte, meine Auszeit in Jochens Wohnung wäre schon vorbei. Eine Woche blieb mir immerhin noch.

»Willst du so schnell wieder weg? Trink doch wenigstens noch einen Kaffee mit uns.«

Auch wenn mich das »uns« störte, weil es Bettina einschloss, stimmte ich zu. Ich hatte schließlich keinen Streit mit Luise. »Klar, warum nicht?«

Luise nickte zufrieden und holte noch eine Tasse aus dem Küchenschrank. Ich folgte ihr in den Wintergarten, während ich versuchte, meine Post in die bereits ziemlich vollgepackte Tasche zu stopfen. Bettina saß auf dem Sofa, war mit ihrem Handy beschäftigt und blickte nur kurz auf, als ich sie begrüßte und mich setzte. »Ah, Frida«, sagte sie etwas unkonzentriert. »Was führt dich her?«

In diesem Moment kippte meine Tasche um – natürlich nicht gegen das Stuhlbein, gegen das ich sie zu lehnen beabsichtigt hatte, sondern in die andere Richtung. Schuhe, Unterwäsche, Post und eine Schachtel Tampons landeten auf dem Fliesenboden. »Wie du siehst, brauchte ich noch ein paar Sachen«, sagte ich und begann missmutig, das Zeug wieder einzupacken.

Einer meiner schwarzen Schuhe war bis zu Bettina

hinübergerutscht. Sie hob ihn auf und betrachtete ihn amüsiert. »Die hast du sicher schon länger?«

»Könnte sein«, sagte ich. »Wieso?« Das waren Markenschuhe, die elegantesten Pumps, die ich besaß, und sie wollte mir ja wohl nicht erklären, dass die Absätze abgelaufen waren. So oft hatte ich die nämlich noch nicht angehabt, weil die spitze Form und der Pfennigabsatz nicht unbedingt das Richtige waren für die Schule, und meine Theaterbesuche oder ähnliche Events hielten sich nun mal in Grenzen.

»Diese Art hat man eigentlich gar nicht mehr«, belehrte sie mich. »Moderne Pumps zeigen zum einen nicht mehr diese langgezogene Spitze, und wenn schon Stilettoabsätze, dann müssen sie etwas höher sein.«

»Aber dann könnte ich nicht mehr damit laufen«, verteidigte ich meine Schuhe. »Ich finde, acht Zentimeter sind gerade noch die Grenze des Vertretbaren.«

Luise goss mir Kaffee ein. »Die hattest du auf Oles Beerdigung an, stimmt's?«, fragte sie.

»Ich wollte die auch am Montag wieder anziehen.«

»Das kannst du auf jeden Fall tun«, sagte sie.

»Na ja«, meinte Bettina mit skeptischem Ton. Vermutlich wollte sie damit ausdrücken, dass ich die Feierlichkeit des Ganzen durch meine unangemessenen altmodischen Schuhe beeinträchtigen könnte. Sie reichte mir ihr Handy. »So sehen Pumps jetzt aus.«

Das Foto auf dem Display zeigte ein Paar Schuhe, die zugegebenermaßen sehr schick waren. »Aber die sind bestimmt zehn Zentimeter hoch!«, begehrte ich auf.

»Klar«, sagte Bettina ungerührt. »Deswegen sind sie ja auch so elegant. Wenn schon, denn schon. Sonst könnte man ja direkt in diesen schaurigen flachen Kitten Heels rumrennen und aussehen wie seine eigene Oma.«

Natürlich hatte sie mich inzwischen schon wieder in eine gewisse kriegerische Stimmung gebracht, die es mir unmöglich machte, die Klappe zu halten. Auch wenn es wenig Sinn hatte, mit Bettina über Mode zu diskutieren. »Eine Menge Frauen tragen die, weil ihnen vielleicht Bequemlichkeit wichtiger ist als die neuste Mode«, warf ich ein.

Bettina schnaubte spöttisch. »Es wird nicht dadurch besser, dass es viele tun«, erklärte sie herablassend. »Das trifft für Kitten Heels genauso zu wie für Acrylpullover oder Trachtenmode.«

In dieser Hinsicht hätte ich ihr durchaus zustimmen können, aber natürlich hätte ich mir lieber auf die Zunge gebissen als ihr das gesagt. Genervt rührte ich in meiner Tasse herum.

»Ich finde, es gibt schon Frauen, denen Trachtenmode steht«, mischte sich jetzt Luise ein. »Nehmen wir Irmgard, die ...«

»Ach, Luise«, unterbrach Bettina sie etwas gönnerhaft, »das ist doch nur, weil du so gewöhnt bist an den Anblick von Irmgard in ihren Lodenjankern. Meines Erachtens nach macht sie das immer zehn Kilo dicker, als sie ist.« Kopfschüttelnd griff sie zu ihrer Tasse.

»Meines Erachtens«, korrigierte ich, bevor ich mich bremsen konnte.

Bettina sah von ihrer Tasse auf. »Ja?«

Unsere Blicke kreuzten sich, aber statt beleidigt zu sein über meine Zurechtweisung, sah sie eher neugierig aus. Einen Moment warteten wir beide auf die jeweils andere, dann sagte sie: »Du wolltest was dazu sagen?«

»Nö«, sagte ich. »Ich wollte nur bemerken, dass es ›meines Erachtens‹ heißt. Man sagt ›meiner Meinung nach‹, weil es ein Dativ ist, aber ›meines Erachtens‹ ist ein Genitiv.«

Etwas fahrig stellte sie ihre Tasse ab. »Tatsächlich? Das sagen aber viele so.«

Meine große Stunde war gekommen. »Es wird nicht

dadurch besser, dass es viele tun«, sagte ich und sah sie gelassen an, mit der beruhigenden Sicherheit, in diesem Fall recht zu haben.

Es war einer der Momente, die man sich einrahmen sollte, weil sie so selten sind: Bettina konnte nicht Kontra geben. Und jetzt griff Luise auch noch das Thema auf. »Ja, darauf muss man wohl achten, das wird so oft falsch gemacht. Genau wie ›nichtsdestotrotz‹. Erst neulich hat mir jemand erklärt, dass das eine Verballhornung aus ›nichtsdestoweniger‹ und ›trotzdem‹ ist. Aber viele Leute wissen das nicht.«

»Stimmt«, sagte ich. Und weil ich gerade so in Fahrt war, fügte ich noch hinzu: »Und zumindest.«

»Was ist damit?«, fragte sie zurück.

»Das machen auch viele falsch. Man sagt ›zumindest‹ und nicht ›zumindestens‹. Das finde ich sehr oft in Klassenarbeiten, weil die Schüler es mit ›mindestens‹ verwechseln.«

»Tatsächlich?«, rief Luise verwundert. »Das hätte ich jetzt auch nicht beachtet.« Und dann sah sie ihre Schwester fragend an. »Hast du nicht selbst jetzt noch in diesem Gedicht …« Sie beugte sich zu einem kleinen Sideboard hinüber und begann in den Zeitschriften zu kramen, die Bettina darauf liegen hatte.

Konnte es sein, dass Bettina verlegen wurde? Kaum zu glauben. »Ich weiß nicht …«, murmelte sie. »Das ist doch jetzt unwichtig.«

Aber Luise war nicht zu bremsen. Sie zog einen Zettel hervor. »Hier, das ist doch das Gedicht, das du zu diesem Wettbewerb eingereicht hast.«

Bettina rollte mit den Augen, konnte aber nicht verhindern, dass Luise das Gedicht laut vorlas.

»Dein Schatten schwingt als letztes Zeichen,
schmerzliches Schweigen füllt das Herz,

Schwere und Trauer werden blasser,
zumindestens die Hoffnung bleibt.«

Sie sah mich an. »Das müsste also ›zumindest‹ heißen?«

Ich nickte. »Auf jeden Fall.« Das Gedicht kam mir irgendwie bekannt vor. Und dann erinnerte ich mich: mein erster Abend mit Fritz, als Luise uns den Trauerkarten-Vorschlag mit den vielen ›Sch‹ vorgelesen hatte. Offenbar hatte Bettina Teile daraus wiederverwertet.

»Dann hieße die letzte Zeile ›zumindest die Hoffnung bleibt‹«, stellte Luise fest, um dann stirnrunzelnd hinzuzufügen: »Aber dann stimmt das Versmaß nicht. Vielleicht könnte man sagen ›zumindest bleibt die Hoffnung da‹?«

Ich ersparte mir den Hinweis, dass diese Änderung das Gedicht auch nicht retten würde. Stattdessen fragte ich: »Das willst du zu einem Wettbewerb einreichen?«

»Hat sie schon«, sagte Luise. Sie wandte sich an ihre Schwester: »Ich hoffe, du kannst das noch ändern?«

»Die Frist ist vorbei«, sagte Bettina mürrisch.

Ich konnte nicht anders, ich musste das genauer wissen. »Wer hat den Wettbewerb denn ausgeschrieben?« Wenn es irgendeine Werbeaktion für einen Weichspüler war, könnte es ja sein, dass der Lapsus den Juroren gar nicht auffiel.

Luise wusste es. »Die Gesellschaft für deutsche Sprache«, teilte sie mir mit.

»Entschuldigt mich«, sagte Bettina und stand auf. Mit verkniffenem Gesicht verließ sie den Raum.

Ich sah ihr mit wenig Mitleid hinterher. Spiel, Satz und Sieg für mich. Endlich mal. Ich hatte das Gefühl, es war an der Zeit.

Am Montag war es kühl und trocken. Perfekt für den Friedhof, dachte ich. Und irgendwie auch ein bisschen für Frau Dr. Volland, die ich anrief, nachdem ich mich erst mal mit meinem bevorzugten Frühstücksmüsli gestärkt hatte.

»Tja, Frau Baker«, sagte sie, »ich will Sie nicht auf die Folter spannen. Deshalb sage ich Ihnen direkt, dass wir operieren müssen.«

»Wie schlimm ist es denn?«, fragte ich, bevor mich die Botschaft so richtig erreicht hatte.

»Die Chancen stehen nicht schlecht. Aber darüber würde ich gern mit Ihnen persönlich sprechen. Können Sie heute Mittag so gegen halb eins zu mir kommen?«

»Klar kann ich das. Halb eins. Ich werde da sein.«

Etwas ratlos legte ich auf. Wir müssen operieren, hatte sie gesagt. Das hieß: Ich hatte kein Glück. Der Knubbel war nicht harmlos.

Was sollte ich jetzt tun? Lesen? Absolut indiskutabel. Malen? Ausgeschlossen. Spazieren gehen? Bloß nicht. Und wohin auch?

Also zurück ins Bett. Und damit mich da keiner störte, schaltete ich vorsorglich mein Handy aus.

Tatsächlich schlief ich über zwei Stunden, so als hätte mein Körper alle Funktionen auf Stand-by geschaltet. Dann duschte ich ausgiebig, Betasten des Knubbels eingeschlossen, und machte mich sorgfältig fertig zum Ausgehen.

Es ist schwer zu beschreiben, wie man sich unter solchen Bedingungen verhält, weil man sich selbst so fremd ist. Einerseits konnte ich so ruhig und sachlich sein, dass ich sogar ernsthaft in Erwägung zog, mir noch die Fingernägel zu lackieren. Keiner sollte meinen, dass mich eine solche Nachricht zur Schlampe werden ließ. (Ich tat es dann nicht, weil ich mir nicht sicher war, ob es zeitlich hinhauen würde.)

Andererseits wäre ich auf keinen Fall in der Lage gewesen, etwas zu essen. So als würde ich den unerwünschten Knubbel damit mästen. Mit Mühe konnte ich einen Schluck Wasser zu mir nehmen, weil ich einen so trockenen Mund hatte.

Dann verließ ich das Haus, stieg in mein Auto, fuhr so souverän und umsichtig wie immer in die Klinik. Parkte den Wagen. Hielt einer älteren Dame mit Rollator die Fahrstuhltür auf. Alles ganz normal, wie man das so macht.

Ich war sehr dankbar, dass ich dieses Mal nicht lange warten musste. »Kommen Sie«, sagte die Mitarbeiterin zu mir. »Wir nehmen Sie gleich mit durch.« Sie winkte mich direkt ins Sprechzimmer.

»Wie geht es Ihnen?«, fragte Frau Dr. Volland.

»Ich weiß nicht«, antwortete ich wahrheitsgemäß. »Sagen Sie es mir.«

»Es ist immer ein Schock«, sagte sie. »Und jeder reagiert anders.«

»Sagen Sie mir, wie schlimm es ist.«

»Das ist so eine Art gute Nachricht, schlechte Nachricht«, sagte sie. »Die schlechte Nachricht kennen Sie im Prinzip schon. Es handelt sich bei Ihrem tastbaren Knoten leider nicht einfach um ein Fibroadenom, wie ich zunächst gehofft hatte. Aber die gute Nachricht ist, dass wir absolut keine Streuung feststellen konnten. Sie können also davon ausgehen, dass wir einen Eingriff machen werden und Sie danach beschwerdefrei sind. Was nicht heißt, dass Sie um regelmäßige Kontrollen herumkommen.«

»Da sind Sie sicher?«

Sie sah mich geradeheraus an. »Ganz sicher, Frau Baker, ist man in solchen Fällen nie.«

Ich hielt ihrem Blick stand. »Und wie geht es jetzt weiter?«

»Jetzt machen wir einen Termin für die OP. Ich will Ihnen das nicht verschweigen, wir werden schon einen gewissen Anteil des Gewebes entfernen müssen. Ihre Brust wird definitiv anders aussehen als vorher.«

»Und dann?«

»Dann können Sie in Ruhe entscheiden, was Sie tun wollen. Sie können sich ein Silikonkissen einsetzen lassen. Es gibt aber auch andere tolle Möglichkeiten. Wir bieten hier im Brustkrebszentrum dazu regelmäßig Beratungen an.«

»Aber erst mal muss ich wissen, dass ich wieder gesund werde«, sagte ich. »Ich bin so … überrumpelt. Ich stelle mir immer wieder die Frage ›Warum ich?‹. Ich verstehe das nicht. Warum ausgerechnet ich? Mein Leben ist schon kompliziert genug.«

Sie nickte. »Ich kenne diese Frage. Und ich kann sie so nicht beantworten. Warum bekommt jemand Krebs, der vernünftig gelebt hat, und jemand anders raucht und trinkt und wird hundert Jahre alt? Da sind wir alle ratlos. Aber man kann auch anders fragen, Frau Baker. Nämlich: ›Wozu bin ich jetzt krank geworden?‹ Hören Sie den Unterschied?«

Der Test für die Deutschlehrerin? »Sie meinen, es gibt einen Zweck?«

»Sie merken doch selbst, wie Sie das innehalten lässt. Die Krankheit zwingt Sie, über vieles neu nachzudenken. Und das ist die Chance, die darin steckt. Vielleicht gibt es Dinge in Ihrem Leben, die nach Veränderung rufen. Jedenfalls geht es vielen meiner Patientinnen so, dass sie nach der akuten Phase der Erkrankung einiges umkrempeln.«

»Das klingt auch nicht unbedingt einfach.«

»Ist es auch nicht. Aber vielleicht notwendig. Und wenn es einen positiven Aspekt dabei gibt, dann ist es wohl der, dass man darüber nachdenkt, was im Leben wichtig ist, was Sinn macht, was man behalten möchte und was nicht. Nutzen Sie diese Chance, um einen neuen Blick darauf zu gewinnen.«

»Sagen Sie das allen Ihren Patientinnen?«

Sie lächelte. »Nicht allen. Aber ich glaube, Sie verstehen, was ich meine.«

»Ich werde darüber nachdenken. Mein Leben ist sowieso gerade ... etwas aufgewühlt.«

Sie beugte sich ein Stückchen vor. »Frau Baker, ich frage mich, ob Sie mich für anmaßend halten, wenn ich so etwas zu Ihnen sage. Deshalb sollen Sie wissen: Ich kenne das aus eigener Erfahrung. Aber das erzähle ich auch nicht allen Patientinnen.«

Ich hob erstaunt die Augenbrauen. Ärzte machen immer so einen unangreifbaren Eindruck. »Sie hatten auch Brustkrebs?«

Sie schüttelte den Kopf. »Gebärmutterhals. Vor elf Jahren. Aber wie Sie sehen, geht es mir gut – und so wird es Ihnen aller Voraussicht nach auch wieder gehen.« Sie stand auf und streckte mir die Hand entgegen. »Kopf hoch, Frau Baker. Wir tun unser Bestes. Bleiben Sie erst mal ganz ruhig, es gibt keinen Grund zur Panik.«

»Oh, ich bin ruhig«, versicherte ich ihr und schüttelte ihre Hand.

»Zumindest tun Sie so«, sagte sie.

Dann war ich wieder draußen. Ich ging zum Parkplatz und setzte mich in mein Auto. Ich hatte ganz in der Nähe von der Stelle geparkt, an der am Dienstag Toms Motorrad gestanden hatte, und deshalb fiel er mir jetzt ein.

Ich hatte mein Handy immer noch ausgeschaltet. Bestimmt hatte er schon versucht, mich zu erreichen. Mit schlechtem Gewissen meldete ich mich wieder an.

Sechs Anrufe. Zwei SMS. Ich tippte auf »Antworten« und schrieb: »Ich muss operiert werden.«

Wie beim letzten Mal rief er sofort zurück. »Was hat sie gesagt?«

»Es ist kein Fibro... Fibro...«

»Fibroadenom«, ergänzte er. »Das sind so kleine Fettgeschwulste.«

»Aha«, sagte ich. »Also, das ist es nicht. Sie will einen Teil der Brust wegnehmen.«

»Nur von der einen Seite?«

»So hörte es sich an. Und die gute Nachricht wäre, dass sie keine Streuung gefunden haben.«

Ich hörte einen Seufzer der Erleichterung. »Frida, das ist wirklich eine gute Nachricht.«

»Ist es das, ja? Sie sagte, absolut sicher kann man nie sein.«

»Ja, das stimmt wohl. Aber genauso könnte dir heute noch ein Ziegelstein auf den Kopf fallen, da kann man auch nie sicher sein. Wobei mir einfällt – wo bist du eigentlich?«

»Im Auto. Auf dem Krankenhausparkplatz.«

»Kannst du fahren? Oder soll ich kommen und dich abholen?«

Sollte Tom herkommen? Einerseits keimte in mir eine gewisse Hoffnung auf. Vielleicht hatte er uns doch noch nicht ganz aufgegeben. Andererseits brauchte ich noch mal eine Zeit zum Nachdenken, so ganz für mich. Es ging nicht nur um den Tumor, sondern auch um die neuen Perspektiven, die Frau Doktor angesprochen hatte.

»Lieber nicht«, wehrte ich ab. »Ich fahre jetzt nach Hause und lege mich erst mal hin. Außerdem sehen wir uns doch bestimmt nachher auf dem Friedhof. Oder hat Luise dir nicht Bescheid gesagt?« Es wäre ja nicht auszuschließen, dass sie Tom nicht zum engeren Kreis von Familie und Freunden rechnete. Gerade jetzt, nachdem er sich mir auf unangemessene Weise genähert hatte.

»Doch, hat sie. Ich durfte auch schon bei den Vorbereitungen für den kleinen Sektempfang mithelfen.«

»Und, kommst du?«

»Ich denke schon. Wieso?«

»Ich meine ... kommst du allein?«

»Frida, wie soll ich denn sonst kommen?«

»Luise sagte, du hast in letzter Zeit häufiger Damenbesuch.« Darauf entstand eine Pause, die mir überhaupt nicht gefiel.

»Junge, Junge«, sagte er schließlich. »Ich wusste gar nicht, was sie für eine Intrigantin sein kann.«

»Denk dran, was sie dir über meinen Aufenthalt bei Jochen erzählt hat«, erinnerte ich ihn.

»Ich weiß«, sagte er. »Also. Die Dame kommt, um mich wegen einer baulichen Maßnahme in der Remise zu beraten. Keinerlei romantisches Interesse auf beiden Seiten.«

»Sei dir da mal nicht so sicher«, meinte ich. »Ist sie älter oder jünger als ich?«

»Sagen wir mal, sie ist alterslos«, behauptete er. »Und das ist nicht unbedingt als Kompliment gemeint.«

»Dann kann ich ja beruhigt schlafen gehen«, sagte ich spöttisch. Ich spürte tatsächlich eine gewisse Erleichterung.

»Wenn dir das guttut. Und du bist sicher, dass ich dich nicht lieber abholen soll?«

»Ganz bestimmt«, versicherte ich. »Also. Wir sehen uns dann.«

»Frida«, sagte er nachdrücklich. »Glaub mir, alles wird gut.«

»Hoffen wir's«, sagte ich und drückte die Aus-Taste.

Dann startete ich den Wagen und fuhr wie auf Autopilot nach Hause, legte mich ins Bett und schlief noch einmal zwei Stunden tief und traumlos.

Vielleicht ist das ein Stressmechanismus des Körpers, plötzlich so viel zu schlafen. Oder ich hatte endlich meinen Urlaubsmodus erreicht. Auf jeden Fall wurde es noch arg knapp für mich, rechtzeitig zum Friedhof zu kommen. Die meisten Leute standen schon dort, tunlichst darum bemüht, einen Platz auf dem Kiesweg zu finden und nicht auf das matschig-weiche Rasenstück daneben zu treten, und bestaunten den Grabstein.

Der Stein war wirklich schön, auch wenn er dem ursprünglich von mir bevorzugten Hinkelstein überhaupt nicht ähnlich sah. Eher im Gegenteil, denn Luise hatte einen Quader mit scharfen Kanten gewählt, aus hochglanzpoliertem tiefschwarzem Granit. Schlichte gerade Buchstaben bildeten die Inschrift »Ole Andersen«, darunter seine Geburts- und Sterbedaten und schließlich die Worte »Für immer«.

Einen Moment grübelte ich darüber, genau wie einige andere der Anwesenden. »Für immer?«, wisperte eine Frau hinter mir zu ihrem Mann. »Weil er für immer tot ist?«

Ich zog einen meiner Absätze aus dem weichen Rasen und drehte mich zu ihr um. »Weil wir für immer an ihn denken werden«, zischte ich ihr zu. Ich erkannte eine Freundin von Luise, an die ich mich als Hiltrud erinnerte.

Luise zog mich am Ellbogen näher. Ein Mann im schwarzen Anzug stand neben ihr. »Das ist Martin Danilovic«, stellte sie ihn mir vor. »Martin – meine Schwägerin Frida.«

Der Mann erfüllte alle Kriterien eines smarten Bankers: groß, respekteinflößend, gut aussehend, charmant. Kein Wunder, dass Luise ihn eingeladen hatte. »Freut mich, Sie kennenzulernen«, sagte er und schüttelte mir mit genau dem richtigen Maß an Würde die Hand. »Es ist mir ein großes Anliegen, mich noch einmal auf diese Weise von Ihrem Bruder verabschieden zu können. Ich habe ihn sehr geschätzt.«

»Ich auch«, sagte ich und stolperte wieder ein paar Schritte beiseite. Ich wollte keine Leute begrüßen. Ich wollte eigentlich gar nicht hier sein, aber wenn ich schon hier sein musste, dann wollte ich den Grabstein betrachten und an Ole denken und mich so verhalten wie auf einer Beerdigung. Aber die meisten Leute hier benahmen sich eher so wie bei einer Cocktailparty oder einer Ausstellungseröffnung.

Ole Andersen. Für immer. Das hatte Luise gut gemacht. Ich musste schlucken. Was war denn, wenn ich die Nächste war? Würde sich auch für mich jemand die Mühe machen, einen Grabstein auszusuchen und in Rekordgeschwindigkeit aufstellen zu lassen?

Keiner hatte mit Oles Tod gerechnet. Er hatte gerade mal zwei Tage Zeit gehabt, um sich selbst darauf einzustellen, und hatte alles in seiner Macht Stehende getan, um für Luise zu sorgen. Für immer. Das galt auch im Gegengeschäft. Er hatte gewusst, dass sowohl Tom als auch ich dieses Versprechen ernst nehmen würden.

Vielleicht schaute Ole wirklich noch immer auf sie und kümmerte sich. Ich hatte das so lächerlich gefunden, und für die meisten von Luises Erfahrungen gab es ja auch ganz reale Erklärungen, aber darauf, so begriff ich plötzlich, kam es überhaupt nicht an. Es war dieses »Für immer«, das zählte. Selbst wenn Luise sich irgendwann wieder einen neuen Partner suchen würde – und ich hielt es nicht für ausgeschlossen, dass Herr Danilovic sich bereits auf die Warteliste gesetzt hatte –, war es nicht aufgehoben.

Dieses »Für immer« war es, das mir das Herz brach. Mag sein, dass ich reichlich vorbelastet war durch die Informationen, die ich heute bekommen hatte. Mag sein, dass ich schon aufgerieben war durch die vergangenen Wochen. Aber tatsächlich litt ich am meisten darunter, dass ich das nicht hatte. Ich vermisste meinen fürsorglichen, liebevollen, immer so positiven Bruder, weil er am nächsten an das herankam, was ich mir wünschte: einen Menschen, mit dem ich dieses »Für immer« teilen konnte. Und das konnte auch nicht irgendjemand sein. Fritz zum Beispiel: ein total netter Mensch, aber eben nicht der Mann für immer.

Ich spürte, wie mir die Tränen das Gesicht herunterliefen. Zum ersten Mal in meinem Leben versuchte ich nicht, sie zu unterdrücken. Genauso wenig wie die lauten Schluchzer, die als Nächstes kamen. Vermutlich war es ein peinliches Schauspiel: die sonst so gefasste Frida, die am Grab ihres Bruders steht und heult, als wäre er gerade erst gestorben.

»Frida!«, sagte Luise fassungslos. »Was ist mit dir?«

Aber bevor ich dazu etwas sagen konnte, legte sich ein schützender Arm um meine Schulter, und ich wurde ganz behutsam weggeführt. »Komm mit«, murmelte Tom.

Ich lehnte mich gegen ihn, als ob ich nicht selbst laufen könnte. Nach wie vor konnte ich nicht aufhören zu weinen. »Gib mir deinen Autoschlüssel«, sagte er sanft. Erst da erkannte ich, dass wir inzwischen auf dem Parkplatz standen.

Er öffnete meinen Wagen und ließ mich auf der Beifahrerseite einsteigen. Ich grub ein Taschentuch aus meiner Handtasche und putzte mir die Nase, aber das Weinen ließ nicht nach.

Tom setzte sich hinters Steuer und fuhr los. Ich saß neben ihm und heulte den ganzen Weg bis nach Wernebeck. Er parkte den Wagen und öffnete mir die Tür. Er half mir beim Aussteigen und hob mich auf, als wollte er mich wie ein Bräutigam über die Schwelle tragen. Ich sah ihn fragend an. »Ist schon gut«, versicherte er. »Du kannst ruhig weinen. Es ist in Ordnung. Alles gut.«

Das wollte ich so gerne glauben. Ich schlang schluchzend meine Arme um seinen Hals und ließ mich hinters Haus tragen bis in die Laube, wo er sich mit mir auf die Bank setzte, ohne mich loszulassen.

Langsam ließen die Schluchzer nach, und ich beruhigte

mich. Aber ich wollte noch nicht von ihm wegrücken. Zu tröstlich war es, von ihm sachte gewiegt zu werden und immer wieder die Worte zu hören: »Ist ja gut. Alles ist gut.«

Ich klammerte mich an ihn und spürte seine Wärme. Geduldig streichelte er meine Haare, meine Schultern, meine Arme. »Alles gut«, wiederholte er wie ein Mantra und küsste meine Stirn. Es war unbeschreiblich beruhigend.

»Eigentlich ist gar nichts gut«, sagte ich und malte hilflose Kreise auf seinen Arm. »Ich hab Angst davor, wie es weitergeht.« Und damit, wurde mir klar, meinte ich nicht nur diese Brustoperation.

»Ist doch klar, dass du Angst hast«, sagte Tom. »Aber du musst das nicht allein durchstehen. Wir sind alle für dich da. Wenn du uns lässt.«

»Wir?« Ich drehte den Kopf ein wenig, um ihn ansehen zu können. »Auch du?«

»Gerade ich«, erwiderte er. Unsere Blicke trafen sich. »Vor allem ich.« Noch einmal küsste er mich auf die Schläfe und drückte dann meinen Kopf vorsichtig wieder gegen seine Schulter.

Vor allem ich. Es war, als hätte er ein magisches Wort gesprochen, und plötzlich klärte sich das Durcheinander. Wie diese Zauberkünstler, die ständig Stücke von einem Seil abschneiden, und dann – Simsalabim! – ist auf einmal alles wieder heil. Ich hatte immer schon wissen wollen, wie so was funktioniert.

»Ich hab mich dir gegenüber schrecklich verhalten«, sagte ich schuldbewusst.

»Aber das war nur ein einziges Mal.«

»Du warst so wütend auf mich.« Ich konnte mich allzu gut daran erinnern.

»Nächstes Mal machst du es besser«, flüsterte er mir ins Ohr.

Noch einmal musste ich ihn ansehen. »Nächstes Mal?«

Er lachte mich an. »Glaubst du, ich würde so schnell aufgeben?« Dieses Mal küsste er mich ganz leicht auf den Mund. »Zugegeben, ich war erst mal total sauer. Das hat seine Zeit gebraucht. Aber so schnell ändern sich meine Gefühle nicht, wenn ich erst mal welche habe.«

»Tom.« Ich legte meine Hand an seinen Hals. Ich konnte seinen Puls fühlen. »Das wird jetzt eine schwierige Zeit.«

»Ich weiß.«

»Das willst du dir wirklich antun?«

Er zog fragend die Brauen hoch. »Was willst du damit sagen? Dass ich warten soll, bis du wieder gesund bist? Und in der Zwischenzeit überlasse ich dich deinem Schicksal?«

»Stimmt«, sagte ich. »Das klingt wirklich bescheuert.«

Jetzt lachte er laut. »Frida, du hast es auf den Punkt gebracht.« Sein Gesicht kam ganz nah. »Vor allem will ich nicht warten. Ich will jetzt mit dir zusammen sein. Ich will jetzt hören, was du denkst und wovor du Angst hast und was ich für dich tun kann.«

»Das gilt aber umgekehrt auch für dich«, sagte ich atemlos.

»Ich verspreche dir, du kannst mich alles fragen. Du kannst von mir aus gleich damit anfangen.«

»Später«, entschied ich. Denn erst mal wollte ich mich von ihm küssen lassen.

Wir küssten uns so ausgiebig, dass wir erst nach einer Weile hörten, wie immer mehr Autos auf den Hof fuhren und Menschen ins Haus gingen. Jetzt kam des Events zweiter Teil, der Empfang bei Luise.

»Sollen wir da reingehen und so tun, als wäre nichts?«, fragte Tom.

»Als wäre nichts?« Ich zog ein Gesicht. »Vermutlich

sehe ich schrecklich aus, total verheulte Augen und rote Nase und so …«

Er widersprach mir nicht. »Schon, aber das ist doch nicht schlimm.«

»Du siehst das vielleicht nicht ganz objektiv«, fand ich.

»Mag sein«, grinste er und zog mich wieder etwas näher an sich.

Die Entscheidung wurde uns abgenommen durch die Hausherrin höchstpersönlich, die jetzt zu uns in die Laube trat. »Dachte ich mir doch, dass ihr hier seid. Geht's wieder besser, Frida?«

Ich nickte. »Luise, ich muss dir was sagen.«

Sie legte den Kopf schräg. »Na, wenn es um Tom und dich geht, das sehe ich schon selbst.«

»Das auch. Aber da ist noch was anderes.«

»Wenn es eilig ist … Ich kann ja meine Gäste nicht so lange allein lassen.«

Bei dieser Vorlage wäre ich natürlich am liebsten wieder zurückgerudert, aber Toms Arm um meine Schulter bestärkte mich durch leichten Druck, es nicht zu tun. Außerdem hatte ich inzwischen gelernt, dass sie längst nicht so schonungsbedürftig war wie gedacht. »Ich war heute noch mal bei der Ärztin.«

Ihre Gesichtszüge entglitten leicht. »Sag jetzt nicht, dass du schwanger bist!«

Fast hätte ich laut aufgelacht. Schwanger zu sein erschien mir plötzlich als ein Klacks gegen das, was mir tatsächlich bevorstand. »Nein, es ist was ganz anderes. Ich habe einen Knoten in der Brust, und der muss operiert werden.«

Sie wurde blass. »Soll das heißen, dass du Brustkrebs hast?«

Ich nickte.

Ihr Blick glitt zu Tom. »Und du wusstest davon?«

Er nickte ebenfalls.

»So ist das also«, sagte sie langsam. Dann hob sie mit Entschlossenheit den Kopf. »Darüber reden wir später noch mal ausführlicher. Jetzt muss ich erst mal dafür sorgen, dass jeder etwas zu trinken hat.« Sie drehte sich auf ihren rotbesohlten Pumps um und schritt davon.

Tom sah mich an. »Siehst du? Sie ist nicht zusammengebrochen.«

»Sie hat das noch nicht richtig an sich rangelassen«, korrigierte ich.

»Damit kennst du dich ja aus«, meinte er trocken. »Komm, wir gehen zu mir. Irgendwie steht mir der Sinn jetzt nicht nach Smalltalk und Champagner.«

»Steht dir überhaupt irgendwann der Sinn nach Smalltalk und Champagner?« Wie konnte ich jemals annehmen, er hätte an Luise Interesse! Die beiden lebten in völlig unterschiedlichen Welten.

Er knuffte mich leicht in die Seite. »Du wirst mich schon noch kennenlernen.«

»Das hoffe ich doch.« Vor allem, dass mir noch reichlich Zeit dafür blieb. Die Frau Doktor hatte recht behalten, man begann tatsächlich, die Dinge aus einer anderen Perspektive zu sehen.

Wir warteten, bis niemand mehr auf dem Hof herumlief, und stiegen dann die Treppe zu seiner Wohnung hinauf. Natürlich musste ich als Erstes in den Spiegel schauen. »Oh nein, wie ich aussehe!«

Tom zog mich voran. »Alles gut. Du siehst aus wie eine starke Frau, die einen harten Tag hatte.«

»Einschließlich Dreckklumpen an den Absätzen.« Ich schlüpfte aus den Schuhen und ging barfuß weiter. Und weil ich gerade dabei war, mich von Ballast zu befreien, zog ich mir auch den Schal vom Hals, der mein schwarzes Kleid hatte auffrischen sollen.

»Das kannst du gerne fortsetzen«, sagte er mit einem Blick, der Bände sprach.

Ich lachte. Hätte ich mir je träumen lassen, dass ich heute noch mal die Gelegenheit zu lachen bekommen würde? »Immerhin ist dein Bett wieder da«, stellte ich fest.

»Ach ja, das Bett.« Er sah ein bisschen verlegen aus. »Ich hatte das ... für eine Weile nach unten geräumt. Es war doch so heiß.« Ich begriff: Das war der eine Teil der Erklärung. Aber ich wusste auch, dass er es direkt nach meinem unrühmlichen Abgang entfernt hatte. Das hatte nicht nur mit den Temperaturen zu tun.

»Ach so.« Mir fiel die von Luise erwähnte Dame wieder ein. »Baust du jetzt den unteren Raum auch aus? Dann müssen sicher die Sachen weg, die da noch von mir liegen.« Und die mir, wie ich erstaunt feststellte, plötzlich längst nicht mehr so wichtig waren wie zu dem Zeitpunkt, als ich sie ärgerlich und frustriert dort ausgebreitet hatte.

»Nicht unbedingt«, sagte er, immer noch mit diesem etwas ausweichenden Blick, der mir sagte, dass es auch mit dem unteren Raum noch mehr auf sich haben musste, als er bisher zugegeben hatte. »Aber wir können es uns ja mal eben ansehen.«

»Klar, warum nicht?« Ich zog die Schuhe wieder an und folgte ihm die Treppe hinunter. Ich würde vermutlich alles machen, um mich mit Tom beschäftigen zu können. Das war allemal besser als das andere Thema.

Bevor Tom das Tor zur Remise öffnete, drehte er sich noch mal zu mir um. »Ich hab viel über das nachgedacht, was du mir letzte Woche gesagt hast, Frida. Dass du immer Angst hast, dich zu sehr auf etwas zu freuen, weil du es dann nicht bekommst. Und ich wollte dir das Gegenteil beweisen.« Er machte das Tor auf und ließ mich eintreten.

Und da sah ich ihn. Meinen Webstuhl. Nicht nur aufgebaut, sondern fertig eingerichtet mit einer Kette aus hellem Leinen. Mehrere Schiffchen waren mit dem gleichen Material für den Schuss vorbereitet, und am Anfang der Kette hatte jemand schon ein Probestück von etwa zwanzig Zentimetern gewebt. Es gab keinen Zweifel, dass das Ding funktionstüchtig war.

»Das gibt's ja gar nicht!«, sagte ich ungläubig. »Wie hast du das geschafft?«

Ich konnte seinem Gesicht ansehen, dass er ziemlich stolz auf diese Leistung war. Und das konnte er auch sein. »Wie hast du das bloß hingekriegt ohne Aufbauanleitung? Oder hast du mir verschwiegen, dass du mal eine Ausbildung als Handweber gemacht hast?«

Er umschlang mich mit beiden Armen von hinten und schob mich noch ein Stückchen näher zum Webstuhl. »Ich hatte kompetente Hilfe. Diese alterslose Dame. Das ist eine Spezialistin aus der Blindenwerkstatt drüben in Bockholt. Die kommt immer wieder zur Krankengymnastik zu mir.«

»Blindenwerkstatt!« Ich fühlte staunend über das Probestück. »Deshalb hat sie sicher das Ding so eingerichtet, dass man direkt Küchenhandtücher darauf weben kann.«

Tom lachte. »Du, ich hab keine Ahnung davon. Ich hab mich blind auf sie verlassen. Als sie mir was von Leinenbindung erzählt hat, dachte ich, das hört sich gut an. Haben wir was falsch gemacht?«

Ich schüttelte den Kopf. Ich fühlte schon wieder Tränen hochsteigen, aber sich einmal am Tag richtig auszuheulen, verflixt noch mal, muss reichen. »Nein, das habt ihr wunderbar gemacht.«

»Genau.« Er ließ mich los. »Willst du es mal ausprobieren?«

»Auf jeden Fall.« Ich zog die Pumps wieder aus und kletterte auf die Webbank. Ich trat den ersten Tritt durch, sodass sich die Fäden gleichmäßig nach oben und unten teilten. Daraus entsteht das Fach, durch das der Kettfaden geschoben wird. »Hoffentlich kann ich's noch. Es ist so lange her.« Ich nahm das schon angefangene Weberschiffchen und schob es erst mal ganz vorsichtig von rechts nach links durch das Fach. Dann wechselte ich zum nächsten Tritt, sodass die oberen Kettfäden nach unten geschoben wurden und umgekehrt. Ich gab dem Schiffchen genug Schwung, dass es mit einem Anlauf von links nach rechts durchrutschte. Dann klopfte ich das Ganze mit dem Kamm fest. Man sah keinen Unterschied zwischen dem Probestück und meinen beiden Versuchen.

»Sieht sehr professionell aus«, sagte Tom hinter mir. »Nur bei Ulrike ging es irgendwie viel schneller.«

»Das kommt noch«, versicherte ich. »Ich muss das mit der Schnellschusslade erst wieder üben.« Kurz durchzuckte mich der Gedanke, dass mir dafür nicht viel Zeit bliebe. Nach der Operation würde ich erst mal eine ganze Weile nicht weben können. Aber ich wollte einfach darauf vertrauen, dass diese Zeiten wiederkamen.

»Schnellschusslade. Das hört sich aber gefährlich an.«

»Das hat Fritz auch gesagt.«

»Ach ja, Fritz.« Tom räusperte sich neben mir. »Hat der in deinem Leben noch irgendwas zu sagen?«

»Eher nicht.« Ich drehte mich zu ihm. »Fritz war das, was Luise für mich wollte.« Vielleicht war das Fritz' Rolle, in meinem Leben wie bei diesem Webstuhl: Er hatte etwas in Bewegung gebracht, aber Tom war derjenige, der es für mich mit Bedeutung füllte.

»Und was willst du selbst?«

»Gute Frage«, sagte ich. »Vermutlich muss ich das erst mal herausfinden. Als ich heute vor diesem Grabstein stand, habe ich gemerkt, dass ich auch ein ›Für immer‹ möchte. Es scheint mir nur so vermessen, dich da mit reinzuziehen, nur weil ich dir einmal das Hemd vollgeheult habe.«

»Du könntest mir ja Stoff für ein neues Hemd weben«, schlug er vor. »Das dauert sicher eine Weile. Und in der Zeit könnten wir gemeinsam an dem ›Für immer‹ arbeiten.« Er legte mir den Arm um die Schulter und steuerte wieder den Ausgang an.

»O ja, das wird lange dauern«, stimmte ich ihm zu. Gemeinsam stiegen wir die Treppe zu seiner Wohnung hoch. »Schon allein, wenn ich an die vielen Nichtraucherpausen denke.«

Tom lachte. »Die Nichtraucherpausen!« Seine Augen funkelten, während er die Wohnungstür hinter uns zumachte. »Auf die freue ich mich jetzt schon.«

Ursula Schröder im dtv

Es ist nie zu spät für einen Neuanfang!

Umzug ins Glück
Roman
ISBN 978-3-423-**21265**-6

Neues Haus, neuer Mann – und die Chance, das Leben noch mal so richtig umzukrempeln! »An welcher Stelle man diese von Charme übersprudelnden Seiten auch aufschlägt – man wird weiter lesen, denn wie gesagt … das Leben ist einfach unbeschreiblich.« *buchinformation.de*

Alles auf Anfang, Marie!
Roman
ISBN 978-3-423-**21375**-2

Die Kinder sind aus dem Haus, der Mann viel unterwegs. Was soll Marie, bisher »Nur-Hausfrau«, nun mit ihrem Leben anfangen? Da schickt ihr der Zufall eine neue Aufgabe in Gestalt des kleinen Kevin und seiner chaotischen Familie. Ein Engagement mit ungeahnten Folgen …

Frau Rosenberg legt los
Roman
ISBN 978-3-423-**21517**-6

Als Isa Rosenberg nach einem schweren Autounfall im Krankenhaus aufwacht, ist sie Witwe – ein Umstand, den sie wenig bedauert. Sie geht den Neustart beherzt an. Doch sind die Dinge nicht so einfach, wie sie sich das vorgestellt hat …

Alle Titel auch als eBook!

Bitte besuchen Sie uns im Internet: www.dtv.de